江上 剛

King's House

Egami Go

王の家

光文社

王の家

目次

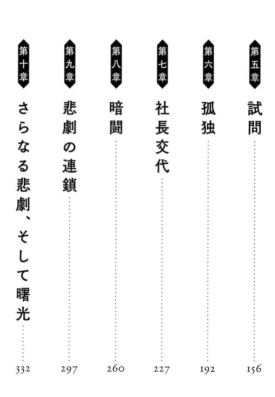

装画……影山 徹

装幀……大岡喜直（next door design）

主な登場人物

宝《たから》田《だ》壮《そう》一《いち》……宝田家具創業社長。百年家具で有名な日本有数の家具店・宝田家具を一代で築き上げた
宝田恵《え》美《み》……壮一の妻。壮一と二人で宝田家具の前身である家具商社を始めた。六十歳で亡くなる
広《ひろ》瀬《せ》美《み》波《なみ》……壮一の長女・宝田家具副社長
黒《くろ》木《き》冴《さえ》子《こ》……壮一の次女・宝田家具常務
宝田絵《え》理《り》子《こ》……壮一の三女・宝田家具取締役秘書室長
広瀬康《こう》太《た》……美波の夫・宝田家具常務
黒木伸《のぶ》郎《ろう》……冴子の夫・宝田家具常務
鈴《すず》本《もと》雄《ゆう》一《いち》郎《ろう》……宝田家具専務・壮一の盟友の一人
冬《ふゆ》柴《しば》弥《や》吉《きち》……宝田家具顧問・壮一の盟友で、よき話し相手
冬柴太《た》郎《ろう》……弥吉の長男・宝田家具営業部長
冬柴次《じ》郎《ろう》……弥吉の次男・宝田家具秘書室勤務。太郎とは異母兄弟
姜《きょう》　愛《あい》華《か》……壮一とは旧知の仲。銀座でバーを経営する
桐《きり》谷《たに》　明《あきら》……若くして妻を亡くした絵理子の恋人。大手銀行で投資銀行部門の責任者を務めている
水《み》野《ずの》梨《り》乃《の》……宝田家具秘書室勤務
岩《いわ》間《ま》勝《かつ》也《や》……投資ファンド・ブラックローズの経営者
神《かん》崎《ざき》陽《よう》介《すけ》……ブラックローズの社員。名門大学を卒業した秀才。前職の投資銀行で岩間と出会う

「風よ、吹け、うぬが頬を吹き破れ！　幾らでも猛り狂うがいい！
雨よ、降れ、滝となって落ち掛れ、塔も櫓《やぐら》も溺《おぼ》れ漂う程に！」

出典／『リア王』シェイクスピア・著、福田恒存《ふくだつねあり》・訳（新潮文庫）

第一章　老《ろう》醜《しゅう》

一

檜《ひのき》の板に、白銀《しろがね》色も鮮やかに、壮麗《そうれい》に描かれた龍の絵。荒れ狂う雲間から差し込む一条《ひとすじ》の光を浴び、喝《かつ》と大きく口を開き、燃えるような真っ赤な舌をのぞかせている龍が、しっかと摑《つか》む黄金の如意宝珠《にょいほうじゅ》。この全ての願いをかなえるという珠《たま》が壮一《そういち》に向かって今にも投げられようとしている。

この龍には意味がある。壮一の人生そのものなのだ。人生そのものを描いたものなのである。壮一は、幼い頃、夢を見た。龍が壮一を頭から呑《の》み込んだのだ。龍の腹の中で壮一はもがき苦しんだ。息は切れ、もはやこれまでと死を覚悟した。その時だ。声が聞こえてきた。地の底から響いてくるようだ。

「だれだ。お前は」

壮一は気力を振り絞って叫んだ。

——お前を呑み込んだ龍である。お前は私と共に千年の空の旅に出るのだ。

龍が言った。

途端《とたん》に壮一の身体《からだ》が龍に溶け込み、龍そのものになった。そして虹色に輝く空を悠々と泳いだのである。

目が覚めた。隣に母が眠っていた。綿が十分に入っていない薄い布団《ふとん》を壮一にかけてくれていた。母は、寒かろう、寒かろうと呟《つぶや》いていた。三月になり、桜は五分咲きの冷え込む夜だった。

壮一は母と二人暮らし。父は戦死していた。住んでいる家は、冷気が通り過ぎるあばら家だった。

「母さん、僕、龍になったよ」

壮一は、勢い込み、たった今見た夢を話した。忘れようもなく、明瞭《めいりよう》に身体で記憶していた。目覚めた今も、空を飛んでいる気分だった。

「そうかい、そうかい。お前は龍の生まれ変わりなんだ。お前が生まれる時は、天に穴が開いたかと思うほどの大雨が降り、雷鳴が轟《とどろ》いたんだ。あれは龍がお前に乗り移ったのだね。出世しておくれよ」

「ああ、偉くなって母さんを楽にしてあげるからね」

壮一は母に約束をした。母は、この上ないほど満足そうな笑みを浮かべた。

母への約束は果たすことはできなかった。

昭和二十年三月十三日深夜、大阪上空に二百七十機もの米軍の爆撃機B29が飛来し、焼夷弾《しよういだん》の雨を降らせた。大阪の街は完膚《かんぷ》なきまでに焼き払われた。四千人近くが命を落とし、五十万人以上が罹災《りさい》し、家を失った。母も命をなくした多くの人の一人となってしまった。

壮一は六歳で、天涯孤独《てんがいこどく》となった。それからというもの焼け跡の中を必死で生き抜いた。盗みをし、人を傷つけたこともあった。

幼い壮一が生き抜くには、過酷《かこく》すぎる現実が目の前にあり、とにかくどんなことでもしないと生きていけなかった。少しでも気を抜くと、たちまち死神に捕まえられた。隣に眠っていた同じような年齢の友人が、朝には冷たくなっていることなど日常茶飯事だったのである。

地を這《は》い、泥を啜《すす》るという言葉があるが、そんなものでは言い表せない地獄の日々だった。思い出すことさえ厭《いと》わしい。

壮一は、苦しくとも母との約束を忘れたことはなかった。自分は龍の生まれ変わりなのだ。必ず龍になる。この約束を心に念じると、不思議と身体の中から力が湧いた。

「あれから半世紀以上も経ったのか」

壮一は天井画の龍を見つめ、呟いた。

多くの人との良き出会いがあり、二十五歳で家具商社である宝田家具《たからだかぐ》を設立した。それを発展させ、家具王とまで呼ばれるようになった。

龍の天井画は、この本社ビルを建設する時、有名な日本画家に描かせたものだ。夢に登場した龍である。壮一は、母との約束を果たし、龍になったのだ。

——母は、あの世で、私のことを褒《ほ》めてくれているだろうか。

突如、天井画の龍の目が光ったかと思うと、摑んでいた如意宝珠を口に咥《くわ》えて、くるりと身を反転させ雲間に消えていこうとした。

「ま、待て！　どこへ行く」

壮一は、慌てて両手を天井に上げ、龍に呼びかけた。

「社長、社長」

左隣に座っている鈴本雄一郎《すずもとゆういちろう》が壮一の身体を摑み、強く揺すった。

「おお、おお」

壮一は我に返った。

今は、取締役会の最中だ。

瞬《まばた》きをする。楕円形《だえんけい》の縦十メートルはある大きな黒檀《こくたん》のテーブルを囲み、取締役たちが並んでいる。彼らが一斉に壮一に視線を集めている。気を取り直して、壮一は彼らを睨《にら》み返す。

――くだらない連中ばかりだ。役立たずめ。

壮一は、言葉にならない声で呻《うめ》く。

取締役と言っても、彼らはほぼ全員が親族である。法律に抵触しないように社外取締役はいるが、全く存在感はない。

壮一の身体を揺すってくれたのは、長年に亘《わた》り宝田家具の発展に寄与してきた専務の鈴本雄一郎だ。七十歳になっている。

その右隣には、長女で副社長の広瀬美波《ひろせみなみ》、その隣には次女で常務の黒木冴子《くろきさえこ》、さらにその隣には取締役で秘書室長の三女宝田絵理子《えりこ》がいる。

他にテーブルを囲んでいるのは美波の夫の広瀬康太《こうた》、常務である。冴子の夫、黒木伸郎《のぶろう》、彼も常務である。

絵理子だけが独身である。四十歳になるが、妻を早くに亡くした壮一を憐《あわ》れんで、世話を続けているうちに婚期を逃してしまった。

テーブルを囲む彼らが、壮一の不意の発言を半ば諦めたかのような表情で見つめている。今回が初めてではないからだ。壮一は、日常生活においても奇矯《ききょう》な態度を示すことが増えた。

老い、である。

昭和十四年生まれの壮一は、今年八十三歳になる。老いだけはどうしようもなく迫ってくる。白日夢を見て、あらぬことを口走ってしまうのも仕方がない。

老いは、人の心を蝕《むしば》む。どんな富貴《ふうき》な人にも貧窮《ひんきゅう》する人にも平等に訪れるのは、たった一つ。死である。

壮一は、終戦直後の焼け跡に一人で取り残された。必死で生きて、今日を迎えた。その暮らしは、死がすぐ隣にあり、日常であったと言っても言い過ぎではない。

だからこそ死が怖い。恐れること、人一倍である。幼い頃から死が日常であったからと言って、死の恐怖に麻痺《まひ》することはない。日常だったからこそ、死が怖い。その思いを老いが加速させている。

龍が飛び去ろうとする夢を見たのも、死に対する恐れからだろう。龍は、壮一そのものであるのだから……。

「もういい。手を放せ」

壮一は、鈴本の手を払った。

鈴本が、壮一のスーツの袖《そで》をあまりに強く握っていたため、その個所が深い皺《しわ》になっている。

龍が逃げ出したくなる気持ちもわかる。目の前に雁首《がんくび》を揃《そろ》えている者たちの頼りなさが原因だ。こんなろくでもない奴《やつ》らが経営を担っていると思うと、龍は勿論《もちろん》のこと、壮一も逃げ出したくなる。

「お前たち……」

壮一はやや掠《かす》れた声で言った。

取締役たちが姿勢を正し、壮一に向き直った。

「私がどれだけの苦労を重ね、今日の宝田家具の隆盛を築いてきたと思っているのだ。私と、私の母は、家具などない吹きっさらしの家で暮らした。私は、家具のある家が羨《うらや》ましくてたまらなかった。空襲で母と死に別れた。たったの六歳だった。六歳だぞ。天涯孤独の身になり施設に引き取られた。そこには私だけの家具はなかった。大勢の子どもたちで一つの家具を奪い合ったのだ。自分だけの、そして母が喜ぶような豪華な家具が欲しい……。私の切なる望みだった。この望みを、この」壮一は天井の龍を指さした。「この龍が叶《かな》えてくれた。宝田家具を創業して、今年で五十八年である。再来年の六十周年に向けて、今から怒濤《どとう》の戦いをしなければならない。わが社の家具は百年家具である。大切に代々受け継がれる家具である。欧米では家具は親から子、そして孫へと受け継がれる。日本でも昔はそうだった。ところが昨今は、デザインばかりが売りの、使い捨てられるような安い家具が大手を振って出回っている。家具は、生きた木材から作られるのだ。これでは命を粗末にしているのと同じである。現在のＥＳＧ、つまり環境・社会・企業統治《ガバナンス》が重視される時代に全く逆行しておると思わんか。こんな時代だからこそ宝田……」

壮一は息が切れそうになるほど話し続けた。

取締役たちは、緊張し、身じろぎせず壮一に顔を向けている。

――こいつらに私の言葉は、私の気持ちは伝わっているのか……。

壮一は、言葉が空中で躍っているような空《むな》しさを感じていた。それでも話し続けねばならない。

宝田家具は、私の家だ。家を潰《つぶ》してなるものか。

二

「ああ、嫌だ、嫌だ」

取締役会が終わった。美波は副社長室に入ると、テーブルに書類を投げつけた。書類はテーブルから滑り落ち、床に乱雑に散らばった。

「おいおい、書類を無下《むげ》に投げつけるものじゃないよ」

美波の夫で、常務の康太が床に散らばった書類を集めている。

「そんなものはゴミ箱に捨てて」

「そういう訳にはいかないだろう。六十周年の企画が外部に漏《も》れてしまいかねないからね」

「あなたはなんともないの」

美波は、ジャケットを脱ぎ、執務机の傍《そば》に立っている木製のコートハンガーにかけた。

美波は、壮一が三十歳の時に生まれた。今は、五十三歳となり、息子の博《ひろし》も宝田家具に勤務している。まだ役員にはなっていない。二十八歳ではあるが、課長として法人担当の営業を任されている。

美波が、厳しい表情を康太に向けた。五十三歳とは思えぬほど張った二つの乳房が薄いブラウスからはじけ飛びそうだ。

美波の目鼻立ちは、壮一にそっくりといってもいい。柳眉《りゅうび》が整い、鼻筋も通っている。まだ女性としての色香《いろか》が十分に漂っている。

康太は、自分の妻でありながら、迫力のある身体と風貌《ふうぼう》に圧倒されてしまう。

「なにがだよ？　なにをそんなに苛《いら》ついているんだ」

「なにに苛ついているのかですって？　あなた、わからないの？」

「ああ、わからないことにしておこう」

康太は、口元をにやつかせ、わざとゆったりと話した。

「お父様は、いつまで社長でいるおつもりなの！」

美波が激しい口調で言った。その都度、胸が大きく揺れた。

「さあ、死ぬまでじゃないのか」

「そんな気楽なことを言っていていいの。あなた、常務でしょう！」

「君は副社長だよ」

康太は少し笑った。

「あなたのそのにやついた態度はむかむかするわ」

美波が憎々しげな目で康太を見た。

「僕に八つ当たりをしてもらっては困るな。どうせ養子みたいなものだから」

康太は、宝田家具の従業員だった。真面目《まじめ》で、大人しい男だが、美波の下で部下として働いていた際、ふとしたきっかけで美波と恋人関係になり、そのまま結婚した。そのため家庭生活でも、美波は女帝であり、康太は執事同然である。

「お父様は、わかっていないのよ。宝田家具は新興の家具会社に圧《お》されて、いまや存亡の危機にあることをね。このままだとジリ貧になり、破綻《はたん》するわ」

美波の言っていることは、あながち間違いではない。

新興の家具会社は低価格、明るいデザインで若者たちの心を摑んで、売り上げを伸ばしている。そこに欧州の家具会社も参入してきた。若者は、マンションなど住居を所有して長くローンで苦しむより、賃貸で転々と移り住んでいる。最近は、テレワークが発達し、本社から離れて住み、インターネットを使用して仕事をする若者や、遊牧民のように場所を移動して働くノマドワーカーが増えてきた。

彼らは地方に住むことも多いが、そこでは仕事をするだけで、その地を終《つい》の棲家《すみか》と考えているわけではない。あくまで仮の宿、一時的な滞留場所に過ぎない。そんな場所に、百年も使い続ける家具を備えることは考えもしない。

時代は、宝田家具にとって逆風なのである。

「私、社長になってこの会社を完全に変えたい！」

椅子《いす》にどさりと座ると、くるりと回転させ、窓から外を眺めた。

「社長の座は君に譲られるさ。長女なんだからね」

「それがそうでもないのよ」

椅子を回転させ、康太に身体を向けた。

「どうして？　君しかいないだろう？」

康太は慰《なぐさ》めるように言う。本気で思っていないかのようだ。

「あなたもわかっているでしょう？　私は、お父様に嫌われている」

美波が生まれた時、壮一は最も脂《あぶら》がのっている年齢だった。仕事と遊びに明け暮れ、家に帰ることが稀《まれ》だった。だから美波は、壮一に可愛《かわい》がってもらった記憶がない。そのためだろうか、なにかにつけて壮一に反抗的な態度を取ってしまうのだ。

「嫌ってなんかいないと思うけどね」

康太は、また慰める。なぜ、夫の自分が妻を慰めねばならないのかわからないが、こうでも言わないともっと機嫌が悪くなる。

「では君は、社長がだれに譲られると思っているんだね」

康太が訊《き》くと、きりっときつい目で美波が睨んだ。

「私は、絵理子じゃないかと思っている」

美波が眉根に皺を寄せた。

「絵理子さん？　それはないだろう」

「あの子、お父様のお気に入りなの。本当の娘じゃないくせに」

「また、そんなことを言う。君たちは三姉妹じゃないか」

美波は、三女の絵理子を母親の実の娘ではないと、度々陰で口にする。

「あの子、絶対にお母様が産んだんじゃない。だってお母様が四十歳の時の子よ。ありえない」

「だけど、君は、その時、中学生だろう？　絵理子さんが生まれた時の記憶はあるだろう」

「それがないの。突然、あの子は、家にやってきてみんなに可愛がられたわ。私は、中学生で、受験勉強ばかりさせられていた。お父様もお母様も、絵理子、絵理子って……」

「君は、もう大きかったから面倒を見てもらえなかったんだ。それで嫉妬《しっと》しているだけじゃないのかい？」

「そうじゃないわ。あの子、お母様に似ていない。お母様は、あんな丸顔じゃなくて、私みたいにすっとした少し面長《おもなが》で、優しい顔だった……」

美波の顔を、康太はしげしげと見つめた。美波の顔は、決して優しげではない。どちらかというと険しい印象だ。壮一に、そっくりである。

「まあ、その話は、軽々《けいけい》に口にしてはいけない。事実は、わからないんだからね。君のために忠告しておく」

「わかっているわよ。私の思い込みかもしれないしね。でもね、私、あの子、嫌い。お父様にべったりでしょう。どうも気が合わない。いい子ぶりっこしている」

美波は眉間《みけん》に皺を寄せた。

四十歳の中年女性を評するのにいい子ぶりっこもないものだと康太は思った。

確かに美波と絵理子は仲が良くない。なぜだろうかと康太は考えた。それは壮一との物理的及び精神的な距離の問題だろう。

美波は、壮一と距離が離れている。絵理子は、近い。それは子どもの時からそうであるのに加え、母親が六十歳で急死してからというもの、絵理子が壮一の世話をしているからだ。

長女の美波も次女の冴子も、壮一の世話を積極的にしなかった。全て絵理子に任せっぱなしだったのだ。壮一と絵理子の距離が近いのは仕方がない。

「絵理子さんは、奥様亡きあと、社長のお世話をされているからね。でもそれと社長の座を譲るのとは別問題じゃないのか」

「そんなことはないわ。絵理子はね、大人しそうに見えても、したたかなのよ。社長の座を狙っているのは間違いない。絵理子が社長になったら、私は真っ先に追い出される。それでいいの？

博に、なんて言い訳するの？」

「博に……」

康太の意見は、美波の怒りをますます燃え上がらせたようだ。

康太は煮え切らない態度で口ごもった。

「あなたしっかりしてよね。博は、この宝田家具のトップにならねばならないのよ。冴子には女の子しかいないし、絵理子は独身だし、博は大事な宝田家具の跡取りなの！　どんなことをしても、博に継がせるわ」

美波は、強い口調で言った。

康太は渋い顔をした。

博は、宝田家具に勤務させているが、音楽などに関心があった。それを無理やり会社に引き入れた心苦しさを、康太は未《いま》だに忘れてはいない。母親である美波は、子どもの人生よりも、自分の欲望を実現することに必死なのだ。

「あなた、冴子を呼んで。相談があるからって」美波は言った。「ほんと、お父様が、コロッと死んでくれないかしら。そうすると、私に社長のお鉢《はち》が回ってくるんだけど」

「おいおい、物騒なことを言うもんじゃない。まさか冴子さんと社長を亡き者にするような相談をするんじゃないだろうな」

康太は、我が妻ながら、美波が恐ろしくなった。

「そんなことをするほど馬鹿じゃないわよ」

美波が口元を歪《ゆが》めた。

三

黒木伸郎は妻で常務の冴子が脱いだジャケットをクローゼットにしまった。冴子の常務室には、私用のクローゼットが備え付けられ、中には数十着ものスーツやドレスが収納されている。冴子は、この中から服を選び、一日に、何回も着替えることがある。当然、自宅から着てきた服があるのだが、それを一日中、着用し続けることはない。

なぜそんなことをするのかと訊いたことがある。冴子は、ストレス解消だと答えた。

伸郎は、冴子と同じ高校出身である。高校生の時に付き合い始めた。大学生となり、別々の大学に通うことになったため別れたが、卒業後に開催された同窓会で再会して、やけぼっくいに火がついたというべきか、再度、付き合い始めた。

その頃、伸郎は、自動車販売会社に勤務していた。冴子との結婚を機に、宝田家具に転職した。今では、冴子と同じく常務取締役である。

「なあ、冴子」

「なあに、あなた」

会社の中でも二人きりだと役職では呼び合わない。常務室を二人で一緒に使用しており、まるで自宅のリビングのようになる。

「社長の龍の話、今回で何度目かな」

「わかんないわ。もう何度も同じ話をするから。認知症が出始めたんじゃないの」

「年を取ると、同じ話を繰り返すことになるから。そうかもしれない。そろそろだな」

伸郎は、冴子に近づいた。冴子は、ソファに座って、コーヒーマシンで淹《い》れたコーヒーを飲んでいる。

「なにがそろそろなの」

「社長交代さ」

伸郎はさらっと言った。

「交代しないわよ。死ぬまでね」

「君は、社長になりたくないのかい？」

伸郎の問いかけに、冴子は少し驚いた顔を伸郎に向けた。

「やらない。やりたくもない」

冴子は、きっぱりと答えた。

「美波副社長は？」

「姉さん？　姉さんはやりたいでしょうね。自分が社長になって、博に譲りたいんじゃないの」

「君だって、資格はあるよ。次女なんだから。なにも長女が引き継がなければならないってことはない」

伸郎は言った。冴子の前に座った。

「やりたくないって言ってるでしょ。あなた、どうしたの？　あなたが社長になりたいの？」

冴子は、伸郎を強い視線で見つめた。

「なにを言うんだ。僕が社長になれるはずがないじゃないか」

伸郎はたじろぎ気味に言った。

「あなた、本当は、社長になりたいんでしょう？　私と結婚した時、そんなこと口にしていなかった？」

「言ってない。馬鹿なことを言わないでくれ」

「あなた、なにか企《たくら》んでいない？　姉さんが、伸郎さんは野心家ねって言っていたわよ」

「俺は、お前を社長にしたいと思っているんだ」

慌てた様子で伸郎は言った。

「嘘《うそ》、おっしゃい。あなたは姉さんを社長にすべく、動いているって話じゃないの。まあ、あなたが、姉さんとなにをしようと関係ないけど姉さんと浮気することだけはよしてね。姉妹と関係するなんて気持ち悪いから」

きつい目で冴子が睨む。実の姉である美波を〝あの人〟と呼ぶのを聞き、伸郎は背筋になにやら冷たいものが走るのを感じた。

冴子とは、もはや夫婦と言っても形だけのものだ。お互い、社会的体面を保つために離婚しないだけである。

一人娘の静子《しずこ》の結婚まては離婚しないでおこうとか、離婚すれば婿《むこ》養子同然の身である伸郎は、宝田家具の役員ではいられないなど、いろいろと考えているうちに離婚などどうでもよくなってしまった。

娘の静子は三十歳になるが結婚する気はないようだ。今は、スペインに家具デザインを学ぶために留学している。勝手なものだ。

姉の美波と浮気？　するはずがないじゃないか。しかしもしかして、こいつ、なにもかも知っているんじゃないか。俺が秘書の水野梨乃《みずのりの》と関係していることも……。

女の勘は恐ろしい。身の毛がよだつとはこのことを言うのだろう。

「お前は、美波副社長が、社長になるのに反対なのか？」

伸郎が美波を社長にしたいと考え、動いているとの情報を冴子が知っているとわかった以上は、はっきりさせておく必要があると考えたのだ。

「あなた、本気なの？」

「ああ、本気だ。申し訳ないが、社長はもう年だ。引退を考えた方が社員のためでもある。お前も、気づいているだろうが、訓示を垂れても、毎回、同じ龍の話ばかりじゃないか。あれでは時代についていけない」

「それで姉さんなら時代についていけると思っているの？」

「あの人は、業界の事情をよく研究している。今、どんな家具が流行《はや》っているのかなどもね。まあ、いずれにしても長女である美波副社長に社長の座を譲るのが順当だと思うよ。そうじゃないか？」

警戒しつつ話す伸郎に、冴子は椅子から立ち上がって近づいてきた。唇が触れるほど顔を近づけると、冴子は、伸郎に「馬鹿」と呟いた。

「な、なんなんだ。いきなり、馬鹿とは。失礼じゃないか」

伸郎は憤慨《ふんがい》した。

「あなたは姉さんを知らなすぎる。あの人、怖いのよ。あの人は社長になるつもりでいるでしょう。そのためにあなたを利用して、社内にその空気を作らせようとしているんでしょうね。でも社長になったら、あなたも私も切られるわ」

冴子が冷静な口調で言った。

「そんなことはないだろう。お前は妹だし、俺はその夫だ」

伸郎は、動揺を隠せない。

「だからあなたは甘いの。姉さんの魅力に負けたのね。あの人は子どもの頃から変わってない。なんでも独《ひと》り占《じ》めにするのよ。一人息子の博を社長にしたいから、自分が社長になってその道筋を作りたいと思っているらしいけど、それは本音じゃない。博に社長をやらせる気はないと思う。博は、あの人みたいに欲がないから、頼りないと思っているんでしょうね」

冴子は伸郎を見つめている。伸郎は、蛇《へび》に睨まれた蛙《かえる》のように冴子の話に聞き入ってしまう。

「私は、社長にはなる気はない。姉さんと争っても得なことはないから」

「で、どうしたいんだ。俺に美波副社長を社長にする動きがあるって、だれに聞いた?」

伸郎の問いかけに、冴子は、さも馬鹿にしたように鼻をフンと鳴らした。

「あなたの行動って見え見えよ。頻繁《ひんぱん》に姉さんの部屋に行っているし、幹部社員の間で社長交代の機運を盛り上げようと、こそこそ飲み会を催したりしているんでしょう？」

「知っていたのか？」

「知っていたのかじゃないわよ。気をつけなさいね。あなたの動きがお父様に知れたら、あなたは当然だけど、私にも、とばっちりがくるんだから」

冴子は、にやりと薄笑いを浮かべて、手で首を切る真似をした。

「社長に気づかれているのか？」

伸郎は、震え声になった。

「まだ大丈夫だと思うけどね。もっともお父様は、あなたの動きなど歯牙《しが》にもかけていないから」

冴子が言い放った。伸郎は、苦虫を嚙《か》み潰したような顔をした。

「それでお前になにか考えがあるのか。このままでは宝田家具だけじゃない。俺たちの未来も、期待薄だぞ」

「考えならあるわよ」

冴子が得意そうに小鼻を膨《ふく》らませた。

「聞かせろ。俺も一口乗る」

「だめよ。あなたは口も尻も軽いから。あなたは姉さんに味方している振りをしておいて。おいおい私の計画を話すから」

「冷たい奴だな。夫婦だろう？　話してもいいじゃないか」

「夫婦？　そんなものすっかりご無沙汰《ぶさた》じゃない」

冴子は、ぷいっと顔を背《そむ》けた。

伸郎は、こういう時の冴子を美しいと思った。冷たい美しさだ。美波といい、冴子といい、この二人には冷たさの中にもどろどろとしたマグマが燃えている感じがする。それが妖《あや》しい美となって男を惑わす。独身時代に伸郎が惑わされたのも、この美しさだ。五十歳になっても、冴子に冷たく熱い矛盾する美しさが保たれているのは、驚異的である。

実は、伸郎は美波と一度だけだが、ベッドを共にしたことがある。かなり前のことで、伸郎が冴子と結婚して、宝田家具に入社した頃のことだ。美波は、その前年に康太と結婚していた。

伸郎は、ある取引業者との会食に美波の付き添いで行った。そしてしたたかに酔った美波を介《かい》抱《ほう》した際、強引にホテルに連れ込まれたのだ。

伸郎は、お互い結婚している立場であり、拒否しようとしたが、無理だった。ホテルの部屋に入るなり、美波は伸郎にしがみついてきた。伸郎は、スーツの袖が引きちぎられるのではないかと警戒したほどだ。

事を終えると、美波は何事もなかったかのように冷静になった。あの激しさはなんだったのだろうかと伸郎は腹立たしく思ったが、自分は、彼女の妹である冴子の夫だと強烈に自覚することで自制した。その後は、美波とはなにもない。あの夜のことは、本当にあったことなのだろうかと今でも不思議に思う時がある。悪い夢だったのだろう。

「ヒントくらいはいいだろう？」

「そうね……」冴子は、なにかを考えるような表情になり「将《しよう》を射《い》んと欲《ほつ》すればまず馬を射よって諺《ことわざ》があるわよね」

「ああ、知っている」

「そのアレンジよ」

「えっ、それじゃあ、社長を射るのか」

伸郎は驚いた。冴子は、父である壮一を射ることを企てているのか？

「違う、違うわよ」

冴子が慌てて否定した。

「どう違うんだ？」

「馬を射るんじゃなくて、馬を引いている馬子《まご》を射るの」

「馬子？」

伸郎は首を傾《かし》げた。

「そうよ」冴子は、ふふふと笑みを漏らした。

「馬子ってだれだ？」

伸郎は苛立ちを露《あら》わにした。夫婦で謎かけをしている場合ではない。協力しないといけないだろう。

突然、常務室のドアが開いた。

驚いて伸郎と冴子がドアの方向に振り向く。顔を出したのは康太だ。

「美波副社長が、常務をお呼びです」

康太が言った。

「私のことですか」

伸郎が自分を指さした。

「いいえ、冴子常務です」

康太は答え、ドアを閉めた。

「お前をお呼びだとさ」

伸郎は、冴子に言った。

「今の話、康太さんに聞かれたかしら」

冴子がわずかに表情を曇らせた。

「大丈夫だろう？　きっと」

伸郎は答えた。

四

社長室の黒い革張りの椅子に壮一は深く腰を沈めていた。目を閉じ、荒い息を吐いていた。

「お疲れ様でした。お茶をどうぞ」

机の上に茶の入った湯飲みを置いたのは絵理子だ。

絵理子は、壮一の好みの茶、温度も知悉《ちしつ》していた。

「私は、不幸だ」

壮一は、音を立てて茶を啜った。

「どうしてそんなことをおっしゃるのですか？」

絵理子が訊いた。

「部下にも、家族にも恵まれていない。恵美《えみ》は早く死んだ。あいつは幸せだ。生きて、不幸を見ることがない」

恵美とは、亡き妻の名前だ。

壮一は、湯飲みを机に置くと、両手で顔を覆った。指はごつごつと太い。かつて家具作りの修業をした名残だ。

「社長、私たちがいるではありませんか！　家族に恵まれていないなどということはありません」

絵理子は優しい口調で言った。

壮一は、顔を上げ、睨むように絵理子を見つめた。

「お前はそう言うがね。美波も冴子も、私のことを大切に思っているのか疑問に思うことがある」

壮一が唇を歪めた。

「お姉様方は、お父様第一です」

絵理子は言った。

「お前は、どうなんだ？」

「私も同じです。お父様第一です」

「見え透いたことを言うな」壮一は怒りのこもった表情になった。「お前は、私や恵美の世話をしてくれた。それも献身的にだ。感謝している。しかし美波や冴子は、どうなんだ。私に引退を勧めるばかりで、世話をしようなどという温かい気持ちはないではないか」

「そんなことはないと思います。もし引退を勧められていらっしゃるなら、お父様の健康を考えてのことですわ」

「いい加減なことを言うんじゃない。そんなことを言われると、お前まで信用できなくなる」

壮一は怒りを絵理子にぶつけた。

「いえ、言わせていただきます。お父様は誤解をされています。お姉様方は、お父様のことを大事に思っておられます」

「いや、誤解ではない。私を経営の座から引きずり下ろし、この宝田家具を自分たちの思いのままにしようとしているのだ」

壮一の表情が徐々に険しくなる。

「思いのままとは、どういうことでしょうか？　お姉様方も宝田家具を愛しておられると思いますが」

「いや、愛していない。私が、家具にどれだけの情熱をかけてきたか。その思いがわかっていない。彼らは百年家具など無用の長物だと考えているのだ。若者は、消費者は、安くて、使い捨ての家具を求めていると考えている。もはや宝田家具は時代遅れだとな。私はそんな家具を作りたくないし、売りたくもない。代々受け継がれていく家具を作り、売りたい……。それが宝田家具の使命だ。お前はそうは思わんか」

壮一は絵理子を見つめた。

「私は、お父様のお仕事を尊敬しております」

絵理子は静かに答えた。

「お前だけか……娘が三人もいながら、私を大事に思ってくれるのはお前だけだ。ああ、なんということだ。私は、育て方を間違ったのか。もっと愛情を注いでやっておればよかったのか」

壮一は、天を仰ぐような素振りをした。息が荒い。興奮しているのだ。鼓動も激しい。

「お父様、もうお疲れでしょう。帰宅なされたらいかがでしょうか？」

絵理子が心配そうに言った。

「そうだな……」壮一は、立ち上がる際に、再び、絵理子を見つめた。「なあ、お前は、この会社を継ぐ気はないのか」

「私ですか？」

絵理子は目を瞠《みは》った。本気で驚いている。

「そうだ。お前なら私の考えをわかってくれそうだ」

「私は、三女です。社長になる資格はございません」

絵理子は、少し、微笑《ほほえ》んだ。壮一の気持ちが揺らいでいるために、こんなたわごとを口にしたのだと思ったのだ。

「三女だろうと関係ない。この会社を愛してくれているか、どうかだ」

「お父様、その話は止《や》めにしましょう」

絵理子は壮一をたしなめた。

「そうか……。私は、どうすればいいのだろうか。なにもかもが空しい。ここまで作り上げてきた宝田家具が目の前で崩れようとしているのに、それを支える力も時間もない。いったい私はなにをしてきたのだろうか。全てが徒労だったというのか」

「お父様、お疲れなのです。お休みになってください。明日の朝になれば、また陽《ひ》が昇ります。それをご覧になれば、元気がでます」

絵理子は、優しく言い、壮一の身体を支えた。

「そうだな……。年を取ると、どうも愚痴っぽくていかん。それにしても」壮一は、絵理子に振り向き「お前には申し訳ないことをした。私の世話に明け暮れて、婚期を逃してしまった。今からでも遅くない。だれか好きな人はいないのか」

「お父様、もうお止めください。私は、お父様のお世話をすることを少しも不幸だなんて考えておりません」

絵理子はわずかに語気を強めた。余計なことを口にし、美波や冴子の耳に入れば、どんなもめ事に巻き込まれるかわからない。それは望むところではない。

「もし好きな人がいるなら、私に構わずに嫁に行けばいい。私は一人で死ぬ。生まれた時も一人なら、死ぬ時も一人だ。必ずその時が来る。空しいことだなぁ」

壮一は、絵理子に支えられながら、ゆっくりと歩く。

「冬柴《ふゆしば》さん、冬柴さん」

絵理子が社長室に設置されたインターホンに呼びかけた。

ドアが開き、冬柴次郎《じろう》が急ぎ足で入ってきた。

次郎は、整った顔立ちで、スポーツをやっていたのか、身体つきが堅く締まっているのはスーツを着ていてもよくわかる。絵理子の部下である。

「室長、お呼びですか？」

「社長が、お帰りになります。車をすぐに手配してください」

「承知しました」

次郎は、踵《きびす》を返し、自席に戻るべく急いだ。社長付きの運転手に連絡するためだ。

「早くしてください」

背後から絵理子の声が追いかけてきた。

五

——俺は、いつまでこんな下働きをしなければならないんだ。

冬柴次郎は、言葉にならない不服の声を心の中で呟きながら、運転手に社長車の手配連絡をした。

次郎は、会社での扱われ方は自分の生まれに原因があると思っている。悔しくてたまらないが、自分の生まれが悪いのだ。

次郎は、壮一の部下として宝田家具の成長に貢献してきた冬柴弥吉《やきち》が、愛人に産ませた子どもなのだ。愛人と言っても宝田家具の女子社員である。

弥吉は、次郎を認知し、自分の子どもとして育てた。母である女子社員には手切れ金を渡し、別れた。だから次郎は母の顔も名前も知らない。義母を本当の母として育ったのである。

しかし、義母はやはり義母である。自分の夫が、別の女に産ませた子どもを自分の子どもとして育てることに抵抗があったのだろう。冷たくされた記憶しかない。

次郎には、太郎《たろう》という三歳上の兄がいる。彼は本妻の子どもである。太郎、次郎と言えば、仲がいいように聞こえるが、実際はそうではない。

おもちゃも服もなにもかも太郎の使い古しで我慢させられたのだ。これは一般的な家庭でもよくあるケースだが、本当の母親ではないと知った時から、次郎の僻《ひが》みとなり、心の傷となった。

兄の太郎も宝田家具に勤務しているが、ここでも兄との差がある。兄は、営業部長として最前線で働いているが、次郎は秘書室の一担当者に過ぎない。

どうしてこんなに兄と差があるのだと次郎は憤りを内包して暮らしている。

一方の太郎は、次郎から見ると、真面目過ぎるほど真面目で、人がいい。次郎が、ひねくれた思いを抱いていることなど全く気づいていない。

次郎、次郎と声をかけ、なにかと気にかけてくれる。次郎としては嬉《うれ》しいのだが、その度に太郎との待遇の差を意識させられ、腹立たしくなってくる。

義母は、すでに亡くなった。父である弥吉は、七十九歳。まだまだ矍鑠《かくしゃく》としている。宝田家具の顧問として、壮一の話し相手として、頻繁に来社する。

いい加減に顔を出すのを止めろと言いたいが、弥吉にしてみれば壮一の愚痴を受け止められるのは自分だけだとの自負がある。

ドアの隙間から、微《かす》かに漏れ聞こえるのは、壮一の怒りのこもった声だ。空しい……。信用できない……。切れ切れに聞こえてくる。

壮一は老いた。遠くないうちに社長を交代せざるを得ないだろう。その時が、自分が浮上するチャンスであると次郎は考えていた。

次郎が考えているシナリオは、美波副社長を社長に担《かつ》ぎ上げ、その論功行賞《ろんこうこうしょう》で自分は役員になり、宝田家具を実質的に支配するというものだ。

その時になれば太郎を会社から追い出してやる。暗い思いが、執念となっていた。

次郎は、美波のスパイ同様の役割を担っていた。壮一の動きや考え、特に社長の座をだれに譲ろうと考えているのか、探り出すのが役割だ。

美波は、五十歳を過ぎているが、まだまだ色香を濃く漂わせている。三十五歳の次郎でさえ、時に迷いそうになる。

実際、美波に言い寄られたことがある。その時は、辛《かろ》うじて事なきを得たが、もし同じことが起きたら、今度はどうなるかわからない。いっそのこと美波と深い関係になった方が、野望の実現の可能性が高くなるかもしれない。

しかし美波は、次郎から見ても腹黒く、なにを考えているかわからないところがある。上手《うま》く利用されて、捨てられてはたまったものではない。

駐車場に社長車が到着した。

壮一は、絵理子に支えられながら歩いてくる。

壮一が次郎を見た。視線が合った。足腰は弱っていても壮一の視線の強さは尋常ではない。数々の修羅場を潜《くぐ》り抜け、家具王国を築いただけのことはある。次郎は、自分の野心が見抜かれたような恐ろしさを覚え、思わず目を伏せた。

「冬柴さん、ありがとう」

絵理子が言った。

「手をお貸ししましょうか？」

次郎は、壮一に手を差し延べた。

「自分で乗れる。構うな」

壮一は、次郎の手を強く払った。

「申し訳ありません」

次郎は深く低頭した。

運転手が後部座席のドアを開けている。壮一は、絵理子の介助も拒否し、思いがけないほどしっかりした足取りで、社長車の中に消えた。

「よろしくお願いします」

絵理子が、運転手に言う。

運転手は、無言で頭を下げると、ドアを閉め、運転席に戻った。

社長車が駐車場から発進する。絵理子と次郎は、社長車が見えなくなるまで深く低頭していた。

「社長、少し元気がないように見えますね」

次郎は言った。

「そうなのよ。心配だわ」

絵理子が言った。

次郎は、絵理子を見た。

絵理子の表情には陰りがあった。本気で壮一のことを気にかけているからだろう。

次郎は、上司でありながら絵理子のことが女として気になっていた。父親である壮一の世話に明け暮れたため、独身である。年齢は四十歳だ。中年ではあるが、そうは見えない。もっと若い印象だ。そしてなによりも父親が同じとは思えぬほど、美波や次女の冴子に比べて穏やかさ、優しさが際立っている。

絵理子を社長に担ぐ方がいいのではないか。

次郎に、そんな思いがよぎった。だが、すぐに否定した。絵理子は、それが本音かどうかはわからないが、欲がないように見える。トップに立とうという者には欲が必要である。その点では美波の方に軍配が上がる。

「社長の座をだれかにお譲りになる日も近いのでしょうか?」

次郎は言った。そしてすぐに真顔になって「すみません」と絵理子に謝った。自分の立場で口にすべき言葉ではない。

「さあ、どうでしょうか。何事にも時があるから」

絵理子は言った。

「何事にも時がある……。そうですね」

次郎は答えた。

第二章／自問

一

壮一は、ビクトリア調のアンティーク家具に囲まれたリビングで、一人で酒を飲んでいた。アンティーク家具に囲まれていると、気持ちが穏やかになる。特にイギリスが最も輝いた十九世紀、ビクトリア女王時代の家具を好ましく思っている。

この時代は、産業革命でイギリスが世界一の国へと駆け上がった時代である。しかし家具には贅沢《ぜいたく》さよりも機能的でシックで落ち着きがある。まさに壮一が理想とする百年家具である。

夕食は一人で食べ終えた。通いの家政婦が作り置きしてくれたものだ。

いつもは三女の絵理子が一緒にテーブルを囲むのだが、今夜は仕事が忙しいのか、午後七時を過ぎたが、まだ帰ってきていない。

アンティーク家具のテーブルには、ロマネコンティなどの赤ワインが似合うだろうが、酒は日本酒である。

今夜は佐賀の銘酒鍋島《めいしゅなべしま》を味わっている。佐賀は米と水がいいのだろう。酒が柔らかく、和《なご》やかである。これを冷やして、ワイングラスで飲むのがいい。

壁には、やはり龍の絵がかけられている。天井画と同じ有名な日本画家に描かせたものだ。この絵は、取締役会を開催する会議室の天井に描かれたものより優しい印象だ。銀色に輝く雲の中を龍が天に向かって真っすぐ昇っていく様子を描いている。龍がとりわけ大きく描かれているわけではなく、銀色の雲と龍とのバランスが保たれている。いわゆる昇天龍図である。

壮一は、この絵を見る度に様々な感慨に浸る。会社が上り坂の時は、ぐいぐいと上昇する龍に自分を重ねていた。もっと高みに行きたいと強く願う自分の姿を龍に重ねていた。

しかし今は、死に向かっている自分と重ねていた。天国に行くことができるのかどうかはわからないが、昇天する龍が、この世での役割を終えつつある自分に見えるのだ。

――私もそろそろ昇天か……。

壮一は、酒を飲んだ。

しかし、どうしてこれほどまでに空しさが募《つの》るのだろうか。

一人で酒を飲む寂《さび》しさを紛《まぎ》らわすわけでもないが、寝室に置いてある亡き妻、恵美の写真をテーブルに置いている。

「お前はいい。早く死んだお陰で空しさを味わわなくていい。そちらの世界はどうだ、私がいなくて寂しくはないか」

写真に語り掛ける。当然、なにも答えない。

いつもは一緒に絵理子が食事や酒の相手をしてくれるのだが、今夜はいない。そのため孤独感が一入《ひとしお》なのだ。

昔は、食事はもっとにぎやかだった。ビクトリア調の居間ではなかった。もっと狭い居間での食事だった。恵美がいて、三人の娘が大騒ぎをして食事をしていた。一家団欒《だんらん》の楽しみがあった。

――あれは夢か？　夢だったのだろうか。

三人の娘が、食事の礼儀も守らないほど幼い頃、壮一は仕事に夢中だった。皆で楽しく食事をする時間を持てたはずがない。

もし持てていたとしても、壮一は娘たちに見向きもせず、行儀の悪さを笑いながら注意するようなこともせず、仕事の書類を見ていたことだろう。

取引先からひっきりなしにかかってくる電話を取るために食事を中座し、娘たちに向かって、うるさい、少し静かにしろと怒鳴っていたのではないか。

今となっては、一家団欒の楽しい食事風景が本当にあったことなのか、それとも夢だったのか、どうでもいいのだが。

「どうしてこれほど空しいのか」

壮一は、ワイングラスに酒を注ぐ。

壮一は、家具王になる夢を追い求めて努力してきた。

――いや、待てよ。最初から家具王などと大それたことは考えていなかった。ただただ貧乏から抜け出したかった、腹いっぱいに飯《めし》を食いたかっただけではないのか。

壮一の思いは過去を巡っていた。

人は、夢を追いかけている時が一番幸せなのかもしれない。次々と新しい夢、欲望と言いかえてもいいかもしれないが、それを摑もうと足搔《あが》いている時こそ、苦しいにもかかわらず喜びが大きいのだろう。

人間とは厄介《やっかい》なものだ。

美味《おい》しい食べ物をたくさん食べることができるようになれば、それで満足するかと思いきや、すぐに満足感はなくなってしまう。口を、舌を通過するや否や、もっと美味しいものを、さらにたくさん食べたいという欲望に抗《あらが》うことができなくなる。

無間地獄《むげんじごく》に落ちたが如《ごと》く、次々と欲望が切りなく湧き上がってくる。

動物はどうなのだろう。人間も動物である。それならば他の動物も同じように欲望の無間地獄に陥るのだろうか。

そうではないと思う。例えば猛獣のライオンは、獲物を仕留め、その肉を腹いっぱい食べると、満足した顔で木陰で休んでいるではないか。

もっと食べたいとか、他のライオンの獲物まで奪ってやろうとかいう行動はしないのではないか。

もしそうだとすると、なぜ人間だけに際限なく欲望が湧くのだろうか。さらに言えばたらふく食べ、胃がそれ以上食べ物を要求していないにもかかわらず、なぜ他人のものまで奪いたい衝動に駆られるのか。

壮一は頭を叩《たた》き「これのせいか」と呟く。

人間には他の動物にはない欲望を喚起する何かがあるのだろう。そのため際限なく欲望が湧いてくるのだ。しかしこの欲望を生み出す何かが人間社会を発展させただろうし、壮一を家具王にしたことは間違いない。

寝食《しんしょく》を忘れて仕事をした。次々と目の前に現れる目標を達成しているうちに気が付くと家具王と呼ばれるような人間になり、金を手にし、この素晴らしい邸宅も手に入れた。

最初に小さな家具商社を作り、そこから店舗を拡大していった。従業員は壮一と妻の恵美だけだった。そこから一人、また一人と増えていった……。

壮一は老いを実感していた。

老いというのは、欲望が枯渇《こかつ》することなのか。もうこれ以上、なにも欲しくなくなった状態のことなのか。

なにか望んでいることはあるのか。

――わからない……。

家具王と言われる成功者になりたかったのか。なにになりたかったのか。今となってはなにもかもが夢だったような気がする。

寒い夜に母に抱きしめられて眠った。あの温かさ、それ以上のものを得ることができたのだろうか。

金も地位も世間の評価も、望むものはあらかた手に入れた。しかしあの温《ぬく》もり以上のものは得ていない気がする。

「空しい……」

この空しさはどこから来るのか。全ては老いからなのだろうか。

そうではないだろう。

――「愛」で満たされないからなのではないか……。

壮一は、思わず笑った。声に出して笑った。だれもいないリビングに笑い声だけが響く。それは壁に反響し、再び壮一の耳に届く。

――なにを言っているのだ、私は……。愛だと？　この年になって愛を欲しがるなど、私はおかしくなってしまったのか……。だれかに強く抱きしめてもらいたいなどと子どものようなことを願っているのか。

再び、声に出して笑った。涙腺《るいせん》が緩み、涙が滲《にじ》んできた。

「ああ、馬鹿馬鹿しい」

壮一は呟いた。

電話が鳴る音が聞こえる。時計を見た。午後八時だ。絵理子からだろうか。

先ほどまで壮一の笑い声が響いていたリビングに乾いた電話の呼び出し音が鳴り、壮一に早く受話器を取れ、と急《せ》かす。

壮一は立ち上がり、サイドボードの上に置かれた電話の受話器を握った。

「もしもし……」

壮一は、警戒しながら電話に答えた。

「社長、一人？」

明るく、軽やかな声が聞こえてきた。

「なんだ愛華《あいか》か？」

姜《きよう》愛華。中国人で、銀座《ぎんざ》でバーを経営する女性である。年齢は不詳。冷たく、近づきがたいような美人ではなく、愛嬌《あいきよう》があり、時には少女のような印象さえ受ける時がある。

壮一とは長い付き合いである。愛華が、銀座のクラブに勤めていた時に出会った。

壮一は、なぜか愛華に惹《ひ》かれた。母の面影があったのかもしれない。

壮一は、妻の恵美を亡くして二十年が経っている。恵美がいた時は、どんなことがあっても恵美以外の女性に心を動かすことはなかったのだが、愛華に惹かれた時は違った。やはり寂しさが壮一を動かしたのだろう。

壮一は、愛華をそのクラブから引き抜き、独立させ、小さなカウンターバーを営業させたのだ。

それは愛華の希望でもあった。それを叶えてやることに壮一は喜びを覚えた。愛華は、いつでも壮一の希望があれば、男女の関係になってもいいと思っていたようだが、壮一はそれを望まなかった。だから今に至るまで肉体関係とは無縁である。

それが愛華との関係を長続きさせているのだろう。初めての出会いから、十数年が経過している。

「なんだじゃないわ。今、近くにいるのよ。行ってもいい？」

「近くに？」

「そう、ちょっとね。お邪魔してもオッケー？」

ちょっとおどけた様子だ。

「今、一人だ」

「じゃあ、ちょうどいいじゃない」

「馬鹿言え。男一人のところにきたら、私がお前を襲うかもしれないぞ」

「ははは」

「なにがおかしい」

「そりゃ、おかしいわよ。私が、いくら誘っても見向きもしなかったくせに。奥様が亡くなっているのに、まだ背中にしょっているんでしょう？　今夜こそ襲ってみなさいよ」

「ははは、もうそんな元気はない」

「じゃあ、行ってもいい？」

壮一は一瞬考えた。もし絵理子が帰ってきたら、どう思うかということだ。しかし「ああ、いいよ。なにもないが、酒はあるから」と答えた。

どこか浮き立つ気持ちがある。自分のことを思い出してくれた者がいることが嬉しいのかもしれない。

「じゃあ、すぐに行くわね」

「ああ、待っている」

愛華の電話が切れた。

二

インターホンが鳴った。

愛華が来たのだろう。

その素早さに壮一は驚いた。本当に我が家の近くにいたのだろう。もしかしたら自分を訪ねるために来たのかもしれない。最近、帰宅が早く、彼女の銀座の店にあまり通っていない。

壮一は、テーブルを離れ、壁に設置されたインターホンのカメラ映像を見つめる。愛華の顔が大映しになっている。慌てて門を開けるスイッチを押す。門が開いた。

壮一は、玄関のドアを開けて待っていた。向こうから「はい！　社長さん」と若く甲高《かんだか》い声の愛華が歩いてくる。

「突然で驚いた。さあ、上がれ。寒かっただろう」

まだ冬には早いが、十一月の夜は冷たく、寒い。

「社長さんに温めてもらおうかな」

リビングに入った愛華が、コートを脱ぎながら笑って言う。

「それは期待するな。酒があるから飲めばいい。温まるぞ」

壮一は、ワイングラスをもう一つ取り出し、テーブルに置いた。

愛華は、胸元の開いた真っ赤なドレス姿だ。その赤は、リビングが突然、炎に包まれたかのようだった。

「ありがとう。飲ませてもらいます」

向かいに座った愛華はワイングラスを差し出す。壮一は、鍋島を注ぎ入れた。

「乾杯！」

愛華がグラスを掲げた。

「乾杯」

壮一は愛華のグラスに自分のグラスを合わせる。

「久しぶりね。この家に来るのは」

「そうだな。今年になって初めてだろう」

壮一はグラスを傾ける。

「これだけ大きくて立派な家に一人なのね……」

愛華もグラスを傾けた。

「一人じゃないぞ。絵理子が一緒だ」

「でも今日は一人じゃないの」

「絵理子は残業なのだろう」

「寂しいわね」

「寂しくなんかない」

「ははは……」愛華が笑う。そしてグラスの酒を飲み干した。「強がり言って……」

「強がりじゃない。一人は気楽だ」

壮一も酒を飲み干した。グラスに新たな酒を注ぐ。愛華のグラスにも注ぐ。

「いいもの、あげる。プレゼント」

愛華が持参してきたデパートの買い物袋をテーブルの上に置いた。

「さっきから気になっていたんだ。それが……私へのプレゼントか」

「大したものじゃないけど。あなたには必要な物」

愛華が袋から取り出したのは箱だった。

「開けていいか」

壮一はデパートの包装紙に包まれ、赤いリボンで飾られた箱を見ていた。

「どうぞ」

愛華が手を差し出す。

「なにかな」

壮一は笑みを浮かべながら、リボンを解《と》き、包装紙を丁寧に開いていく。箱の蓋《ふた》を取り上げた。

「帽子《ぼうし》？」

箱の中にあったのは毛糸の帽子だ。明るい緑の地に赤いストライプが縦に入っている。若々しいデザインで、八十歳を過ぎた壮一が被《かぶ》るには少し気恥ずかしいかもしれない。

「散歩するのにちょうどいいでしょう？」

愛華が微笑する。

「散歩なんかしている暇がない」

「なにを言っているの？　もうその年じゃ散歩くらいしかすることがないでしょう」

「そんなことはない。まだまだ会社のために働かねばならないんだ。のんびりなんかしていられない」

「今、あなたは空しいはず。会社は大きくなり、社会的にも成功した。しかし、こんな大きなお屋敷で一人で酒を飲んでいるだけ。今夜も空しさを抱いて、一人で泣いていたんでしょう？」

「馬鹿言え」

壮一は怒った。

「私にはわかるの。あなたは今以上に寒い目に遭うでしょう。近いうちにね。それでせめて毛糸の帽子が必要なのよ」

「毛糸の帽子を被らねばならないような寒い思いってなんなんだ。お前はいつから予言者になったんだ」

「予言者じゃない。私はあなたのことをものすごく心配しているのよ。昨夜、あなたの亡くなった奥様が私の夢枕に立ったの。私、驚いたわ。お写真を一、二度ちらっとお見かけしただけなのにね」

「恵美が？　恵美がどうして？」

壮一は目を瞠った。壮一ではなくどうして愛華の枕元に立ったのか。

「どうしてだか知らないけど、あなたに意見できるのは私だけだと思ったんじゃないの」

愛華が眉根を寄せた。

「恵美はなにを言ったのだ？」

「あなたには、この毛糸の帽子しか残らないっておっしゃったわ」

「なんだと？　この帽子だけ？」

「働き、成功し、働きづめに働いて、家族を顧《かえり》みず、自分のやりたいことをやって、あなたになにが残ったの？」

「なにが残ったかって。この家、家族、会社、財産が残ったではないか」

「それであなたは満たされているの？　それであなたは幸せなの？」

愛華の顔が、亡くなった恵美に見えてきた。壮一は、目を両手でこすった。

「正直、空しい……空しいと思うようになった」

壮一はグラスをテーブルに置き、両手で顔を覆った。

「そうだと思ったわ。私が今、言ったのは私の言葉じゃないのよ。奥様に言わされているの」

「恵美が、恵美が言ったのか」

「そうよ。あなたのことが心配で成仏《じょうぶつ》できないみたい。あなたには愛が必要なのね」

愛華は、壮一の元に近づき、壮一を抱きしめた。

壮一は、まるで子どものように愛華の胸に顔をうずめた。

「私にできるのは、これくらいね。寂しければ泣いていいのよ。奥様だって許してくださるでしょう」

「私は、どうすればいい？」

壮一は、すがるような思いで顔を上げ、愛華を見つめた。

「会社から引退したらどうなの？　そうなれば私とも遊べるでしょう？」

「譲るのか……。頼りない奴らばかりだが」

「引退しましょう。だれにでも終わりがある。いつまでも生きてはいられない」

愛華が言った。

「考えさせてくれ。だれに会社を、財産を譲るのか……簡単に決定できない」

愛華は、壮一を突き放した。

「後継者を決めないで引退はできないというわけ？」

「そうだ。それは無責任というものだろう」

「経営者としては当然のことかもしれないけど、死んだ後のことまで関係ない。いくら最適だと思って後継者を決めても、あなたが亡くなった後、どうなるかは神様のみぞ知るってこと。何百年続く会社が、ある日突然、消えてなくなるってこともある。後のことを煩《わずら》ってなにになると言うの」

愛華は手厳しい。

「お前の言う通りだ。先は長くない。しかし野となれ山となれというわけにもいかない。だれが私の面倒を見てくれるのだ。それも心配しなければならない」

　壮一は苦しそうな顔を見せた。

「ははは」

　愛華が笑った。

「なにがおかしい」

　壮一は不満げに言った。

「地位も名誉も財産も、なにもかも手に入れたのに、自分には最後まで面倒を見て、死に水を取ってくれる人がいないと心配する……。ああ、なんて悲しい。悲しくっておかしくなったのね」

「笑うな。笑うなら、帰れ」

　壮一は怒った。

「ええ、帰るわ。こんな悲しく、寂しいあなたを見るのは忍びない。きっとまた奥様が私の枕元に立って、あなたが最後に大きな間違いを犯さないように見守ってと言うでしょうね。私は心配でならない。お嬢様が三人もいて、お孫さんもいて、社員たちもいる。あなたの周りには多くの人がいるのに、本当にあなたのことを愛している人が何人いるのかしらね。あなたを本当に愛してくれる人が見つけられるか。最後は笑顔でこの世とおさらばできるのか。私は心配で、心配で、たまらない。ああ、なぜこんな老人のことを心配しなくてはならないのか。たとえ、泉下《せんか》の奥様に頼まれたこととはいえ、私にとってはなにも楽しいことはない」

　愛華は、帰り支度をし、玄関に向かった。

「ただいま」

玄関ドアが開き、絵理子が姿を現した。

「あら、お帰りなさい」

愛華が言った。

「愛華さん、来てらしたの？」

絵理子が穏やかな笑みを浮かべた。

絵理子も愛華の店に行ったことがある。親しいとは言えないが、壮一との関係については、娘として公認している。姉の美波や冴子は、愛華のことをこころよく思ってはいない。壮一の財産を狙う女狐《めぎつね》と考えているのだろう。

「お父様をお慰めに来たんだけどね、ご機嫌を損ねたようなので帰ります」

愛華は、壮一を振り向き、皮肉っぽく言った。

「あらあら、喧嘩《けんか》なんて、仲がいいことですね」

絵理子が言った。

「仲がいいなどということはない」

壮一が言った。怒っている。

「ねっ」と愛華が確認を求めるように絵理子に微笑んだ。「お父様はいよいよ会社を引退されるのよ」

「えっ、本当？」

絵理子が驚いた顔を壮一に向けた。

「うむ……」

壮一は眉を顰《ひそ》め、唇を歪めた。

三

「冬柴さん、ちょっと」

秘書室に向かう廊下で、冬柴次郎は、秘書室の部下である水野梨乃に呼び止められた。

「なに？　今夜、空いてるぞ」

次郎は、ニヤついた顔を梨乃に向けた。

梨乃は、肉感的な女性で、決して美人とは言えないが、垂れ目で愛嬌があり、いわゆる男好きのするタイプである。

銀座などのクラブのママで経営に長《た》けているのは、美人とは限らない。男を引き付けて止まない愛嬌のある女性が成功すると言われる。梨乃もそのタイプである。

次郎は、梨乃の魅力に取り込まれ、愛人関係にある。しかし、梨乃が他のだれとダブル、トリプルの愛人関係にあるか、ある程度は知っている。気にしないようにしているが、時には嫉妬心が頭をもたげることがある。

「馬鹿ね、そんなことよりもっと重要なこと」

「なに？　君が情報通なことは百も承知だがね。なにか面白い話を聞いたのかい？」

梨乃は、次郎に耳を貸すように言った。

次郎が、梨乃に耳を傾けると、梨乃は両手でその耳を隠すようにして囁《ささや》いた。

次郎は、目を瞠った。瞬きを忘れ「本当か」と言った。

「本当よ。絵理子さんから聞いたのだから」

梨乃は自信たっぷりの表情で言った。

「室長から」

「ええ、だから本当のことなの」

「それで、他になにか？」

「社長は高齢でしょう？　それでもこの会社に対する思い入れは深い」

「そりゃそうさ。裸一貫から作り上げた会社だからな」

「それでね」梨乃は周囲を憚《はばか》るように、次郎に身を寄せた。「とにかくこの会社の伝統を守り、発展させてくれる人……。そして」

「そして、なんだよ。思わせぶりなことを言うなよ」

「自分の老後もその人がちゃんと面倒を見てくれるかが心配なのよ」

「なんだ……そんなことか。社長は金があるんだから、さっさと高級老人ホームに入ったらいいんじゃないのか。手厚い介護をしてくれるだろう」

次郎は突き放したように言った。

親が子どもに老後の生活を見させようとするなど、時代遅れも甚《はなは》だしい。次郎も、父、弥吉の老後の生活を支えようという気はさらさらない。むしろ本当の母のことも教えず、無慈悲に捨てた弥吉のことを恨《うら》んでいるほどだ。

「その通りなんだけどね。でも社長は幼い頃に家族を亡くし、本当の家族の温かみを知らないで育ったから、寂しくなったんじゃないの。だから老人ホームじゃなくて、娘たちに面倒を見てもらいたいと願っているのよ」

「ふーん」と次郎は鼻梁《びりょう》に皺を作り、

「そんなものかね」と呟いた。

「社長は、絵理子さんを後継に選ぶつもりじゃないかしらね。絵理子さんは社長の経営に対する考えを守ろうとする思いが強いし、今も同居して、世話をしているわけだしね」

梨乃は、自分の推測に納得するかのように頷《うなず》いた。

「そりゃ、不味《まず》いなぁ」

次郎は、眉根を寄せた。

「なぜよ？　なぜ不味いの？」

梨乃が次郎に詰め寄った。

「まあ、いいじゃないか。そんなことはどうでも」

「どうでもいいことはないわよ。美波さん、冴子さん、絵理子さんのうち、だれが社長になるかで、こっちの立場にも微妙に影響するんだから」

梨乃が不満そうに言った。

「絵理子さんじゃ、考え方が社長と同じで、古いだろう？　時代についていけない気がするんだ」

次郎は言った。

「なるほどね。まあ、そういうこともあるわね。じゃあ、冬柴さんはだれがいいと思っているの？」

「それこそどうでもいいじゃないか」

「嫌ね、秘密主義者め」

梨乃はふてくされたように次郎の手をつねった。

「痛い！」

次郎は、梨乃の手を勢いよく払った。

「これからも情報交換しましょうね。私たちの問題だから」

「ああ、わかった。これから面白くなるかもしれないな。情報交換、承知した」

次郎は、梨乃に顔を近づけ、自分の唇で梨乃の唇を塞《ふさ》いだ。

「もう、こんなところでは止めて」

梨乃は次郎の身体を押し返した。

「これからも情報提供をよろしく」

次郎は、なにか考えがあるかのように深く頷き、言った。

四

人の気配を感じた絵理子が書類から目を離し、顔を上げると冬柴太郎が立っていた。

「あら、太郎さん、なにか？」

絵理子は太郎と幼い頃から親しい。それに、秘書室に弟の次郎が在籍していることもあり、〝太郎〟の名前で呼びかける。

「熱心に書類を見ておられるので、ちょっと声をかけにくかったのですが……」

太郎が言った。

「次郎さんに用なのですか？」

絵理子は、太郎の弟である次郎の名前を挙げた。

「そうじゃありません。社長に父から、これを」

太郎は、紙袋を持ち上げた。酒のようだ。

「冬柴顧問からですか？」

「ええ、珍しい日本酒らしいです。十四代《じゅうよんだい》という……」

「十四代？　聞いたことがあります」

「社長が絶対に好きだから、お前、持って行けって言われまして。父はちょっと用があったもので。とにかく早く社長に届けろってうるさくて」

太郎は苦笑した。

「ありがとうございます。社長がお喜びになると思います。ではそれは私がお預かりします」

絵理子は太郎の手から酒の入った紙袋を受け取った。

「ところでついでと言っては申し訳ないのですが、よろしいですか？」

絵理子が太郎に声をかけた。

「はい、なんでしょうか？」

太郎は戸惑いながらも微笑した。

「どうぞ、こちらへ」絵理子は立ち上がり、「水野さん、ちょっと席を外しますね」と秘書室員の水野梨乃に声をかけた。

「はい」

梨乃は返事をしながら、二人をどことなく思惑ありげに見つめた。

絵理子は、太郎を応接室に招じいれた。

絵理子と向かい合わせに座った太郎は緊張を感じていた。と言うのは絵理子の表情が浮かないからだ。太郎は、密かに絵理子に思いを寄せていた。しかしその思いを伝えられずにいた。

「なにか、問題でも？」

「最近のわが社の業績はどうなのですか？　少し元気がないように思えますが……」

太郎は営業部長として営業責任者の一人である。

「はい、申し訳ございません。わが社の百年家具のブランドイメージの衰えが見え始めています。

外国や国内の格安家具が売り上げを伸ばし、それに圧されております」

「そうですか……」

絵理子の表情が浮かない。

絵理子は秘書室長であるが、宝田一族の一人として宝田家具の業績全般に関心を抱いている。

「でも大丈夫です。我が社には強いファンがついています。この路線でやっていけます。なまじ他社に追随《ついずい》して格安家具路線に転換しても、不得意分野であるために失敗するだけだと思います」

太郎は力強く言った。

「ありがとうございます。社長がお聞きになったら喜ばれると思います」絵理子はわずかに微笑んだ。「ところでここ最近、営業経費の増加が目立つのですが……。売り上げや利益が落ちている時に、少し使い過ぎではないかと思われます」

絵理子は会社の経理にも目を配っていた。

「申し訳ございません」

太郎は、絵理子の指摘について気づいていた。確かにその通りなのだ。

「太郎さんに謝ってもらおうとは思いませんが、業績が低迷しつつあるのに経費だけが増えるのはどうかと思われます」

絵理子の表情が曇っている。

「私の責任です」

「私は、そうは思っていないのです」

絵理子の視線が急に強くなった。

「はっ、どういうことでしょうか？」

「黒木常務のことです」

「黒木伸郎常務ですか？」

「ええ、冴子常務のご主人です」

社内に黒木常務は、絵理子の姉である冴子と夫の伸郎の二人がいる。混同を避けるために夫を黒木常務、妻を冴子常務と呼びならわしている。

「営業の役員でいらっしゃいますが……」

伸郎は、太郎の上司である。

「あまり良くない噂《うわさ》が耳に入ってきたものですから」

「どういうことでしょうか？」

「具体的に、どうってことではないのですが……。黒木常務が経費を使い過ぎているのではないかと……」

絵理子は言葉を選んでいる。

「わかりました。少し調べてみます。私自身は、できるだけ無駄な経費は使わずに営業をしているつもりですが……。どういう噂かわかりませんが、秘書室長のご懸念を晴らすように努力いたします」

「ありがとうございます。よろしくお願いします」

絵理子は頭を下げた。

絵理子は、太郎を誠実で真面目な人間であると信頼していた。彼の直属の上司である伸郎の行状の調査を依頼するのは気が引けたが、心配の種は潰さねばならない。

「ねえ、太郎さん」

絵理子が太郎を見つめた。

「はい、他にもなにかご心配のことがおありでしょうか？」

「心配事と言えば、そうなのですが、後継者のことです」

「えっ？」

「もし、ですよ。仮定の話です。社長が交代されるとしたら、後任はだれが相応《ふさわ》しいと思いますか？」

「私にはなんとも言えません」

太郎は、警戒した。宝田一族には、目の前の絵理子を含めて三人の相続人がいる。その意味から絵理子も立派な後継者候補である。下手《へた》なことは言えない。

「社長もそろそろ交代を考えておられるようなのです」

絵理子は言葉を選ぶ。

「そうなのですか」

太郎は、驚きを隠せない。壮一は、死ぬまで社長の座を降りないと思っていたからだ。

「いろいろな考えや思惑が動き出すような気がします。混乱がなく社長が思い描く人が後継者に選ばれればいいと思います。ぜひ協力してください」

絵理子は、太郎の手を握った。

太郎は、心臓が止まるかと思うほど、驚いた。それは絵理子に頼られているという喜びからなのか。

「わ、わかりました。私にできることならなんでもいたします」

太郎は、絵理子の手を握り直した。

「ご迷惑をおかけします」

絵理子は頭を下げ、太郎の手を放した。

「こんなことを申し上げると失礼なのですが、秘書室長も後継者の資格がおありだと思いますが……」

太郎は慎重に訊いた。

「私？」絵理子は太郎を見つめ、「私は、社長、いえ、お父様が楽しい老後を過ごせるようにしたいと思っているだけです。この宝田家具は、お父様にとって私たち、娘以上の存在です。全てなのです。私は、それを守りたいと思っています」と言った。

「よくわかりました」太郎は神妙に言い、「それでは黒木常務の件は追ってご報告いたします。秘書室長、僭越《せんえつ》ですが、私のことを信頼していただき、嬉しく思います」と微笑した。

「頼りにしています」

絵理子も微笑した。

太郎は、応接室を出て行った。

入れ違いで応接室に入ってきたのは、専務の鈴本雄一郎だ。

「話されましたか」

鈴本は訊いた。

「はい、黒木常務の経費の使い方が少し懸念されるとだけ……」

絵理子は目を伏せた。

「それでいいでしょう。冬柴は真面目な男です。きっと虫をあぶり出してくれるでしょう」

「そうだといいのですが……。心配です」

「社長が、私たちと一緒に心血《しんけつ》を注いで作り上げたこの会社を腐らせるわけにはいきません」

鈴本が語気を荒くした。

「そうですわね。でもお父様は、こんな会社を作り上げて幸せなのでしょうか？」

絵理子が遠くを見つめるような目をした。「なにをおっしゃいますか。絵理子様。この会社は社長の人生そのものです。社長の人生が終わる時まで隆々とした姿をお見せするのが、私のような古参社員の務めだと思っております」

「よくわかっております。ではよろしくお願いいたします」

絵理子は、鈴本に言った。

ソファから立ち上がり、応接室のドアを開け、鈴本を送り出した。

「千客万来《せんきゃくばんらい》ですね。室長」

梨乃が言い、探るような目つきで絵理子を見つめた。

「そうね……」

絵理子は疲れたように呟いた。

五

「どうしたの？　アポなしで来るなんて。今、出かけるところよ」

副社長の美波は次郎にきつい視線を送った。

「どうしたのなんてものじゃないですよ。大事な話です」

次郎は、周囲を憚りながら美波ににじり寄った。

「じゃあ、車の中で聞くわね。一緒に乗って」

「わかりました」

美波は、本社ビルのエレベーターに乗り込み、地下駐車場まで行く。次郎も一緒に乗る。

「ここで聞きたいけど。録画しているから」

美波がエレベーター内のカメラを指さした。

「ええ、承知しています」

次郎は答えた。

地下駐車場に着いた。美波は、自分で車を運転し、取引先に行く。運転手はパーティや特別な集まりの際に依頼するだけだ。

美波が、車のキーのボタンを押すと、目の前のベンツのライトが点滅した。

「乗って。話が終わったら、適当なところで降ろすから」

「副社長は、どこへ行かれるのですか」

「豊洲《とよす》の取引先よ」

「それなら築地《つきじ》で降ろしてください。寿司《すし》でもつまんで帰りますから」

「相変わらず怠《なま》け者ね。太郎さんとは随分違うわね」

美波は皮肉っぽく言い、車を動かした。

「兄とは、腹が違いますから」

次郎は、口を歪めた。

「そういうあなたのひねくれたところが魅力なのよ」美波は言い「話ってなに?」と顔を次郎に向けた。

助手席に座る次郎は、身体を美波に近づけ、耳元で囁くように言った。

「実は、社長が引退されるのです」

「えっ」

車が急に停《と》まった。次郎の身体がダッシュボードにぶつかりそうになった。

「危ないじゃないですか。シートベルトをしてなけりゃ、頭をぶつけてましたよ」

次郎は抗議した。

「ごめんなさい。あまり驚いたから赤信号に気づかなかったの」

「ほら、青になりましたよ」

次郎が前方を指さした。

車が再び動き出した。

「今の話、本当なの?」

「本当です」

「だれから聞いたの?」

「情報源は秘匿《ひとく》します」

「それで……他には?」

「気になりませんか後継者が」

次郎は、思わせぶりに言った。

「言いなさい。そんな情報があるなら」

美波が次郎に顔を向けた。

車が蛇行《だこう》した。

「危ないなぁ。こんなところで副社長と心中は嫌ですよ」

「馬鹿言うんじゃないわ。あなたと心中するわけないじゃないの。言いなさい。後継者を」

「驚かないでください」

「私は、長女で副社長よ。社長は、自分だけの力で会社を大きくしたって思っているみたいだけど、私の功績は大きい。それを考えれば、後継者は私以外にない。そうでしょう」

再び、美波は顔を次郎に向けた。

「運転に集中してください。この話をするなら、車を停めた方がいいかな？」

次郎がにやりとする。

「もう、焦《じ》らすんじゃない。早く言いなさい。言わないと、ガードレールに車をぶつけるわよ」

「おお、怖い。それじゃあ言います。後継者は絵理子秘書室長です」

「なんですって！」

再び、車が急に停まった。今度は次郎は前へつんのめり、シートベルトで背後に飛ぶように引っ張られた。

「勘弁してください。死んじゃいます」

「絵理子が後継者ですって！　それは本当なの？」

信号は赤だ。美波は顔を引きつらせ、次郎を睨みつけた。

「本当です。信号が青になりました」

次郎は信号を指さした。

車が動き出す。

「なぜなの。なぜ絵理子なの。三女よ。あの女狐め。お父様を取り込みやがって」

美波は、下品な物言いで、絵理子をなじった。

「絵理子さん、優しいじゃないですか？　私、部下ですけど、本当に良くしてくださいます。社長と一緒に暮らしておられるから、情も移っているんじゃないですか？」

「あの女は妹でもなんでもない。宝田家具を乗っ取ろうとして、お父様に媚《こび》を売っているだけ。会社で成果を上げたわけでもない。許せない。絵理子が社長だなんて……」

美波はぎりぎりと音が出るほど歯を嚙み締めた。

「社長はですね、会社を今のまま引き継いでくれて、自分の面倒も見てくれる人を後継者に考えているようですね。家族愛に飢えておられるという話です。そうなると後継者は絵理子さんです」

次郎は言った。

「馬鹿じゃないの。企業経営者が家族愛だなんて……。あなた、宝田家具が、このままでいいと思っているの？　こんな時代遅れの会社でいいの？」

美波の剣幕に圧され、次郎は身体をのけぞらせた。

「いいとは思っていません。だから私は副社長にこの情報を持ってきたんじゃないですか。私はね、副社長に賭けているんです。社長になったら、私を引っ張ってください。少なくとも兄以上には」

次郎は、ずるがしこく、抜け目のない表情で美波を見た。

「私とあなたとは利害が一致している。絵理子が後継者にならないように、私と一緒に動くことね」

美波は次郎に目を向けた。

「当然です。私は副社長を後継者にするように働きます」

「お願いね。築地に着いたわ。ゆっくりお寿司を食べてきて。会社の経費に付けていいから。明日、副社長室に来て。相談しましょう」

美波は築地四丁目の交差点近くで車を停めた。

「了解です。それじゃあ、安全運転で」

次郎は車を降りた。

美波の運転する車が、勢いよく去っていく。

「欲の皮の突っ張った女だ。だから操縦できるってもんだ。いよいよ俺にも運が回ってきたぞ。あの女が社長になったら、いの一番に太郎の奴を引きずり下ろしてやるんだ」次郎は周囲を見渡し、「さあて、美味《うま》い寿司を食って帰るか。会社の経費だからな」

次郎は舌なめずりして、寿司屋が並ぶ通りへと急いだ。

六

目の前に暗闇の中で輝く東京タワーが見える。スカイツリーに電波塔としての役割は奪われてしまったが、東京の夜に輝く姿は優美である。

「乾杯」

梨乃は、黒木伸郎のウイスキーグラスと自分のカクテルグラスを合わせた。

カクテルグラスは、鮮やかなブルーに染まっている。チャイナブルーといって、ライチリキュールにさっぱりとしたグレープフルーツジュースが入っているから、女性が好む味になっている。

「呑兵衛《のんべえ》のお前にはこんな粋《いき》なカクテルより、ロックのウイスキーの方がいいかな」

伸郎は言った。

「そんな嫌味は言わなくていいわよ。たまにはこんな場所で、ゆっくりとカクテルを味わいたいから。いつもはビジネスホテルでさっさとセックスを済ますだけだものね。味気なくて、なんだか物扱いされているみたいで嫌ぁな気持ちになるのよ」

梨乃が渋面《じゅうめん》を作った。

「仕方がないじゃないか。社内で噂になったら、お前との関係も続けられないからな。我慢してくれ。俺が社長になったら冴子と別れて、お前と一緒になる……」

伸郎が梨乃を見た。

「あなた、社長になる気なの。冴子さんがいるし、美波さんがいるし、絵理子さんだっているのよ。あなたは冴子さんの夫じゃないの。社長になるなら冴子さんじゃないの」

「冴子は、その気がない」

「本当なの？」

「ああ、あいつは社長にはなりたくないと言っている」

「美波さんは？」

「あの人はやる気満々だ。自分が社長になって息子の博につなげたいと思っているから」

「だったらあなたは社長になれないじゃない。私との関係はこのままってことにならないの？」

「俺は、必ず社長になる。その計画はあるんだ」

伸郎は薄く笑った。

「ははは」

梨乃が笑った。

「なにがおかしい」

伸郎が不機嫌な顔でグラスを下げた。

「あなたは社長になれない」

「なぜ、断言する？」

「社長は引退し、後継者を決めているから」

「なんだって！　だれだ？　後継者はだれなんだ？」

伸郎が焦りを露わにした。

「だれだと思う？」

梨乃は満足そうにチャイナブルーを飲んだ。

「教えろよ」

「絵理子さんよ。私はそうだと睨んでいる。確信していると言ってもいいわ」

梨乃は、得意げな顔で、人差し指を伸郎の額に突き立てた。

「それはないだろう！」

伸郎がグラスをカウンターテーブルに音を立てるほど強く置いた。グラス内のウイスキーが大きく波立った。

「社長は、絵理子さんを頼りにしている。そういうこと。だからあなたには目がない。まさか冴子さんから絵理子さんに乗り換えようと思っていないわよね」梨乃は、チャイナブルーを飲みほした。「私もウイスキーを飲みたいわ」

「好きなだけ飲んだらいい」伸郎が、バーテンダーに「スコッチ、ダブルで。ロックでくれ」と言った。

バーテンダーが手際よくグラスにスコッチウイスキーをメジャーカップで二杯注いだ。そこに球体の透明な氷を入れて梨乃に提供した。

「可愛い」

梨乃は、丸い氷に感動し、歓声を上げた。

「その情報をもう少し詳しく教えてくれ」

伸郎が眉根を寄せた。

「いいわよ。ハンドバッグ買ってくれる？」

梨乃が甘えた声で言う。

「ああ、幾つでも買ってやるから」

伸郎が投げやりに言った。

「絵理子さんから聞いたのだから、間違いがないわ。社長は、引退を考えているの。もう年だからね。それで会社を今のままの経営方針で経営してくれて、できれば自分の面倒を見てくれる人を選ぼうと思っているのよ。それが絵理子さん」

「秘書室長本人から聞いたのか？」

「そうよ。だからこれは本当の話」

梨乃がウイスキーを飲んだ。

伸郎には、真っ先に美波の顔が浮かんだ。その次に冴子だ。冴子は、社長になる気はないと言っていたが、絵理子がなるなら、冴子だって悔しいと思うだろう。美波は怒りで荒れ出すかもしれない。

「本当に社長は絵理子さんを後継者にするって言ったんだな」

伸郎が念を押した。

「疑うの？　私は絵理子さんからそれとなく聞いたの。もし疑うなら社長に直接お訊きなさいな。そんな度胸はないくせに。お代わり」

梨乃は、空のグラスをバーテンダーに差し出した。

「うーん」

伸郎が唸《うな》った。

「あなた、頑張って社長になってね。絵理子さんを追い落としなさいね」

梨乃がウイスキーグラスを高く掲げた。

「どうするかな……。急がないといけなくなったな」

伸郎は、赤く燃えるようにライトアップされた東京タワーを睨んでいた。

第三章　蠢《しゅん》動《どう》

一

美波は、副社長室のソファに身体を沈め、冴子と向き合っていた。眉間の皺を深くし、腕を組み、うつむいたままだ。室内に流れる時間が止まってしまっている。

「その情報は確かなの？　お姉様！」

冴子が、やや投げやりに訊《き》いた。冴子は、こんな場所で美波と顔を突き合わせているより、最近、夢中になっているゴルフのプライベートレッスンに行きたいのだ。

コーチは、ゴルフで有名な大学を卒業し、アメリカに留学し、レッスンプロの資格を取得した若者だ。

夫の伸郎なんか比較にならないほど、新鮮で、すがすがしい。伸郎の近くに行くと、死臭が漂っているのではないかと思うほど不快な気分になるが、コーチの周りには春風が吹いている。

時々、「わかんないわ。先生」などと年甲斐《としがい》もなくわざとらしい鼻にかかった声でミスショットをしてみる。

　すると、コーチが近づいてきて、冴子の背後から抱きかかえるように両腕を伸ばし、クラブを握る冴子の手を包む。その時、コーチの股間の微妙な部分が、冴子の尾骨辺りに触れる感覚がある。途端に電流が脳髄《のうずい》に流れ、へなへなと崩れ落ちそうになってしまう。

　もうすぐその刺激的な時間なのだ。美波に付き合ってなんかいられない。

「確かよ。間違いない」

　美波はようやく顔を上げた。暗くすさんだ目をしている。

「お父様に確かめたわけじゃないんでしょう?」

「あなたね、そんなこと確かめられるわけがないじゃない。お父様、会社を絵理子にお譲りになるおつもりなのですか?　どうして私じゃないんですかって訊くの?　どのツラじゃないわね。どんな顔をして訊くのよ」

「そのままの顔で訊いたら?」

　冴子は、皮肉っぽく小鼻をひくりとさせた。美波の動揺振りが、愉快な感じもするのだ。

「なによ、その言い方?　冴子は悔しくないの?　末の妹の風下に立つのよ」

　美波の表情が険しくなった。

「さあ、どうかしらね」

「どうかしらじゃない!」美波がテーブルを拳《こぶし》で強く叩く。「もしもよ、絵理子が社長になったら、私たち、どうなるかわからないわよ。追い出されるかもしれない」

「ははは」冴子は笑った。「お姉様、虐《いじ》めてたから」

美波は、幼い絵理子をののしったり、叩いたり、おもちゃを取り上げたりして虐めていた。両親の愛情を独り占めする絵理子に嫉妬していたのだ。

「絵理子は、お母様の本当の子じゃない」

「まだそんなことを言っているの？　いい加減に止めたら？」

「私は真実を言っているの」

「絵理子が生まれた時、お姉様はもう大きかったから、お父様もお母様も関心が絵理子に移ってしまっていたの。それを嫉妬しているだけ」

「そんなことはない！」

美波が再びテーブルを叩く。

「そんなに叩くと、テーブルが壊れるか、お姉様の手が壊れるわよ」

冴子が呆《あき》れて言った。

「冴子、私を社長にする気はないの？」

美波の表情がさらに険しくなった。まるで鬼面のようだ。美しさを誇っていたのに荒々しさのみが面《おもて》に現れている。

「あるわよ」

「なによ、その言い方。気のない言い方ね」

「そんなにつっかからないで。お姉様が社長になったらいいと思っているから」

冴子が諦め顔で言った。時間が刻々と過ぎていく。プライベートレッスンの時間が迫っている。

「だったら協力して」

美波が冴子を見つめている。

「私も協力するけど、伸郎はお姉様の味方でしょう？　私じゃなくてね」

冴子はにたりと口角を引き上げた。知っているぞ、と言わんばかりだ。

「ああ、そう？」冴子の反撃めいた言葉に、美波は、動揺を見せた。「伸郎さんね……まあね。だって冴子は社長になりたくないって言っているんでしょう？　だからよ」

「だからなによ？　そんな話、だれから聞いたの？　伸郎から？」

冴子は追い打ちをかける。

「まあ、だれからでもいいじゃないの。でも冴子にその気がないなら、だれかを担がなきゃならないんじゃないの？　それが私……」

美波の動揺がさらに大きくなる。冴子は愉快な気分になってきた。もっと意地悪を言ってやろうという気になる。

「伸郎がなにをしているかわからないけど、私の夫だってことだけは忘れないでね」

「なに言ってんの。当たり前じゃないの。変なこと言わないで」美波は、冴子から視線を外した。

「伸郎さんがね。私を後継社長にしたいって言っていたって、耳に挟んだだけ。気にしないで」

「わかっているわよ、そんなこと。お姉様が社長になりたいなら、どうぞやってください」

「じゃあ、冴子は私を支持してくれるのね」

美波の表情に明るさが戻った。

「まあね」

冴子は気のない返事をした。

「なによ、その返事は？」

美波は不機嫌な顔つきだ。

「お姉様が社長になるのが順当だと思う。でもね……」

「でもね？　なに？」

「お姉様は、私のことどう思っているの？」

「馬鹿なことを訊くんじゃないわよ。大切な妹。絵理子なんか目じゃない」

美波の表情に再び動揺が表れた。冴子の質問が理解できないのだ。

「それならいいけど、お姉様が社長になれば、絵理子と一緒に私も切って捨てるんじゃないの。身内なんて、いればうるさいだけだから……」

冴子が疑い深い目で美波を見つめた。

「なにを言うかと思ったら、そんなこと？　私はだれよりも冴子を頼りにしているわ。わかってるでしょう？」

美波は、テーブル越しに冴子の手を取り、強く握りしめた。

「わかったわ。絶対よ。お姉様、私を裏切らないでね。昔みたいに」

冴子は言った。

美波の顔に緊張が走った。

「嫌だぁ。まだあんなこと、覚えてるの？」

「私が、あなたの彼を奪ったなんて誤解よ。彼が、私に近づいてきたのよ。それがわかったんだし、あんなくだらない男と別れられてよかったじゃないの」

「少しね」

美波は硬い笑みを浮かべた。

冴子は中学生の終わりに高校生と付き合っていた。彼は、美波の同級生だった。冴子が彼と付き合っているのを知ると、冴子の知らない間に彼を奪っていたのだ。美波が誘惑したに違いないと冴子が詰め寄ると、「ふん」と鼻で笑った。その後、彼は、冴子と付き合いながら、別の数人の女性と付き合っていることがわかった。その時、これ見よがしに「私は、彼がいい加減な男だとわかっていた。だからあえて冴子から引き離したの」と悪びれずに言った。

美波は、自分が欲しいと思ったものは、なんでも手に入れる。妹である冴子からでさえ奪ってしまう。冴子が、美波の恐ろしさに気づき、警戒するようになったのは、中学生時代の苦い思い出からだ。

「わかったわ。お姉様の社長就任を支援するわ」

冴子は言った。

「ありがとう。ありがとう」

美波は、冴子の手を再び強く握った。

「それでどうするつもりなの？」

冴子は、美波の手を振り払った。

「お父様や絵理子を追放する……」

美波の目が暗くぬめった。

二

伸郎は、埼玉県内にある名門ゴルフ場のティーグラウンドに立っていた。

目の前には大きな池があり、数羽の水鳥が水面を横切っていた。池の向こうには、まるで南国の砂浜のような真っ白な砂で埋め尽くされた顎《あご》の高いバンカーが口を広げている。

あれが有名なアリソン・バンカーだ。イギリス人のゴルフ場設計家のチャールズ・アリソンにちなんで名づけられているのだが、入り込むと、蟻《あり》地獄のように脱出が困難である。

「あれには入れたくないなぁ」

伸郎はクラブで素振りをしながら呟いた。

「黒木さん、バンカーに入れてくださいよ」

からかうような口調で言ったのは、投資ファンドであるブラックローズを経営する岩間勝也《いわまかつや》である。

岩間は、米国の大手投資銀行で勤務した後、アクティビスト的な投資活動、すなわち株主の権利を主張する投資を行うブラックローズを設立し、独立した。年齢は四十代後半だ。

「ははは」

笑い声を上げたのは、同じブラックローズで岩間の同僚の神崎陽介《かんざきようすけ》。彼は、非常に若い。まだ三十歳になっていない。米国名門スタンフォード大学を卒業し、岩間と同じ投資銀行に勤務していたが、岩間に誘われてブラックローズに参加した。

もう一人は、冬柴次郎だ。次郎は、突然、伸郎からゴルフの誘いを受けた。

ゴルフは好きだが、伸郎から誘われたことはない。いつもは情報交換と称する食事会である。今回は、名門ゴルフ場でプレーできるとあって、心が動いた。どうしてもゴルフがしたい。しかし、平日である。秘書室勤務の身で平日のゴルフはどうかと思われたが、伸郎は一向に気にした様子はない。「大丈夫さ」と次郎の懸念などどこ吹く風である。

次郎は、上司の絵理子には伸郎常務からゴルフに誘われていると言えばいいのだが、なぜだか言いにくい気がしていた。

それは伸郎が、絵理子の姉である冴子の夫であり、なんとなく絵理子が警戒しているような気がしていたからだ。

次郎は、絵理子に「ちょっと所用で休ませてください」とだけ言った。やはり伸郎からゴルフに誘われていると正直に言うことはできなかった。

「所用」の内容を質《ただ》された場合、どんな嘘をつけばいいかと思い、気が気でなかったが、絵理子は「わかりました」とあっさり休暇を認めたのである。

なにも訊かれなかったことに却《かえ》って不安を覚えるほどだった。

一緒にゴルフをするメンバーのことは聞かされていなかった。挨拶を交わして、彼らが投資ファンドの人間だと知って、驚いた。

伸郎は、彼らと非常に親しげに冗談を交わしている。昨日、今日の関係ではないことが容易に理解できたのである。

伸郎は、彼らとなにか企んでいるのだろうか。次郎は想像を巡らせたが、それはどうでもいいことだと気づいた。

自分を引き上げてくれることさえ確約してくれればいいのだ。それが悪魔だろうが鬼だろうが、だれでも構わない。自分を引き立ててくれ、太郎を追放できる力を与えてくれる者こそが、善なのである。

次郎は、伸郎がクラブを構えるのを見ていた。

目の前の池、その先の深いバンカー、そしてそれらを避《よ》けようと左に打ち出すと、枝ぶりのいい松の木がある。

あらゆるところに障害がある。きっちりとボールを捉え、グリーン上に落とさねばならない。

「まるで、俺の人生みたいだな。よくよく考えて行動しないと、障害だらけだ……」

次郎は、声を潜《ひそ》めて呟いた。

「カーン」

ボールを打つ音が聞こえた。

次郎は、急いで目でボールを追う。白いボールは大きく弧を描いて、グリーンに向かっていく。

「ナイスショット！」

岩間が叫んだ。伸郎は、クラブを振り切った姿のままで静止している。

「ゴーッ！」

伸郎が叫んだ。その途端にボールは急に失速し、バンカーへと落ちた。

「あああぁ」

伸郎の悲鳴が聞こえた。

「残念でしたね」

神崎が言った。顔は笑っている。

「さあ、次は冬柴さんですよ」

岩間が言った。

「はい、頑張ります」

次郎は緊張してティーグラウンドに上った。

「次郎、ワンオンするんじゃないぞ」

伸郎が、憎々しげに言った。よほどバンカーに入れたことが悔しかったのだろう。

「ええ、大丈夫です。そんな技量はありませんから」

次郎は伸郎に答えた。正直な気持ちだった。こんな難しいショートホールをワンオンできるはずがない。

次郎は、クラブを構えて、思いきり振った。

「カーン」

澄んだ音が響いた。いい感触だ。ボールは、一直線にグリーンに向かっている。しかし思ったより低い弾道だ。次郎は、バンカー直撃を覚悟した。

「ありゃぁ、バンカーで目玉になるぞ」

伸郎が、嬉しそうに言った。

ボールは、バンカーの顎の上に当たって高くバウンドしたかと思うとピンフラッグに向かって飛んでいく。

「あああぁ」

次郎は思わず叫んだ。

「あっ」

岩間と神崎も同時に声を上げた。

ボールは、カップの前に落ち、そのままカップに吸い込まれた。カランという音は聞こえてこなかったが、間違いなくホールインワンだ。

伸郎は目を瞠って沈黙している。

岩間と神崎が、「ワォ!」と声を上げ、手を叩いた。

次郎は、ティーグラウンドの上で、ぴょんぴょんと跳び上がった。人生で初めてのホールインワンだ。

「やったー」

次郎は叫んだ。その時、強い視線を感じた。伸郎の視線だ。振り向くと、伸郎が睨んでいる。不機嫌な表情だ。不味い。次郎は、跳び上がるのを止めて、小さなガッツポーズだけにとどめた。

「やりましたね。冬柴さん」

岩間が言った。

「いやぁ、まぐれですよ」

次郎は恐縮して言った。

「当たり前だ。保険には入っているのか？」

伸郎が渋い顔で訊いた。すっかりお株を奪われた気分なのだろう。

「ええ、入っています」

次郎は答えた。ゴルファー保険でホールインワンをした場合に五十万円が入ることになっている。お祝いの品を配ったとしても、新しいドライバーくらいは買えるだろう。不意に絵理子の顔が浮かんだ。

「室長にはホールインワンの祝いは配れねぇな」

次郎は呟いた。祝いの品を配ろうものなら、所用ってゴルフだったの？　だれと行ったの？　と詮索《せんさく》されてしまうだろう。

三

「散々だったな」

仲郎は、車の中でふてくされている。

運転は次郎だ。今日のゴルフの運転手は次郎なのだ。次郎を誘ったのは、運転手の都合がつかなかったからかもしれない。

「やはりいいコースですね。名門は違いますね」

次郎は言った。

「まさか、お前がホールインワンをするとはね。驚いたよ。今日は、いいところをみんな持っていかれたな」

「すみません」

次郎はハンドルを握りながら頭を下げた。

「まあいい。ところで聞いているか？」

「なにをでしょうか？」

「社長が引退し、絵理子に譲るっていう話だ」

背後から次郎の背中をじっと見つめている仲郎の視線を感じる。次郎が、動揺しないか慎重に見極めているのだ。

「さあ……」

次郎は、答えになっていない答えを発した。

「聞いていないのか？」

疑っているようなニュアンスの声だ。

「ええ」

「お前らしくないな。なんでも知っている情報通だと思っていたが……」

「まさか。買いかぶりです。常務は、その情報をどこから聞かれたのですか？」

「俺か？」バックミラーに伸郎の顔が映っている。にやりと笑っている。「お前以外にも私に情報をくれる奴がいるんだよ」

「そうですか……」

次郎の手に力が入る。梨乃から得た情報を伸郎に伝えず、美波に最初に伝えたことは知られていないだろうか……。

次郎は、美波のスパイであり、伸郎のスパイでもある。二重三重に情報提供関係を築き、会社の中で有利な地位を占めようと考えているのだ。

「お前、俺を裏切るんじゃないぞ。ちゃんと動けば、いい夢を見させてやるから」

「私が常務を裏切るものですか。お約束します。ところで今日のゴルフのお相手は？」

「ブラックローズは多くの企業買収に関与しているんだ。俺の計画に必要な仲間ってわけだよ」

「なにを計画されているのですか？」

「ははは……。俺も投資に一枚嚙もうと思ってね」

「そうですか？」

次郎は、伸郎が嘘をついているのはわかっていた。しかし事態の推移がはっきりするまで、伸郎の言うことに黙って従っておこうと思った。

「お前は、絵理子からの信頼が厚いようだな」

「まあ、そうですね。上司ですから」

「頼みがある……」

「なんでしょうか？」

ハンドルを握る手に力が入る。

「絵理子の弱みを摑んでくれないか？」

「室長のですか？」

さらに手に力が入る。

「それを摑んでどうなさるのですか？」

「お前は知らなくてもいい。俺の指示に従っていればいいんだ」

急に苛ついた口調になった。

「わかりました」

次郎は口をつぐんだ。しかし腹の中で憤懣《ふんまん》が煮えくりかえっていた。

下手なゴルフをしやがって。毎日、ゴルフをしたり、飲んだりして遊んでばかりのくせに、アリソン・バンカーでギブアップしたではないか。あんなの一発で出せよ。

指示に従えだと……。俺がそんなに素直な人間だと思うなよ。社長の次女の娘婿だというだけで常務の座に座っている無能野郎め。

次郎は、腹立ちまぎれに急ブレーキを踏んだ。

「あぁ！」

後部座席に座っていた伸郎の身体が次郎の背後から突っ込んできた。シートベルトをしていなかったのだろう。ドンという音とともに「いてぇ」という悲鳴が聞こえた。伸郎の頭が、助手席の背もたれにしたたかぶつかったのだ。

「なんだ！　なにがあった！」

伸郎が頭を押さえながら、叫んだ。

「すみません。猫が突然、横切ったものですから」

次郎はとっさに嘘をついた。

「猫、猫だと！　そんなもの、ひき殺せ！」

伸郎が引きつったような声を上げた。

「今度、現れたらそういたします」

次郎は、平然と言い、車のスピードを上げた。

四

絵理子は、緊張していた。美波の執務室に呼ばれたのだ。めったにないことだ。姉妹なので頻繁に話をしているように思われがちだが、全くと言っていいほど会話はない。

理由ははっきりしない。絵理子が気づいているのは、長女の美波がなぜか自分のことを嫌っているということだけだ。しかし、なぜ嫌われているのかはわからない。

いったいなんの用事かしら？　絵理子は、不安な気持ちを抱いたまま、執務室のドアを開けた。

「お呼びでしょうか？」

絵理子は、ドアを開けるなり、中にいる美波に声をかけた。どんな用事であろうと、さっさと終わりにして自分の席に戻りたいからだ。

「絵理子、ごめんなさいね。忙しいのに呼び出したりして」

美波は、執務机で書類を見ていた。いつもは苛立ちが表情に表れているのだが、今日は違う。まるで別人のように穏やかだ。絵理子は、却って警戒した。

「まあ、座って」

美波は、絵理子にソファに座るように促した。

絵理子は言われるままに座った。美波は絵理子の正面に座り、足を組んだ。すらりとした足が、絵理子の目の前で交差している。

「最近の社長、どう思う？　二人だけだから、お父様と言いましょうか？」

美波が言った。

「どう思うとおっしゃいますと？」

絵理子は、まだ警戒心を解かない。

「会議で繰り返しが多いでしょう？　お年だからね」

「ええ、まあ、そうですね」

美波は、なにを言おうとしているのか、絵理子は考えながら言葉を選ぶ。

「絵理子にお父様のお世話を任せっきりにしていて申しわけないけど、最近、どう？　お元気なの？」

「はい。いたってお元気ですが……」

「そうかなぁ。私にはそうは見えないけど。もう楽になられた方がいいように思うのだけれどね。

絵理子はそう思わないの？」

美波が微笑んでいる。

絵理子は、ようやく警戒を緩めた。美波が、壮一のことを気遣《きづか》っているのだ。嬉しい。

「実は、お父様は経営から引退することもお考えになっていないわけではないのです」

絵理子は、気を許して壮一の考えを話した。

「それは、本当なの？」

美波の目が輝いた。

「先日、愛華さんが家に来られたのです」

「愛華？　あの銀座の？」

美波が眉根を寄せた。愛華にあまりいい印象を持っていないからだ。

「愛華さんからも、もう引退してゆっくりしたらどうかと言われて……。そんな気持ちにおなりになっています」

「それでは後継者についてなにかお話になっていないの？」

「それは……」

絵理子は、口ごもった。

「どうなの？　絵理子は聞いているの？」

美波は息せき切って聞いた。自分が耳にした後継者は絵理子という話が真実かどうか、確認しなくてはならない。

「まだ迷っておられます。だれを後継にするか」

絵理子は、言葉を選んで言い、美波を見つめた。

美波が、後継社長の座を得たいと思っていることは知っている。それだけに余計なことを言うわけにはいかない。事実を伝えるだけだ。

「迷っている？　なにそれ？　なにに迷っているの？」

美波は、不愉快そうに表情を歪めた。先ほどは壮一のことをさも気がかりのように言っていたのだが、様変わりだ。

「迷っているとしか……」

絵理子は困惑した。美波の表情が険しいからだ。

「私が、長女よ。副社長よ。私が後継になるのが当たり前じゃないの。それがどうして迷ったりするのよ」

「美波お姉様……それは」

「ねえ、絵理子、あなたはずっとお父様の傍にいるわよね。それでなにか入れ知恵をしているんじゃないの」

美波が身体を乗り出してきた。

「そんなことはありません。私がなにを入れ知恵するのですか？」

絵理子は、強く反論した。

「まあね」美波は、絵理子の言葉を避けるように話題をそらし「お父様は後継者になにか条件をお付けになっているのかしら」と言った。

「ええ」

絵理子は小さく答えた。

「そうなの？　どんな条件を付けているの？」

美波が強く関心を示した。

「申し上げていいでしょうか？」

「いいわよ。話して。私もそれを聞いて対策を講じるから」

「お父様は、宝田家具の伝統である百年家具を守り抜くこと、そして自分の面倒を見ること、この二つをお考えのようです」

絵理子は、美波の反応を確かめていた。

美波は黙って聞いていた。しかし、突然、「なに言っているのよ」と怒り出した。「なにが百年家具の伝統を守れよ、自分の面倒を見ろ？　それじゃまるであなた、絵理子を後継者にしますってことじゃないの。絵理子、今のままの宝田家具でいいと思っているの！」

やはり、耳にした絵理子後継者情報は正しいではないか！　美波は怒りが込み上げてくるのを抑えられない。

「どうして？　どうして私が後継者だということになるのですか？」

絵理子は、美波の反発が予想を超えた激しいものだったことに驚いた。

実際、壮一が、絵理子に後継者になって欲しいと口にしたことがあったが、それを本気で受け止めたことはない。

「絵理子は百年家具を評価しているし、お父様の世話をしているじゃない。今のお父様の条件が本当だとしたら、後継者を絵理子に決めているという話は本当だったのね」

美波の目が吊《っ》り上がった。

「確かめてよかった……」

「私を後継者に決めた？　いったいなんの話ですか？」

「とぼけるのはよしなさい」

「とぼけてなんかいません。私を後継者に決めたなどということは根も葉もない噂です」

絵理子は強く否定した。

「まあ、いいわ。そうやって否定して、油断させて、着々と事を進めるのが絵理子のやり口だから。子どもの頃から、ずっとそうだったわね。確かに私は勝気で、お父様やお母様のおっしゃることをあまり聞かなかった。その点、絵理子は優等生だったわね。いつも『はい、わかりました』って態度で……。良い子ぶっていた」

美波は、昔のことを口にした。いったいなにを言いたいのか？　絵理子には意味がわからなかった。

「私はそんなに良い子だとは思っていません」

「私は可愛くない子どもだった。その点、絵理子はお父様やお母様の愛情を一手に受けていた。私はね、なぜ、お父様やお母様が、あなたばかりを可愛がるのか、悔しくて、腹立たしくてたまらなかったのよ……」

「そんな……」

「やはりこんな土壇場になっても、絵理子に会社を譲るのね。私が、どれだけ宝田家具の発展に努力してきたと思っているの！　お父様は全く私を評価していない！　子どもの頃と同じだわ！」

美波は興奮した口調で言った。

「美波お姉様、誤解です。お父様は、美波お姉様も冴子お姉様も、皆、愛しておられます」

絵理子は気持ちを込めて言った。

「ええ、そうでしょうね。でもね、その愛には少しずつ差があるのよ。それはわかる。私にはわかる。お父様は、私に会社を譲る気持ちはない。それは許せない。許されない。私くらい危機感を持っている者はいない。このままでは宝田家具は時代から取り残される。そう思うでしょう、絵理子！」

美波は、唇が触れ合うほど絵理子に顔を近づけた。

「そうは……」

絵理子は顔を背けた。

「ははは っ！」美波は、顔を背け笑い出した。「そうは思わないの？　あなたは経営者の資質ゼロね。百年家具なんて、今どきだれが評価するというの。百年先なんてだれも信じちゃいない。明日さえもね。家具も同じよ。安くて、コンパクトで、カラフルで、使いやすくて、そして捨てられる。それでいいのよ。若い人にとって、重厚な百年家具なんて守旧派の持ち物なのよ。わかっているの、絵理子！」

美波は唾を飛ばした。

「少しひどい言い方ではないでしょうか」絵理子は静かに言った。「宝田家具の百年家具は、お父様の魂《たましい》です。お客様は頻繁に来店され、何度も修理されて、使い続けておられます。あるお客様は、お孫様の嫁入り道具にされました。ありがとうの感謝の言葉がたくさん寄せられていま す。それを悪し様《あざま》に言うのは、どうかと思います」

「絵理子、時代は変わっているのよ。現に売り上げが落ちているじゃないの」

「企業は売り上げばかりを追うのが役割ではないと思います。お客様の満足こそ、目指すべきでしょう！」

絵理子は、じっと美波を見つめた。こんなにはっきりと自分の考えを口にしたのは初めてのことだ。

「甘いわね。宝田家具は、上場企業なのよ。毎年、毎年、売り上げを伸ばし続け、存在感を出していかなければ市場から追放されるのよ」美波は言った。そして絵理子を指さし、「あなたに社長はやらせない」と断定口調で言った。

「美波お姉様、誤解です」

絵理子は、泣きたくなるような思いを込めて言った。

「なにが誤解よ。いつまでもお父様を独り占めにするんじゃないわ」

美波の表情に憎しみが宿っていた。

五

冴子は、憤懣を滾《たぎ》らせていた。その辺りにあるゴミ箱を思いきり蹴飛ばせば、多少でもすっきりするだろう。

協力してくれと殊勝に頼んできた美波の顔写真でもそれに貼りつければ、もっとすっきりするだろう。

しかしじっと我慢した。美波は、動き出す。動き出すと、止まらない。なにもかも自分の思い通りにならなければ気がすまない性格だ。そしてなにもかも奪ってしまう。

かつて冴子が愛した人を奪ったように。たとえ女たらしのいい加減な男だったとしても、その男を奪っていいという理由にはならない。ましてそのことをあなたのためにはよかったなどとは、なにをか言わんやである。

あの悲しみ、絶望感は今でも忘れられず、時々、心がうずくことがある。

冴子は、その後、伸郎と結婚したが、その伸郎さえ、美波に奪われているのではないかと疑っている。疑いだけではない。実際、伸郎は、自分自身の思惑があるのだろうが、美波のために働いている。

伸郎は、美波が宝田家具の社長に相応しいと、もっともな理由を挙げているが、彼がどんな野心を抱いているのか計り知れない。その野心を美波に上手く利用されなければいいが……。

冴子は、美波の社長取りに協力すると言ってはみたが、実際に動く気はない。

むしろ美波の希望を打ち砕きたいと思っていた。めったにないチャンスだ。

社長の座という美波の長年の夢を、無残に失敗させることができたら、どれほど心地いいだろうか。

面従腹背《めんじゅうふくはい》で生きることには慣れている。美波の味方の仮面をかぶって、その失敗を願い、行動する。これほどの喜びはまたとない機会である。

常務室の椅子に身体を預けながら、冴子は思案に暮れていた。

「将を射んと欲する者はまず馬を射よ……。馬を引く馬子でも射るとするかな」

六

「いらっしゃいませ」

レストランの店主が、ドアを開けてくれた。

「ありがとうございます」

絵理子が微笑む。

「お連れ様がお待ちですよ」

店主が笑みを返す。

絵理子は店内を見渡す。小さな店だ。テーブルは四つ、カウンター席が五つ。一番隅の席に桐《きり》谷明《たにあきら》が座り、絵理子に向かって手を挙げている。

「お待たせしました」

「そんなことはありませんよ。僕も今来たところです」

桐谷は立ち上がって絵理子を迎えた。

店主が椅子を引くと、そこに絵理子は腰を下ろした。

「それでは料理を始めさせていただきます」

店は、絵理子の住まいの近くにあるフレンチ料理店である。住宅街の中の隠れ家的な店で、味もサービスも良い。絵理子は何度も利用している。

「少し元気がありませんね」

桐谷が言った。

目の前のグラスには店主がシャンパンを注いでいる。

「ええ、少し気がかりなことがありまして……」

絵理子のグラスにもシャンパンが注がれている。

「ゆっくり伺《うかが》いましょう」

桐谷が言った。

桐谷は、大手メガバンクであるミズナミ銀行の投資銀行部門の責任者である。四十七歳という若さで常務執行役となっている。将来の頭取候補であるが、家庭的には恵まれていない。妻は四年前に四十歳の若さで、すい臓癌《がん》で亡くなった。娘を一人残して無念の死だった。娘は、今は十八歳となり、大学に通っている。

絵理子との出会いは、銀行主催のパーティだ。壮一の供として出席した絵理子は、そこで桐谷と知り合った。

壮一が「彼は将来の頭取だよ」と桐谷を絵理子に紹介したのがきっかけである。

絵理子は、桐谷の穏やかな中にも少し孤独の陰があるところに惹かれた。それが妻を亡くした喪失感であったことを知るのは、もう少し後のことである。

桐谷も絵理子の物静かなところに惹かれた。二人は、時々、食事をする関係となった。桐谷と会っていると、絵理子は仕事上の悩みが消えていくような心地よさを感じるのだった。

桐谷は、絵理子に結婚を申し込んでいた。しかし老いた壮一のことを考えて、絵理子はイエスの回答を躊躇《ちゅうちょ》していた。

絵理子は、年老いた壮一のことや後継者問題などについて語り始めた。

桐谷は、料理に合わせたワインを味わいながら、絵理子の話に耳を傾けている。

絵理子は、アルコールにあまり強くないのでペリエを飲んでいた。料理は、丁寧に作られており、美味しく、話題の暗さを緩和してくれる。メインの肉料理が運ばれてきた。桐谷は、赤ワインを飲んでいる。

「仕事の話は、もう止めましょうね。メインのステーキは、この店の一押しなのですから」

絵理子が言った。

「とても美味しいですね」

桐谷が微笑んだ。

「ええ、幼い頃、両親と姉たちにこの店で誕生日のお祝いをしてもらったことがあるのです。このステーキが楽しみで、楽しみで……」

「そうでしたか？　そんなに以前からのお付き合いですか？」

「もっとおしゃれなお店を知っていればいいのですが……」

絵理子は、小さく切ったステーキを口に運んだ。

「いえいえ、最高の雰囲気です」

「あの頃が懐かしいです。姉たちとも仲が良くて、笑顔が絶えなかった記憶があります」

「また、そんな時代が戻ってきますよ。きっと……」

桐谷は優しく言った。

「そうだといいのですが……」

絵理子は寂しげに答えた。

「ところで、仕事の話は野暮《やぼ》だと承知しているのですが、ちょっとよろしいですか？」桐谷は絵理子に断ると、「後継者問題は、どこの会社でも大問題なのです。選択を間違うと、せっかくの優良企業もたちまち没落してしまいます。私どもは、メインバンクではありませんが、御社の株を〇・八％ほど保有させていただいておりますから、後継者問題には無関心ではいられません」と言った。

桐谷がバンカーの表情になった。

絵理子が桐谷を見つめた。その目には、わずかに驚きと悲しみがあった。

「桐谷さんは、わが社の状況をどのようにお考えですか？」

仕事の話をしたいと思わなかったが、絵理子はどうしても桐谷の考えを聞きたいと思った。

「絵理子さんがどのような答えを期待されているか、気になります」

桐谷は気遣いを見せた。

「ええ、構いません。忌憚《きたん》ない意見をおっしゃってください」

絵理子は言った。

食後のコーヒーが運ばれてきた。可愛い焼き菓子もついている。

「そうですか」桐谷はわずかに困惑を浮かべたが、「現在の宝田家具のビジネスモデルは、いささか古い気がしますね」と眉根を寄せた。

「すると、美波副社長と同じお考えですか？」

絵理子も眉根を曇らせた。

「同じ、というわけではないのですが……」

桐谷が言葉を濁した。絵理子の期待した答えではないことがわかっているからだ。

「でももう時代遅れだと思われているのですか？　私は、どの会社も同じように安くて使い捨ての家具を売る方が個性がないように思いますが」

「そうですね。私もそう思います。しかし、このままでは上場企業としてどのように株主に将来のビジョンを見せるかが難しいのではないでしょうか」

桐谷は絵理子を見つめた。真剣な眼差《まなざ》しだ。

「社長が悲しまれるでしょうね。桐谷さんにまでそう言われると……」

絵理子が目を伏せた。

「誤解しないでください。私どもは、美波副社長の考えに賛成し、後継者にしようなどとは考えていません。あくまで中立です。ただしどのような将来のビジョンを描くか、それが企業の役割でもあると申し上げたいだけです」

桐谷は動揺を隠せない。せっかくの絵理子との充実した時間を仕事の話で壊されたくない。

「やっぱり止めましょうか。こんな話」

絵理子は突き放したように言った。悲しみで気持ちが塞いでしまったのだ。

壮一のビジネスの考えを、桐谷が否定するとは思いたくなかった。辛《つら》くなった。だれも壮一を理解していない。絵理子は、自分が頑《かたく》なになっていくのを感じていた。壮一を理解し、守ってあげられるのは自分だけだという思いが強くなっていく。

「絵理子さん、申し訳ない」桐谷が頭を下げた。「誤解しないで欲しい。宝田家具の将来性を疑っているわけではありません。可能性は大いにあります。しかしどういう可能性に賭けるかが問われていると……」

「桐谷さん、大丈夫です。誤解なんかしていません。今後ともご支援よろしくお願いします」

絵理子は頭を下げた。口調がビジネスライクになっていることを後悔した。桐谷のことは愛している。可能ならば、結婚の申し出を受けたいと思っている。しかし壮一のビジネスを否定されると、絵理子自身の人生まで否定されているような気持ちになってしまうのだ。

絵理子は、美波や冴子に比べて壮一に近すぎる。そのために冷静に宝田家具のことを見ることができないのかもしれない。美波が、若者向けの家具会社に変貌させようと考えているのはわかっている。それが時代の流れだと言われれば、そうかとも思う。

しかし一方で、どこの会社も同じ方向を向いていていいものだろうか。宝田家具には宝田家具の道があるのではないか。それは壮一の創業の理念を守ることなのではないか。絵理子にはそう思えてならないのだ。

「わかりました。しっかりと支援させていただきます。それに私は……」桐谷が強い視線で絵理子を見つめた。「絵理子さんのことを大事に思っています。そのことだけはわかって欲しい」桐谷は、手を伸ばし、絵理子の手を包むように握った。

「ありがとうございます。桐谷さんのお心はしっかりと受け止めています」

絵理子は言った。なぜか目頭に涙が滲んできた。

七

「鈴本、わざわざすまないな」

壮一は馴染《なじ》みの寿司店でテーブルを囲んでいる鈴本雄一郎に言った。

神保町《じんぼうちょう》の交差点近くにある鮨處《すしどころ》「はる駒《こま》」は壮一が若い頃から通っている店である。妻の恵美とも何度も足を運んだ。

この店は今では珍しく、好きなネタを握ってもらえるのだ。現在の多くの寿司店はお任せと称して客にはネタを選ばせないが、この店はそうではない。好きなネタを好きなだけ握ってもらえるのだ。

壮一は、ある時、これではネタの管理が大変だろうと、店主に訊いたことがある。

高級なマグロのネタが残ってしまうリスクがあるからだ。鮮度を大事にする江戸前寿司とすれば、残ったネタを翌日回しにするわけにはいかないではないか。

その点、お任せならばネタの在庫の計算ができる。無駄なく握れるというものだ。

「構いませんよ」

店主はにべもなく言った。

「どうしてなんだ？　ネタが無駄になることもあるだろう？」

壮一は訊いた。

「あるかもしれませんが大した問題ではありませんよ、旦那。それよりかお客様に満足していただく方が大事じゃないですかね。商売ってのは儲《もう》けばかり、コストばかりじゃないでしょう？」

この言葉で壮一は「はる駒」が大好きになり、贔屓《ひいき》にするようになったのである。

店は、店主が管理できるだけの七席ほどのカウンターと個室が一つだけだ。この大きさは昔から変わらない。接客は店主の妻が担当している。

「なにか急な相談事でございますか？」

鈴本が慎重に訊いた。

「もうすぐ弥吉がくる。それからだ。まあ、飲んで待っていようか」

壮一は、刺身をつまみにビールをグラスに手酌《てじゃく》で注ぎ入れた。

「冬柴顧問が来られるのですか？」

鈴本が言った。鈴本もビールを手酌でグラスに注ぐ。

「それでは俺たちの健康に乾杯だ」

壮一がグラスを持ち上げた。

鈴本もグラスを持ち上げ「乾杯」と唱和する。

「お待たせ！」

壮一と鈴本がグラスを合わせた時、障子紙が破れるようなダミ声で弥吉が入ってきた。

「冬柴顧問、どうぞこちらに」

鈴本が立ち上がって、奥の席に案内する。

「いいよ、いいよ、鈴本さん。気を遣《つか》わなくて。そこに座るから」

弥吉は、個室入口近くに座った。

「どうぞ」

鈴本が、弥吉の目の前にあるグラスにビールを注ぐ。

「ありがとう。気が利くね」弥吉は、グラスを持ち上げた。「では乾杯」

壮一も鈴本もグラスを持ち上げ、再度、「乾杯」と声を上げた。

テーブルに寿司が運ばれてきた。マグロ、イカ、タイ、ヒラメ、赤貝《あかがい》、煮蛤《にはまぐり》などが鮮やかに盛り付けられている。

壮一が、まず最初に寿司に箸《はし》を伸ばす。

「さあ、腹いっぱいにしてからだ。食べよう」

壮一は、大好きな大《おお》トロから口に運んだ。「美味い！」

「さすが、社長は、大トロに手を出すなんて、まだまだ元気ですなぁ」

弥吉がヒラメを口にする。

「では私も」

鈴本はイカから始めた。

「最近、ゴルフにはまりましてね」

弥吉が寿司を頬張りながら話す。

「弥吉がゴルフか。あんな棒振りなにが面白いと馬鹿にしていたではないか」

壮一が笑う。

「そうなんですがね。健康のためにと誘われてクラブに入会したんですよ」

「どちらに？」

鈴本が訊く。

「埼玉県の飯能《はんのう》ゴルフクラブだよ。名門なんだが、難しいので有名なんだ」

「俺も行ったことがあるぞ。グリーンが難しくて散々だったなぁ」

壮一が嘆く。

「私も、引退したらゴルフを始めようと思います」

鈴本が言う。

「やりなさいよ。一緒にラウンドしよう」

弥吉が愉快にそう言う。

テーブルに新しい寿司が運ばれてきた。ゴルフや昔話で盛り上がる。壮一は、弥吉や鈴本の顔をじっと見つめた。彼らも老いた。しかし自分の目に映るのは、若き頃の姿である。

まだまだ現役でやれる、そんな気力が充満してくる。

「社長、どうしたんですか？　そんな目でじっと見られたら、恥ずかしいじゃないですか？」

壮一の視線に気づいたのか、弥吉が笑みを浮かべて言った。

「二人を見ていると、創業時のことが浮かんできたんだ。あの頃は楽しかったなぁ。三、四日徹夜しても疲れなかった」

壮一が記憶を辿《たど》るように顔を天井に向けた。

「そうでしたね。飛騨《ひだ》の家具名人に製造を依頼するために、何度も何度も足を運びましたね。断られても断られても……。お前らのような儲け主義の会社に家具は作らないと言われて。宝田家具は、儲け主義じゃありません！　と最後は喧嘩になりました。すると突然、家具を作ってやると……。私は跳び上がって喜んで、社長に電話しましたね。やっと納得してくださったって……」

鈴本も懐かしさに潤んだ目になった。

「会社の資金繰りが詰まっちゃってね。銀行は貸してくれないし……。思い余って高利貸しのところに行ったら、担保はあるのか？　俺の命だ！　って言ったら、向こうは目を剝《む》いて驚いてね。気に入った！　貸してやるって……。ははは、愉快でした」

弥吉が笑った。

「俺は、そろそろ社長を引退しようと思っている」

壮一がぽつりと言った。弥吉と鈴本が押し黙った。

「それで二人に来てもらったんだ。後継者のことだ」

壮一は弥吉と鈴本を見つめた。

「決めておられるのですか？」

鈴本が聞いた。

「ああ、決めている」

壮一が重々しく言った。

「どなたですかね。三人のお嬢様の一人でしょう？」

弥吉が言った。

「ああ、その通りだ」壮一は答えた。「絵理子にしようと思っている。ついては絵理子とどうも折り合いの悪い美波を副社長から下ろしたい。冴子は、あまり経営には関心がなさそうなのでそのままでもいいんだが……。どうだろうか？」

「そりゃあ、だめだ」

弥吉が即座に言った。

「……」

鈴本は無言だ。

「なにがだめなんだ？」

壮一が眉根を寄せた。

「美波お嬢様を副社長の座から引きずり下ろすのは、止めた方がいい。絵理子お嬢様を社長にしたいのはわからないでもない。一緒に暮らしていて、情も移っているだろう。しかし、美波お嬢様、冴子お嬢様のことをよくよく考えないと、揉《も》めるだけだ」

　弥吉は言った。

「反対なのか？」

「反対ですな。順当に美波お嬢様を社長にしたらどうなのですか？」

「あいつは、百年家具に愛着を持っておらん！　会社を潰してしまう」

　壮一は言った。

「しかしなぁ。順序を違《たが》えるとなぁ」

　弥吉の眉間の皺が深くなる。

「鈴本はどう思うのだ？」

　壮一が聞いた。

　鈴本は、首を傾《かし》げ、口を堅く閉じて壮一を見つめた。

「お三人のお嬢様の経営へのお考えを公開の場で、正式にお訊きになったらいかがでしょうか？　美波副社長も、社長が思っておられるように百年家具を全否定されているわけではないと思いますので……。いかがでしょうか？」

「それがいい。それがいい。そのように公開の場で後継者を選べば遺恨《いこん》は生じない」

　弥吉が賛成した。

「うむ……。経営方針を訊く会か……」

壮一は呟いた。

第四章　陰謀

一

絵理子は小会議室にいた。この部屋は、少人数の会議に使用したり、来客時には応接室にもなる。

絵理子の表情は暗い。重苦しい思いに圧し潰されているかのようだ。

――私を後継者にするなんて話は、どこから出たのかしら。美波お姉様の誤解であればいいけど……。

絵理子は、自分が壮一の後継者となるという、ののしるような美波の非難に驚き、かつ衝撃を受けていたのである。

――私は後継者になることを望んでいるのか？　美波お姉様でいいではないか。なぜそれではいけないのか……。

繰り返し、答えのない問題を解いているかのようだった。

小会議室のドアが開いた。冬柴太郎が現れた。

「太郎さん……」

「お待たせして申し訳ございません」

太郎が謝る。

「いえ、今、来たところです。急ぎの用件ってなんでしょうか？」

絵理子が訊いた。

「座らせていただきます」

太郎は、絵理子とテーブル越しに向かい合って座った。

「実は……」

太郎は、周囲を警戒するように見渡した。だれかが聞いているような不安感を覚えたのだ。

「大丈夫です。だれも聞いていません。定期的に盗聴検査も実施していますから話が外に漏れることはありません」

「安心しました。先日、室長から依頼されましたね。黒木常務の経費の使い方がおかしいので調べて欲しいと……」

「ええ、なにかわかりましたか？」

絵理子の表情に緊張が走った。

「はい」太郎は絵理子を見つめた。「黒木常務は、営業担当で上司でもありますので心苦しく思ったのですが、今も継続して調査させていただいております」

「申し訳ございません。嫌なことを依頼してしまって……」

絵理子は表情を曇らせた。

「まだ全て把握したわけではありませんが、今日、ご報告をしなければいけないと思いましたのは、黒木常務が頻繁にお会いになっている方のことです」

「どんな方とお会いになっているのでしょうか？　まさか問題のある方とお付き合いされているとか」

絵理子は、黒木伸郎が暴力団関係者と会っているのかと不安になって訊いた。もしもそのような事実があれば、会社として大きな問題になってしまう。

「そういう方ではありませんが、投資ファンドの方と頻繁にお会いになり、昨日もゴルフを楽しんでおられます」

「投資ファンド？」

絵理子は首を傾げた。

「ブラックローズというアクティビストファンドです。企業の株を取得し、経営に関与します」

「名前は聞いたことがあります。資産を有効に活用していない会社に自己株取得による株価引き上げを迫ったり、経営効率化と称して事業売却を要求したりするファンドですね」

「はい、その通りです。昨日は、そのファンドの代表者などと、ゴルフをされています。それで調べてみますと、会食などかなりの頻度でお会いになっているようです」

「親しいお友達なのかしら？」

「それはわかりませんが、それにしても会食、ゴルフと頻度が多いのが気がかりです」

「太郎さんには、その理由がおわかりですか？」

絵理子の問いに、太郎は視線を落とし、思案顔になった。

「推測に過ぎませんが、ブラックローズと組んで、なにかしようとされているのではないでしょうか？」

太郎が顔を上げた。

「なにかって、なんですか？」

絵理子が眉根を寄せた。

「ブラックローズに我が社の株を買い占めさせ、経営に関与させようとされているのではないでしょうか？」

太郎の言葉に、絵理子は一瞬、息が詰まる思いがした。

「そんな！　あの方、常務取締役ですよ。会社に損害を与えるようなことなら問題になるはずです。ましてや自分の利益を図ろうとしているなら論外です」

絵理子は、いつになく強い口調で言った。

「これはあくまで私の推測です」

「思い過ごしであればいいのですが……。宝田家具の株式は、社長が約一八％、美波副社長、冴子常務、そして私がそれぞれ約二％、美波副社長が責任者になっておられる恵美企画が約一〇％……」

恵美企画は、亡くなった壮一の妻である恵美が代表を務めていたが、現在は美波が代表になっている。

「その他は銀行などで、かなり分散しております。圧倒的な大株主はおられません」

太郎の言葉を聞き、桐谷が勤務するミズナミ銀行が〇・八％の株主であることを思い出した。

「わかりました。株の動向に注意しておきましょう。黒木常務がなにを考えておられるのかわかりませんが……」絵理子は言い、憂鬱《ゆううつ》な表情で「太郎さん」と問いかけた。

「なんでしょうか？」

太郎が絵理子を見つめた。

「この会社の後継者の噂を聞かれたことはありますか？」

絵理子は、太郎の表情がわずかに強張《こわば》るのを見逃さなかった。

「お聞きになったことがあるのですね」

「はい」

太郎は答えた。

「どのような噂でしょうか？」

絵理子の問いかけに太郎は厳しい表情で口をつぐんだ。

「教えてくださいませんか？」

「わかりました」太郎は、姿勢を正し、「申し上げます。噂の内容は、後継者は絵理子様だという内容です」と答えた。

「やはりそうですか……」絵理子は力なく肩を落とした。「どこからお聞きになったのですか？」

「それは……」

「どうぞ、おっしゃってください。美波副社長ですか？」

「いいえ」太郎は、首を横に振った。

「実は、黒木常務からです。常務は、面白くなるぞともおっしゃっていました」

太郎は、顧客のところに向かう伸郎に同行した際、後継者の話を聞かされたのである。驚きはしたが、特に感情は表に出さなかった。

「黒木常務からですか」絵理子は驚いた。しかし冷静な口調で「面白くなるとは、どういう意味でしょうか？」と訊いた。

「私には理解できません」

太郎は強い口調で言った。

「根も葉もない噂が社内に広まると、よくありませんね」

絵理子は視線を落とした。

「僭越ながら申し上げます。私は噂通りになればいいと思っております」

太郎は言った。

「えっ」

絵理子は言葉に詰まった。

「私は、絵理子様が一番、社長の考え方を踏襲《とうしゅう》されていると思っております。他の方では、宝田家具は宝田家具でなくなってしまう懸念があります。ぜひとも後継社長におなりください。私は、絵理子様をお支えいたします」

太郎は頭を深く下げた。

「よしてください。こんな話題を持ち出した私が悪かったのです。謝ります。この話は忘れてください」

「わかりました。僭越なことを申し上げて失礼しました」太郎は、再び頭を下げると、立ち上がった。「もう一つだけ申し上げます。実は先ほどご報告いたしましたゴルフの件ですが、弟の次郎が参加しておりました」

「次郎さんが？」

絵理子には驚くことばかりだ。昨日は、火曜日。平日である。平日のゴルフを禁じているわけではないが、上司への事前承認が必要である。次郎からはなんの承認申請も提出されていない。

「お聞きになっていないでしょうね」

太郎の表情が曇った。

「ええ、なにも」

「私からよく注意しておきます。どうせ運転手代わりに引っ張り出されたのだと思いますが、なにか情報がないか確認しておきます」

「よろしくお願いします」

次郎は、絵理子の部下であるが、伸郎とゴルフを共にするほど親しいことに心が揺らいだ。身近な部下が仲郎と自分に秘密裏《ひみつり》に繋《つな》がりを持っている。これは警戒しなくてはならないことなのだろうか。通常時ならいいのだが、壮一が経営を譲ることを考え始めている微妙な時期であるから……。

「では失礼します」

太郎は小会議室を出て行った。

絵理子は、太郎の報告を頭の中で反芻《はんすう》していた。なにか嫌なことが起きそうな気配に、不安を感じていた。

二

太郎は小会議室を出ると、次郎と話そうと思い、秘書室に立ち寄ることにした。秘書室のドアを開け、中を覗《のぞ》く。次郎と視線があった。次郎は、だれかと電話をしていたが、太郎を見ると、小さく頭を下げた。

太郎は秘書室に入り、次郎を手招きした。次郎は、わずかに警戒するような表情を浮かべたが受話器を置くと、席を立った。

「兄さん、どうしたの?」

次郎は、人懐っこい笑顔で言った。

太郎にとっては腹違いの弟である。小さな頃から仲良く暮らしてきたが、なぜか大きくなるに従って距離を感じるようになった。太郎は意識していないのだが、次郎の方が距離を持って接するようになった。それは母親が本当の母親ではないことを次郎が知らされた、中学生の頃からだったような気がする。次郎は、もしかしたら家庭内で居場所を見失ったのかも知れない。そのために次郎の方から距離を作ったのだろう。しかし太郎にとっては唯一無二《ゆいいつむに》の弟であることには違いない。

「ちょっといいか？　話せる時間があるか」

「ああ、いいよ」

「じゃあ、応接室に入ろうか」

太郎は、秘書室の応接室に向かった。

「なんだか、嫌な雰囲気だな。どうかしたのか？」

後ろから次郎が話しかける。太郎は、無言で応接室のドアを開け、中に入った。

「座ろうか」

太郎がソファに腰を落とすと、次郎はその前に座った。

「なに？　怖いな？」

次郎はそわそわと落ち着かない。表情だけはニヤついているが、太郎がなにを言い出すのか警戒する様子がありありと見える。

「単刀直入に訊く。黒木常務とゴルフに行ったのか？」

太郎が硬い表情で訊いた。

「ああ、行ったよ」

次郎は一瞬だけ表情を強張らせたように見えたが、すぐに砕《くだ》けた様子で小さく頷いた。

「どうして秘書室長に報告しなかったんだ。平日に黙ってゴルフに行くのはまずいだろう？」

「それは、まあ」次郎は困惑した表情になったが、「兄さんは、どうしてそんなことを知っているんだ。室長に聞いたのか？」と反論した。

「そんなことはどうでもいい」

「どうでもよくないさ。室長から叱られるのならわかるけどさ。どうして上司でもない兄さんから叱られなきゃならないんだ」

次郎は少しむきになっている。太郎は、眉根を寄せた。昔から次郎は、反論が得意だったことを思い出し、攻め方を間違えたことを後悔したのだ。

「そのことより、黒木常務はだれとゴルフをしていたんだ」

太郎は渋い表情になった。

「ははは」次郎は笑った。「旗色が悪くなったと思って、ごまかしたね。みんな知っているんだろう？　だれがメンバーだったかってことをさ」

「それは……」

太郎は口ごもった。

「わかったよ。教えるさ。投資ファンドのブラックローズの岩間勝也と神崎陽介って奴だよ。黒木常務とは随分親しいみたいだった」

次郎は言った。太郎の表情が真剣になった。

「なにを話していたか聞いていたか」

「俺さ、ホールインワンしちゃったんだよ。それで有頂天になって、なにも聞いてない」

次郎はとぼけた。

「お前、ホールインワンしたのか」太郎は呆れた顔で言った。「上司に内緒でゴルフに行って、ホールインワンとはね。呆れた奴だなぁ」

「なにが、呆れた奴だなぁだよ。兄さんこそ、なんでそんなことが気になるんだ」次郎は考えるような表情になり、「ははん、そうか」と勝手に納得した。「兄さんは室長のスパイになっているのか」

「スパイ？　それはない」

太郎は強く否定した。

「嘘は言いっこなしさ。兄さんが黒木常務の動向を気にするなんておかしい。直属の上司だからね。俺じゃなくて、ゴルフには兄さんが誘われてもいいはずだ。そうじゃないか」

次郎は口角を引き上げ、にやりとした。

「俺の質問に答えろ」

太郎は険しい表情で言った。

「兄さんは困ると、いつも急に威圧的になる。子どもの時から変わらないね。実はね、黒木常務が奴らとなにを話していたか、俺はちゃんと聞いていた。話してやろうか」

次郎は揶揄《からか》うような口ぶりになった。

「知っていることを話せ」

太郎の眉間に皺が深く刻まれた。

「嫌だね。黒木常務からだれにも話すなって言われているから。たとえ兄さんであっても話すわけにはいかない」

次郎は、ぷいっと横を向いた。

「次郎！」

太郎の声が大きくなった。

「もういいだろう？　兄さんは兄さん。俺は、俺」

次郎が立ち上がった。

「話はまだ終わっていない」

太郎は次郎を見上げて言った。

「兄さんは、昔から絵理子室長が好きだったからな。子どもの頃、親父《おやじ》が社長の家に連れて行ってくれたことがあっただろう。凄《すご》い豪邸だった。そこで俺はなんだか怖くなって隅っこでびくびくしていたんだけど、兄さんは絵理子室長と仲良く遊んでいたっけ。俺はその時、気づいたんだ。兄さんは、この豪邸に何度も来たことがあるんだってね。俺は、初めてだったのに。あの時の悔しさったらなかったなぁ。親父を恨んだよ。どうして俺も連れて行ってくれなかったんだってね」

「そんなことはない。俺だってあの時が初めてだ」

「まあ、いいさ。子どもの頃の話だから。じゃあ、もう行くよ」

次郎は応接室から出ようと歩き出した。

「次郎、間違うな」

太郎は、次郎の背中に向かって言った。

「なに？」次郎が振り向き、首を傾げた。「兄さんこそ、間違わないでね」

「次郎！」

太郎は、応接室から出て行く次郎の背中に声をかけた。それは悲痛な叫びのようだった。

三

「ねえ、絵理子、ここのパスタ、美味しいでしょう」

冴子は、絵理子を誘って宝田家具本社近くにあるイタリアンレストランに来ていた。

「はい、冴子お姉様。とても美味しいです。近くにこんなお店があったなんて、存じませんでした」

絵理子は、アサリなどをふんだんに使ったボンゴレパスタを選び、冴子はウニをたっぷりと絡め、カラスミと合わせた濃厚な味のパスタを選んでいた。

「絵理子は、会社と家との往復だから。もう少し遊びも覚えた方がいいんじゃないの」

「はい、そうしたいと思っていますが……」

絵理子は伏し目がちに答えた。

「私、今、ゴルフを習っているの。時々、コースにも出ているのよ。まだまだ芝の上でボールをあちこちに転がしている程度だけど」

冴子は、唇についたウニを舌で舐《な》めた。

「それは楽しそうですね」

絵理子が微笑んだ。

「絵理子、あなたも、やらない？」

「私なんか、とてもとても……。足手まといになるだけです」

「でも絵理子は陸上部で鳴らしたじゃない。スポーツの経験はあるから、習うと上手くなるんじゃない？」冴子は、手を挙げウエイターを呼ぶと、「シャンパン、お願い」と言った。二杯目である。

「でも、あれは中学生の頃のことですから」

「そうね、かけっことゴルフは大違いだから」冴子は、運ばれてきたシャンパンをグラス半分ほど飲んだ。「ところで、最近、美波お姉様と会った？」

冴子が絵理子を見つめた。正直に言いなさいと言外に思いを込めている表情だ。

絵理子は迷った。数日前、美波に詰め寄られた嫌な記憶が蘇《よみがえ》った。

「ええ、お会いしました」

絵理子は秘密にするのを諦めた。後で「嘘」と言われるのが嫌だった。

「そう、会ったの？　なにか言っていた？」

「なにをお話ししたかあまり覚えていません」

絵理子は美波が話したことは黙っていることにした。余計な詮索を生むだけだからだ。

「まあ、いいわ」冴子は、無関心を装った。「美波お姉様、後継のこと、話していたでしょう？」

「それは……」

絵理子は答えに窮した。

「いいのよ。わかっているから。美波お姉様は、絵理子のこと、嫌っているからね。それが会おうだなんて、後継社長のことしかないのは私にもわかるから。言っておくけど、私は社長の座に関心なんか全くないからね」

「あのう、この話はよしませんか？」

絵理子は、苦しそうに言った。

「そうね、あまり面白くないかな。私が絵理子に言いたいのは、絵理子、あなたが社長になりなさいってこと」

冴子は平然と言った。

「それは……」

絵理子はますます苦しそうな顔をした。

「私にはわかるのよ。お父様は、絵理子を社長にしたいって思っている。当然だよね、絵理子が一番、身近にいてくれるんだもの。美波お姉様なら喧嘩になるだけ」

「冴子お姉様、私は社長になる気はありません」

絵理子は語気を強めた。

冴子は、手を振り、絵理子の言葉を遮《さえぎ》った。「あなたにその気がないのは知っているわ。だけど、それは宝田家具にとっては困るかもね。実は、私、美波お姉様から、自分を社長にするよう応援しろって言われたの」

「まあ……」

冴子のあけすけな話に、絵理子は絶句した。

「驚くわよね」冴子は笑った。「私は、いいわ、応援するからって答えておいた。でもね」冴子は絵理子に視線を据えた。「私、美波お姉様が社長になるのは反対なの。あの人、絶対、会社を駄目にすると思う」

「そんなことはないでしょう」

絵理子は言った。

「そんな予感がするのよ。美波お姉様ってなにごとも思い通りにならないと気が済まないタイプでしょう。経営者として大成功するか、大失敗するかどちらかだと思う。そんな博打《ばくち》打ちみたいな人に社長になってもらいたくないのよね。だから絵理子、あなたが社長になりなさい。私、美波お姉様に内緒で応援するから」

「話題を変えませんか？　お父様は、まだ社長交代のことはお考えになっていないと思います」

絵理子は険しい表情になった。

「嘘、おっしゃい。考えているわよ。第一候補は絵理子、あなた」

冴子は強い口調で言った。

「もしお父様がだれかに社長の座を譲られるならば、私は、美波お姉様がいいと思っています」

「本当にそう思っているの？　私が応援するから、社長になると手を挙げなさい」

冴子は言った。

絵理子は、冴子を見つめて口を閉ざした。

「絵理子、よく考えるのね。宝田家具を愛しているなら、あなたが社長になりなさい。私の言いたいのは、それだけ。今日の話は私と絵理子の二人だけの秘密よ。美波お姉様にバレたら、私、なにされるかわからないからね」

冴子は、まるで悪戯《いたずら》でも見つかったように、くすっと笑った。

「わかりました。冴子お姉様のおっしゃったこと、私なりに考えてみますから」

絵理子は神妙に言った。

「そうよ。そうでなくちゃね」冴子は、満足そうに言った。「私は、これで失礼するわ。ここは私の奢《おご》りだから」冴子は、伝票を持ち上げ、用が済んだとばかりに席を立った。絵理子も席を立ったが、浮かない表情で冴子を見つめていた。

冴子はレストランを出て立ち止まって、振り向いた。絵理子はまだ店に残っていた。二人で会っているところをだれかに見られると、余計な詮索をされる可能性があるため、時間差を設けて外に出ることにしたのだ。

「さて、絵理子はどう動くかしらね。あれだけけしかけたのだから、なにもしないわけにはいかないでしょう。ちょっと面白くなるかも。馬子を射ることができるかしら。私は漁夫の利を得られるように立ちまわりましょうかね」

冴子は不敵な笑みを漏らし、すっと背筋を伸ばすと、足早に歩き始めた。

絵理子は、去っていく冴子の姿を窓越しに見つめていた。

憂鬱だった。宝田家具の後継者になるなど、考えてもいなかった。今も考えていない……かもしれない。自分がどうしたいのかわからなくなってきた。

冴子といい、太郎といい、絵理子が社長になることへの期待を口にしている。社長の壮一も同じことを言った。

絵理子は迷いつつも、期待に応えたいという思いが芽生えてきた。それは今までに経験したことがない思いだった。

四

壮一は、久しぶりに愛華の経営する銀座のカウンターバーに来ていた。

客はいない。愛華と二人きりである。店は、愛華の配慮で貸し切りとし、入口を閉めていた。

「お気に入りのブランデーよ。どうぞ」

愛華が琥珀色《こはくいろ》のブランデーを注いだグラスを壮一の前のカウンターに置いた。

「ありがとう」

壮一はそれを手に取り、まず香りを楽しみ、少しだけ口に含んだ。

「あの帽子は被っているの?」

愛華は笑みを浮かべて訊いた。

「ああ、大事にしているよ」

ある晩、愛華が自宅に、突然訪ねてきて緑と赤の派手な毛糸の帽子をプレゼントしてくれたのだ。その際、愛華は気になることを言った。

亡くなった愛妻の恵美が壮一のことを心配して、夢枕に立ち、愛華を壮一の下《もと》に寄越《よこ》したという。壮一に残るのはこの毛糸の帽子だけだと愛華は言った。これは恵美の伝言であると、不思議なことを口にしたのである。壮一は腹立ちを覚えたが、その言葉に反論することはできなかったのである。

帽子を被ってはいない。しかし、帽子を使っていないわけではない。自宅で一人になると、帽子を見つめている。そして考え込むことが多くなった。恵美は自分になにを伝えたかったのかと考えてしまうのだ。

「人生って全ては繰り返し。初めてのことのようだけど、忘れているだけ。ずっと前に同じことがあった……」

愛華が壮一と同じブランデーを飲んでいる。

「どういう意味だ」

壮一は聞いた。

「あなたが悩んでいること。後継者のことよ、あなたの悩みは。例えば豊臣秀吉《とよとみひでよし》だって失敗したでしょう。後継者を決め損ねて、結局、徳川家康《とくがわいえやす》にやられてしまった。今でも後継者と決めた人材が気に入らないといって何人も短期間で変えてしまって結局、衰退していく会社もあるわ」

愛華は後継者問題に悩んでいる何社かの会社名を具体的に挙げた。

それらは創業者が強い個性を持っている会社ばかりだ。創業者から見れば後継者は皆、未熟なのだ。だから満足いかない。それですぐに放逐してしまう。

良き後継者を見つけられなければ、「初めあらざるなし、よく終わりある鮮《すくな》し」という故事にあるように、創業者は無事に人生を終えることができない。まさに創業は易《やす》く、守成《しゅせい》は難《かた》しである。

「しかし後継者をちゃんと据えなければ会社がおかしくなるではないか。私には責任があるから悩むんだ」

「でもあなたもいずれ終わりになる。その時までじたばたする気？　今まで多くの人たちが失敗したようにあなたも失敗したいの？　人生って繰り返し……。失敗の繰り返し」

愛華がブランデーのグラスを空にした。

「もう一杯飲むか」

壮一が訊いた。

「よしておくわ。あなたの憂鬱そうな顔を見ていると、美味しくないから」

愛華が寂しい笑みを浮かべた。

「私にはもう一杯、くれないか」

壮一はグラスを差し出した。

「後は野となれ山となれっていうわけにはいかないだろうけど、心配していたら譲る機会を逃すだけ。譲ったら、なにも口は出さない。それが本当の流儀だと思う。創業者があれこれ口を出すから会社がおかしくなるのよ」

「わかっているんだが……」壮一は、再びグラスに満たされたブランデーを飲んだ。「恵美はなにを言っていたのか」

「恵美さんはね、あなたのことが心配なのよ。このままではなにもかも失ってしまうってね。あなたが一番、愛している宝田家具も、そして娘さんたちも……」

「私が娘のだれかに会社を譲れば、私は安堵《あんど》して人生を送れるのか？」

「そうね。そうかもしれない。執着したらろくなことがないわよ」

「だれに譲るべきなのか。それが深刻な課題なんだ」

「だれでもいい。後継者に任せて、あなたは私と遊べば。任せた以上口を出さないこと」

「私の宝田家具がどんな姿になっても我慢しろというのか」

壮一は怒り始めた。

「そうよ。自分の子どもだからって、子どもは自分の思い通りには成長しないものよ。どんな姿に変わっても、あなたの子どもには違いない。外から優しく見つめていればいい」

愛華が優しく言った。

「なんともはや……寂しいなぁ」

壮一はグラスを傾けた。

「人生は空しく、寂しいものなのよ」

愛華は言った。

「なんのために、この世に生まれてきたのか。なんのために、泥水を啜りながら必死で生きてきたのか」

壮一は舐めるようにブランデーを飲みながら呟いた。

「生きることの空しさ、寂しさを悟るために生まれてきたの。きっとね……。私はあなたのことを憐れに思う」

「憐れだと？」

壮一の目が愛華を捉える。厳しい目つきだ。

「そう、憐憫《れんびん》の情ね。会社にいつまでも執着している姿が憐れに思えるの。人が苦しいのは執着があるから。愛に執着、お金に執着……。あなたは会社に執着。そんなものどうでもいいとは言わないけど、いつかはあなたの手を離れるのよ。そう覚悟して自分から手放しなさい。勿論《もちろん》、最初は苦しいし、寂しいでしょう。でもそれが次の人生の喜びを拓いてくれるんじゃないかな」

愛華は切々と言った。

壮一はうつむき沈黙した。そしておもむろに顔を上げると、「今の言葉は恵美からなのか」と訊いた。

「そうか……」

愛華は静かに微笑んで頷いた。

壮一はゆっくりと頭を動かした。どこか納得したかのようだった。

「やっぱり私も、もう一杯飲もうかな」と自らブランデーをグラスに注いだ。「宝田壮一の寂しい人生に乾杯」

愛華がグラスを掲げた。

「ああ、乾杯だ。寂しい人生に……」

壮一は愛華の掲げるグラスに自分のグラスを合わせた。カチリと乾いた音がした。

五

「梨乃……、ちょっと話が……」

次郎は、愛人の水野梨乃と身体を重ねながら呟いた。

狭いホテルの部屋の中にベッドのスプリングの軋《きし》む音が響いている。先ほどまで目を閉じ、口を開け、大声で歓喜の声を上げていた梨乃は冷めた目つきで次郎を見つめた。

「なによ。セックスする時は、集中してよ。余計なことを言わないで。興醒《きょうざ》めするじゃないの」

梨乃は手を伸ばし次郎の身体を押し離した。

「悪い、悪い。大事なことを思い出したんだ」

次郎は梨乃の傍《かたわ》らに寝そべり、片手で梨乃の乳房をまさぐった。

「なによ。大事なことって」

梨乃は嫌がる様子も見せず身を捩《よじ》った。

「親父から聞いたんだけどさ。ついに社長は後継者に譲ることにしたんだ」

「その話は以前、話したじゃないの」

「ああ、そうだけど、今度はもっと具体的だ」

「なに？　教えて」

梨乃は、次郎に身体を擦り寄せた。

「社長と鈴本専務と親父が飲んだらしい。その時に、社長は経営を絵理子さんに譲りたいと言ったんだ」

「やっぱり……」梨乃は目を瞠った。「社長は絵理子さん第一なんだわ」

「まあ、答えを急ぐなって」

次郎は、梨乃の乳房をまさぐり続けている。

「ちょっとぉ、触るの、止めてくれない。真剣に聞けないから」

梨乃が両手で乳房を覆う。

「わかったよ。後の楽しみとするかな」

次郎は、梨乃から手を離し、仰向《あおむ》けになった。

「それでどんな話になったの」

「社長は、美波さんを副社長の座から降ろして、絵理子さんを社長にする、冴子さんはそのままと提案されたんだ。しかし、それに親父が反対したんだ。遺恨《いこん》を残すからって」

「へえ、冬柴顧問もやるじゃない」

今度は梨乃が次郎の股間をまさぐる。

「おい、おい、それは止めてくれないか。それこそ話の大事なところが吹っ飛んじまう」

「ふふ……。まだまだ元気があるわね。後のお楽しみ」梨乃は手を離した。「話、続けて」

「それで親父と鈴本専務の提案で、後継候補であるお嬢さんたちの後継者としての意気込みを公平に訊いてから判断しようということになったらしい。近く社長がお嬢さんたちを呼び出し、経営に対する考え方を聴く会を催すようだ」

「それは面白いわね。でも、それでも絵理子さんに対する社長の思いは強いから、結局、絵理子さんってことになるんじゃないの？」

「それはわからない。社長はお年を召されて、気持ちも弱まり、不安も募ってるという感じだ。これは親父の見立てだけどね。だから、美波さんか冴子さんに譲るという判断もあり得る。俺は、美波さんが有力だと思うけど。美波さんが、徹底して社長の経営方針を踏襲するとさえ言えばね……」

「美波さんは社長になって会社を思い通りにしたいっていう気持ちが強いから。そこをぐっと堪えればいい」

「その通りだ。そこでだ」次郎は梨乃の方に身体を向けた。「梨乃、お前の出番だ」

「えっ、なに？」

梨乃が驚いた。

「知っているんだよ。俺は……」

「なにを知っているの？」

梨乃が警戒する顔つきになった。「お前が、黒木常務とできているってことさ。俺の情報は黒木常務に筒抜けだってことさ」

次郎はにんまりと笑った。

「なによ、そんなこと……」

梨乃の顔が強張った。動揺しているのだ。

「いいんだ、お前がだれと寝ようと。俺は、お前を愛しているから。俺たちは同じ穴のムジナって立場だ。なんとか俺たちの望む人に社長になってもらって、俺たちにも甘い汁を吸わせてくれさえすればいい。そこでだ。今の情報を黒木常務に伝えて欲しい。あの人がどう動くか見たい」

次郎は梨乃を見つめた。

梨乃は次郎を無言で見つめ返した。

「この間、黒木常務とゴルフに行った。一緒にプレーしたのは、投資ファンドの連中だ。かなり親しかった。黒木常務はいったいなにを企んでいるんだろうかって気になった。俺は、あの人、あまり好きじゃない。しかしあの人が勝ち馬になるなら、それに乗るも良しと思う……。お前が、この情報を提供することで黒木常務がどう動くのか見たいんだ」

次郎は言い終えると、手を伸ばし、再び梨乃の乳房を触った。

「わかったわ。伝える。ねえ、私とあなたは仲間よね」

梨乃は熱のこもった目つきで、次郎を見た。

「ああ、仲間だ。切っても切れない仲間だ」

次郎は、梨乃を強く抱きしめた。梨乃は、「うっ」と小さく呻き、次郎のものを身体の奥深くに受け入れた。

六

都心のホテルのシガー・バーで伸郎はお気に入りのキューバ葉巻をくゆらせていた。濃厚で、オレンジともバニラとも感じられる香り高い紫煙《しえん》に包まれていた。

「株主構成は、このリストをご覧ください」

投資ファンド、ブラックローズの神崎陽介は口元を手で押さえながら言った。彼は、葉巻の香りが苦手なのだ。

「これらの株主を私たちの味方にし、彼らから株を買い取っていきますから」

同じくブラックローズの経営者である岩間勝也は不敵な笑みを浮かべ、伸郎と同じ葉巻をくゆらせた。

伸郎は神崎の提示したリストを手に取った。葉巻は、火を消し、灰皿に置いた。ようやく神崎が口元から手を離した。

「美波副社長と冴子が二%ずつ。俺の一%と合わせて五%……。恵美企画が一〇%。これは美波副社長の自由になるはずだ。美波副社長の亭主の広瀬常務も一%持っているが、彼の行動は読めない」

「動きの読めない広瀬常務を抜くと、合わせて一五%です。従業員持ち株会が三%ですが、これは黒木常務がなんとかすると？」

岩間が訊いた。

「ああ、大丈夫だ。持ち株会の事務局長は手なずけてあるから。彼らは貯金代わりに株を持っているだけだから、どうにでもなるさ」

「これで一八％です」

神崎が言った。

「取引銀行や保険、証券会社がそれぞれ三％から〇・七％程度持っていますが、今、金融機関は株の持ち合い整理で、株を手放しています。いい価格をつけてやれば、我々に売却しますからご心配なく。一〇％くらいは買い集められるでしょう」

岩間が言った。

「それで二八％か……」

伸郎が呟いた。

「大丈夫ですよ。その他、個人株主からも買い取って三〇％にはしましょう。それからＴＯＢをかけてもいい」

岩間は楽観的だった。

ＴＯＢとは「Take Over Bid」の略である。証券取引所を経由せずに、買付価格、期間、予定株数を公表し、不特定多数の株主から直接買い取って企業を取得、すなわち株式公開買い付けで企業を買収することである。

「ＴＯＢをかけるかね？」

　伸郎は気が進まない様子だ。

「どうしました。黒木さんらしくないですね」

　岩間が薄く笑った。

「まあね。ＴＯＢは少し大げさかと思ってね」

「でも黒木さん、宝田家具には魅力ありますよ。バランスシート上では現金資産が多い。なにせ投資を控えているからバランスシートの三〇％は現金だ。それに配送センターなどの土地が高速道路沿いにある。業績が今一つなので株価がさほど高くない。買収するなら今です。うちがとりあえず取得して、あなたが社長になり、どこかへ高値で売り飛ばせばいい」

「そういうことも考えてはいるけれどね。私も次女の夫で宝田一族だからね。あまり手荒な真似はしたくない」

　伸郎は眉根を寄せた。

　ＴＯＢには、買収される会社側と買収する会社側が、あらかじめ納得ずくで行う友好的ＴＯＢと、両者が敵対する敵対的ＴＯＢとがある。

　岩間たちが考えているのは敵対的ＴＯＢなのだが、それには伸郎は賛意を示さなかった。

「それなら当初、考えていた通り静かに株を買い集めて、美波副社長を後継者にする作戦ですか。そこであなたが実質的な実権を握る」

　神崎が言った。

　発行済み株式の三三％超を取得すれば、株主総会において重要案件の拒否権を持つことができる。また五〇％超なら役員の選任、六六％超なら会社分割などの組織再編、合併も可能だ。九〇％超なら上場廃止に持って行くことが可能である。

「社長は、どうも美波副社長がお好きではないらしい。だから多少、強引な策を弄さないと美波副社長が社長になる目はない。まず美波社長を実現させて、それから私が社長になる……。それに協力して欲しい」

「いいでしょう。私たちは黒木社長を実現させて、いずれはＴＯＢを行いたいと思っています。それだけは承知しておいてください」

岩間が落ち着いた口調で言った。

「わかってるさ。君たちには十分に儲けてもらうようにするから」

伸郎は言った。

伸郎は、まだ美波に自分の計画を話していなかった。近いうちに話そうと思ってはいたが、事は慎重に進めねばならない。どこからか邪魔が入らないとも限らない。

伸郎は、壮一の次女の冴子と結婚することで宝田家具に入社し、常務にさせてもらっている。しかし実質的な権限はなにもないと言ってもいい。

表面的には営業担当役員として宝田家具の業績全般に責任があるのだが、自分の提案が通ったことはない。いつまでたっても冴子の婿であり、壮一にとっては使用人の一人に過ぎない。

どうしたら宝田家具で力を持つことができるか伸郎は考え続けた。その結論は、壮一を社長の座から降ろし、自分の傀儡《かいらい》となる人物を後継者に据えることだった。妻の冴子を傀儡にしようと考えたことがある。しかし彼女では駄目だと悟った。彼女は、ただの遊び好きである。自分と交際し、関係を持ったのも火遊びの一つでしかなかった。いくら傀儡であっても、少しくらいは仕事に関心がなければならない。関心がなければ、自分の計画に乗って来ることはない。

そこで美波を傀儡にすることに決めた。美波は、壮一の長女であり、仕事にも意欲的である。ところが不思議なことに壮一に嫌われており、もしかしたら後継者になれないのではないかと恐れ、焦っている。この心理を上手く利用すれば自分の計画に乗って来る可能性があるだろう。伸郎は、計画を実行に移すべく動き、ブラックローズの岩間や神崎と接点を持ったのである。

不意に冴子の顔が浮かんだ。

「あいつ、気になることを言っていたな」

伸郎は呟いた。

「なにかおっしゃいましたか？」

岩間が訊いた。

「いや、妻の冴子がね。おかしなことを口にしたのを思い出したので」

「なんておっしゃったのですか？」

神崎が興味ありげに訊いた。

「将を射ようとしたら、馬子を射よとか……」

「それはおかしい」岩間が笑った。「それを言うなら馬を射よでしょう？」

「私もそう言ったんだが、馬じゃない。馬を引く馬子だというんだよ。意味不明だね。変わった女だから」

仲郎は苦笑した。

「馬子……。馬子ですか」

岩間が首を傾げた。

「馬子って言うのは、いったいだれのことなんでしょうね。この場合、将は壮一社長で間違いないですからね」

神崎が言った。

「まあ、妻の言うことだから、気にしなくていいだろう」

仲郎が言った。

「でも気になりますね。宝田家具のように後継者で悩む会社は多い。そんな会社は、いろいろな人間が後継者を巡って、策謀や陰謀を巡らせますからね。それらの芽を丁寧に摘んでおかないと、思わぬところで足を引っ張られます。ましてや奥様は二％の株主でもありますし、恵美企画の取締役でもありますしね……」

岩間は神妙な顔をした。

「冴子には私の計画に賛成するように言うつもりだ。まあ、問題ないから安心してくれ」

仲郎は言った。しかし、冴子はなにを考えているのだろうかと胸騒ぎに似た心の揺れを感じていた。

七

「鈴本、今、話せるか」

突然、鳴り出した電話に驚き、鈴本は受話器を取った。電話から飛び込んできたのは壮一の声だった。時計を見た。夜の十時である。こんな時間にいったいなんの用があるのか。

鈴本は、独身である。もはや結婚を考える年齢ではない。壮一と仕事に明け暮れているうちにすっかり縁遠くなってしまったのである。宝田家具と結婚したと言ってもいい。

「はい、社長、なんでしょうか」

「この間のことだ」

「と、申しますと？」

「娘三人の経営に対する考え方を聴き、後継者を選ぶことだ。決断した。実行に移す。立会人になってくれ。私一人では間違いを起こすから」

壮一の声は強く、決意に満ちていた。

先日、冬柴弥吉と壮一を囲んで飲んだ時の話である。壮一の後継者たる美波、冴子、絵理子の三人から経営に対する考えを聴き、それで後継者を決めるとのアイデアを鈴本が提案した。壮一は、絵理子を後継者にしようとしたが、それでは美波や冴子に恨みを残すと弥吉が反対したのである。壮一は鈴本のアイデアに賛成とも反対とも決めかねていたが、ついに決断したのだ。

「わかりました。社長の傍らに立たせていただきます」

鈴本は答えた。

「私に気にせず、後継者を判定してくれ」

「わかりました」

鈴本が答えると、壮一の電話は切れた。

鈴本は受話器を持つ手が震えているのに気づいた。壮一が、自分を立会人に選んでくれたことに興奮しているのだ。鈴本は強く奥歯を嚙み締めた。もう今夜は眠れないかもしれない。

八

広瀬康太は目の前にいる妻の美波を、まるで異星人のように見つめていた。

ほとんど料理をしない美波に代わって、テーブルには宅配で頼んだ中華料理が並んでいる。

最近、美波は以前に増して苛立ちが激しくなっている。近づくと全身から針が飛び出し、刺されてしまいそうな危うさを感じる。

美波とは夫婦ではあるが、夫としての威厳はない。いつまで経ってもお嬢様と社員という関係である。社員の身でありながら、美波と肉体関係に陥り、そのまま一気呵成《いっきかせい》に結婚まで突き進んでしまったが、今となっては立ち止まった方が良かったと思うこともある。その思いが最近、特に強くなってきた。

美波は、壮一の後継者になりたいとの思いが強烈に強い。ところが壮一の考えが読めない。その上、彼女は壮一から疎《うと》まれていると思っている。そのため、壮一に愛されている絵理子に後継者の座を奪われるのではないかと、不安で仕方がないのだ。

康太は長く壮一に仕えてきた。美波と結婚したいと、思い切って申し出た日のことを忘れたことはない。壮一は、康太のような平社員は虫けらのように思っている節もあった。とにかく働け、働けだった。体調を崩す者もいたが、そうした者には気力が足りないと叱ったこともあった。一方で、たとえ成績が上がらなくとも一生懸命に働く社員に対しては父親のような温かさ、優しさを見せた。彼らが金銭的に困ったり、家庭の問題を抱えたりした際には、親身になってその解決に当たってくれた。

厳しさと優しさ。壮一の、この両面を康太は近くで見てきた。そのため常務となった今でも、壮一に心酔している。壮一が死ねと言ったら腹を切る覚悟がある。

だから、美波が壮一を排除して、自分がその座に座ろうとすることに、どうしても賛成する気になれないのだ。壮一は、死ぬまで社長であっても構わないとさえ思っていた。無理やりその座から引きずり下ろしても、宝田家具にとっていいことはない。後継者などは、壮一の命が絶える時、自ずと決まってくるだろう。

美波との結婚を後悔はしているのだが、美波を愛していないわけではない。だから機会がある度に、後継者になろうと焦るなと言っている。しかし美波は全く聞く耳を持たない。悲しいことである。

「なあ、お前……」

康太は、赤ワインを満たしたグラスを持ち上げながら、美波に言った。

「なに、あなた」

美波は康太を見つめた。

「いろいろ噂があるようだな」

「どんな噂？」

「後継者を巡る噂だよ」

「知らないわ。どうせ私を後継者にしたくない人が流しているんでしょう？」

「そんなことを言うもんじゃない。君は、後継者の第一候補なんだから、焦らずに社長の意に沿うようにすればいいんだ」

康太は宥《なだ》めるように言った。

「心配してくれてありがとう。でもね、私は絶対に後継者になってみせるから。お父様がなにを言おうとね」

美波は、グラスを満たしていた赤ワインを一気に飲み干した。

「僕は、君が後継者になるのを応援する」

「当然よ。夫なんだから」

美波が康太を睨んだ。

「でもね、無理をしないで欲しい。僕からも社長に君を後継者にするように話すから」

康太は穏やかに言った。

美波がワイングラスをテーブルに置いた。勢いがあったのか、グラスとテーブルがぶつかる音がした。康太は、一瞬、グラスが割れるのではないかと思い、身体をのけぞらせた。

「余計なことはしないでちょうだい！　私には、私のやり方があるんだから。お父様に頭を下げるなんてまっぴらよ」

美波は声を荒らげた。

「わかった、わかった。そう怒るな。でもね。考え直した方がいい。だれでも牙を剝く猫より、擦り寄って来る猫の方が可愛いもんだよ」

康太は、美波の怒りを抑えるように一層、穏やかに言った。

美波は、ワインに酔ったのか、それとも怒りからなのか、赤く染まった目で康太を見つめていた。

第五章　試問

一

「あなた、聞いた？」

美波は康太に勢い込んで言った。久しぶりに弾んだ声だ。表情も緩んでいる。

テーブルには、有名レストランが運んできたローストビーフが並んでいる。美波が作ったのは、ボウルに入っている色とりどりの野菜のサラダだけだ。

「なんのことだ。やけにうれしそうじゃないか」

「ついに、ついにお父様が会社を譲る決心をなさったの」

美波が興奮気味に言った。

「それはいい。君に譲られるんだね」

康太は、ワイングラスを傾けた。美波が笑顔でいると、ほっとする。いつも渋面ばかりで、気が抜けないのだが、今日は別人だ。

「そうだといいんだけど、ちょっとね」

美波もワインを飲んでいる。表情がわずかに曇った。

「なにか不味いことでもあるのか」

康太は警戒した。このままずっと笑顔でいて欲しいのだが……。

「鈴本専務から伝えられたんだけど、私たち姉妹三人から選ぶつもりで、試問をするのよ」

「試問？　なんだ、それは」

「私たちの会社経営に対する考えを聴いて、だれに譲るか判断するつもりね。それを明日、急に行うって」

「そうなのか……」

康太の表情が曇った。美波が作ったサラダを皿に取り分けた。

「でもね、私は自信があるの」

美波の表情が明るさを取り戻した。康太は、それを見て、安堵した。

「君が自信があるというなら、間違いない」

「冴子も絵理子も、私を応援するに決まっているから。お父様には、宝田家具のモットーである百年家具を守っていきます。冴子と絵理子と協力してとかなんとか言えばいいのよ」

美波はワインを一気に飲んだ。空になったグラスに、康太はすかさずワインを注いだ。

「僕も応援するから。頑張ってくれ」

康太は、ワインを満足げに飲んだ。

二

伸郎は、会社で鈴本に呼び止められた時のことを思い浮かべていた。

嫌な気分が胸の内から湧き上がってくる。


いつものように営業担当者に発破をかけ、会議室から出てきた時のことだ。専務の鈴本から声をかけられた。珍しいことに、伸郎は驚いた。

鈴本は、古参の役員で、壮一の相談役的立場であり、経営全般を見ている。経営全般と言えば、聞こえがいいが、無任所ということだ。長年の論功行賞で専務の立場にいるが、普段はなんの存在感もない。

「黒木常務、ちょっとよろしいですか」

鈴本が言った。

いつもと違う真剣さを感じた。

「ええ、なにか」

警戒しながら伸郎は答えた。

「お話ししたいことがありまして。ここを使わせていただきます」

鈴本は、営業担当者が出て行った会議室に入った。

伸郎もその後に続いた。

鈴本は、伸郎が会議室に入ったのを確認すると、自らドアを閉めた。

「すぐに終わりますから、このままで」

鈴本は、立ったまま伸郎に向き合った。

「なんでしょうか？　改まって」

伸郎は、少しびくついた。鈴本が、いつになく迫力を帯びていたからである。

「端的に申し上げます。黒木常務、どんな目的があってブラックローズなる投資ファンドとお付き合いなさっているのですか？」

鈴本が訊いた。

「なに、なんですって」

伸郎は、鈴本の突然の質問に動揺を隠せない。

「黒木常務は、頻繁に会社の経費を使い、ブラックローズを接待しておられますね。担当職務の管轄《かんかつ》以外で、あまりにも高額の経費をお使いになると、背任ということにもなりかねません。ご注意を」

鈴本が伸郎を睨んだ。

「な、なにを」伸郎は、そこで言葉を呑み込んだ。なにを言うんだ、背任だと、ふざけるな、私の行動をどうして知っているのだなどなど、憤懣をぶつけたいと思ったのだが、気を取り直した。

ここで鈴本を怒鳴っては、全てを認めることになる。それに鈴本に睨まれると、居丈高《いたけだか》に振る舞えない。鈴本は、壮一とともに宝田家具を成長させた百戦錬磨の人物である。仲郎のように浮ついた人間には、とても対抗できそうにない雰囲気が漂っている。

「ははは……」

仲郎は弱々しく笑った。

「なにかおかしいことを申し上げたでしょうか」

鈴本は怪訝《けげん》な顔で首を傾げた。

「専務がなにを心配されているのかわかりませんが、営業で知り合ったただの友人ですよ」

「そうですか。それならよろしいのですが、ご友人にしては接待の額が高額になっている気がいたします。もう少し自重していただくようお願い申し上げます」

鈴本は断固とした口調で言った。

鈴本は、仲郎の行動を疑わしく思っていた。そこで絵理子に進言し、冬柴太郎を使って調査させているのだ。

壮一が、会社の経営から退く決心をした今、仲郎の動きを抑えておかねばならないと考えた。ここで会社の秩序を乱すようなことをしてもらっては困るからである。

「わかりました。ご懸念には及びません。自重いたします」

「今は、大事な時なのです。社長が三人のご息女に経営を譲る決心をされましたのでね」

「それは本当ですか」

仲郎は、初めて聞くように驚いて見せた。

この情報は、すでに梨乃から寝物語に聞いていた。驚くに当たらないのだが、なにも知らないという態度をしていた方が得策と判断した。

「本当です。明日、三人から経営に対する考え方をお伺いする試問会を行う予定です。私は、その立会人になります」

鈴本は重々しく言った。

「それは大変なお役目ですね。ご苦労様です。それはそれとして社長には後継者の腹案はおありなのでしょうか？」

「それはありません。お三方とも横一線です」

「そうですか。妻の冴子にも可能性があるということですね」

「その通りです。それでは私はこれで失礼します。くれぐれも行動にはご注意願います」

鈴本は言い、会議室から出て行った。

「くそジジイめ。こそこそ嗅ぎまわりやがって」

伸郎は、鈴本が出て行った方向に向けて悪態をついた。


「冴子、お前を社長にしてやろうか」

伸郎は、バスルームから、バスタオルを身体に巻いただけの姿で現れた冴子に言った。

「嫌よ」

濡れた髪の毛をフェイスタオルで覆いながら冴子が言った。

「社長の試問があるんだ。三姉妹の中でだれが社長に相応しいか決めるんだぞ。冴子の答え次第で、社長になれるんだ」

伸郎の話に、冴子は興味を覚えたのか、視線を強くした。

「どういうこと?」

「社長はお前たちの内の一人に経営を譲る決意をしたんだ。そこで試問会を開催する。立会人は鈴本専務だ。それに合格すれば、晴れて社長だ。だから冴子にもチャンスがあるってことだ」

「面白いことを始めるのね。でも私には考えがあるって話したわね」

「ああ、馬子を射るとかなんとか。馬子はだれのことだ」

伸郎は興味あり気な表情をした。「それはね……」冴子は、湯気が上がるほど熱っぽい身体を伸郎にすり寄せた。

「やめろよ。変な気になるじゃないか」

伸郎が冴子を押し返す。冴子が笑いながら身体を離す。

「あなたは美波お姉様、推しなんでしょう?」

「ああ、まあ、そうだ。いろいろ手を打っている。冴子にも協力してもらいたいんだ」

「そうなの? よく考えてね。あなた……。本当に美波お姉様でいいの?」

冴子が迫った。

「そりゃ、まあ……」

伸郎は顔をしかめた。美波を社長にしようと思っているのは、最も社長になりたがっているのに、壮一に嫌悪され、社長の座に遠いと思われるからである。そのため美波に恩を売ることで、伸郎の地位が安定すると考えているのだ。

「私はね。美波お姉様に協力する振りはするけど、絵理子を社長に据えようと思っているのよ。絵理子を説得しているんだけど」

「馬子っていうのは絵理子さんのことなのか」

「まあ、そういうことになるかも、また違ってくるかもしれないけど」

冴子は、バスタオルを身体から外した。年齢には似つかわしくない見事な裸体が伸郎の目の前に現れた。思わず伸郎は冴子の身体を両手で抱えた。

「やめてよ」冴子が身を捩った。「そんな気にならないの。下着をつけるから」

「だめなのか？　最近、ご無沙汰だぞ」

「あなた、私以外に、若い女がいるでしょう？　そっちで我慢しなさい」

「な、なに言っているんだ。そんな女……」

「いないって言うの？」冴子は下着をつけながら、伸郎をにやりと思わせぶりな表情で見つめた。

「お見通しよ」

「どいつもこいつも俺のことを調べやがって！」

伸郎は、憤懣をぶつけるように叫んだ。

「どうしたのよ。あなた」

下着をつけ終え、パジャマ姿になった冴子が訊いた。

「俺が投資ファンドへの接待を繰り返しているって鈴本専務から注意を受けたんだ。俺の経費の使い方を調べているんだ」

「なぜ、あなたが投資ファンドなんかと……」

冴子が訊いた。

「実は……」伸郎は、計画を説明した。「冴子にも協力して欲しい」

「あなた、結構、やるわね」冴子は、笑みを浮かべ、伸郎の首に両腕を回し、顔を近づけた。

「悪い人は素敵よ」冴子は唇を伸郎の唇に重ねた。

三

絵理子は、桐谷明と会っていた。銀座の隠れ家的なバーである。桐谷の馴染みのようだ。座ると、バーテンダーが桐谷の前にウイスキーのロックを置いた。銘柄はサントリーの白州《はくしゅう》である。

「絵理子さんは、なにになさいますか？　カクテルを作りますか？」

桐谷が訊いた。

「私は、ワインをお願いします。赤で」

絵理子は言った。

バーテンダーが、絵理子の前に赤ワインのグラスを置いた。

「今日はお話ししたいことがあります」

桐谷がウイスキーグラスを口に運んだ。

「大事なことなのですね」

絵理子も赤ワインを飲んだ。

「宝田家具にとって重要です。黒木伸郎常務のことです。お話ししていいでしょうか？」

「ええ、お願いします」

「黒木常務は投資ファンドと組んで宝田家具の乗っ取りを企てておられます」

「乗っ取り？」

「ちょっと直截《ちょくせつ》的な言い方でしたが、株を集めようとされています。意図は、乗っ取りとまでは言えないかもしれませんが、いずれにしても会社を株で支配しようとされています。私どもへも依頼がありました」

「桐谷さんにも？」

「はい。投資ファンドのブラックローズが動いていまして、私どもの銀行の持ち株〇・八％を買い取りたいと言ってきました。銀行は、今、持ち株の整理を進めていますので、渡りに船という感じです」

「お売りになるのですか？」

「それはまだなんとも言えません。経営の判断になりますから、私は反対しています」

「ありがとうございます。実は黒木さんのことについてはいろいろ調査をしていまして、投資ファンドと異常なほどお付き合いを深めていることは知っております」

絵理子は、冬柴太郎や鈴本からの情報を説明した。

「そうでしたか。調査されているんですね……」

桐谷は、絵理子が宝田家具の危機を敏感に感じ取っていることに、驚きを覚えたように大きく頷いた。

「黒木さんは自分が社長になろうとしているのでしょうか?」

「それはなんとも……。一つ言えることは社長がなかなか交代されないので焦っておられるのではないでしょうか?」

「それで株を取得して……交代を迫るのですね」

「そうだと思います。黒木常務ご自身の意思というより、だれかの指示で動かれているのかもしれません」

桐谷はウイスキーを飲み干した。

バーテンダーがすぐに新しいロックを用意した。

「それは?　だれだと思いますか?」

絵理子は桐谷を見つめた。

「あなたではないことは確かです」

桐谷は、少し酔ったような目つきで絵理子を見つめた。

「父は、社長の座を譲る決意をしております」

絵理子は桐谷の視線を避けるようにうつむいた。

「いったいだれに譲られるのですか」

桐谷は表情を一変させ、これ以上ないほどの真剣さで訊いた。

「まだわかりません。鈴本さんが伝えてきましたが、私たち三姉妹を試問して、その答えを聴き、決めると申しておりました」

「口頭試問ですね」

「そのようです。父もいろいろ思い悩んでいるのでしょう」

絵理子は静かにワインに口をつけた。

「絵理子さん」桐谷は、椅子を引き寄せ、絵理子に身を寄せた。これからの話は、二人きりの秘密であることを表しているかのようだ。「あなたが社長になりなさい。以前にも申し上げましたが、この考えは変わりません。もしあなたが社長になられるなら、我が行は全面的に支援します。当然、投資ファンドに持ち株を売るようなことはしません。もしあなたにその気がないなら、売却も考えますが……」

絵理子は、桐谷をじっと見つめた。「まるで脅《おど》しですね」

「脅しではありません。真剣に申し上げているのです」

「わかりました。他にも私に社長になれとおっしゃる方がおられます。私はとてもその任に相応しい実力があるとは思いませんが、よく考えてみます」

「あなた以外に宝田家具の社長は考えられません」

桐谷は言い切った。

絵理子は、やや苦笑するかのように口角を引き上げた。

四

太郎と次郎は、久しぶりに実家に戻っていた。自宅には父の弥吉が一人で住んでいた。母は数年前に亡くなっている。

今日は、実家で弥吉と兄弟揃って食事をする予定になっていたのだが、弥吉が突然、帰りが遅くなると言ってきた。

太郎と次郎はダイニングテーブルに向かい合い、デリバリーで頼んだ寿司やサラダや揚げ物などの料理を囲んでいた。

久しぶりに二人で食事をすることになったためだろうか。緊張し、言葉も少ない。

しかし、ビールやウイスキーの量が増え、二人に酔いが回り始めると、急に次郎が興奮し、声《こわ》高《だか》に話し始めたのである。

「兄さんはどうするつもりなんだ?」冬柴次郎は、兄の太郎に迫った。「社長は、経営を譲ることに決めたんだ。美波様、冴子様、絵理子様のだれかに譲られるんだ。新しい社長次第で、俺たちの運命が決まるんだ」

「なにを言っている。私たちは、宝田家具の社員としてだれが社長になっても誠実にお仕えするだけだ」

太郎が言った。

「甘いなぁ。三人の内、だれが社長になるかで俺たちの出世が違ってくるんだ。社長になるために尽くしてくれた者に論功行賞を行うのが当然だろう」

次郎の目が酔いで赤く染まっている。

「お前は、そんなことを考えて黒木常務とこそこそと動いているのか。いったいなにを企んでいるんだ」

「なにも」

次郎は、険のある目つきで太郎をひと睨みすると、ぷいっと顔を背けた。

「なにもないってことはないだろう。話せ。投資ファンドと頻繁に会っているのはわかっているんだ」

太郎が、テーブルを飛び越さんばかりに次郎に迫った。

「そんなに教えて欲しい？」次郎は、にやりと不敵な笑みを浮かべた。「それじゃあ教えてやるよ」

「話せよ」

太郎が険しい顔になった。

「黒木常務は宝田家具の乗っ取りを考えているのさ」

次郎は、得意げに話した。

「なんだって！」

太郎は思わず裏返りそうなほどの声を上げた。

「驚いたかい？　事実さ。投資ファンドのブラックローズと組んで株集めをしているのさ。乗っ取って自分が社長になろうとしているのか、美波様を社長にして、ナンバー2の座につこうとしているのか、それはわからない。美波様とは組んでいるんじゃないかな。これはまだわからないけどね。いずれにしても社長がなかなか交代しないのと、美波様が社長とは上手くいっていないから、そんなことを考えているんだろうね。社長の支持を得られない美波様が社長になるには、株の力が必要なのさ。兄さんは、絵理子様が好きなんだろう？　絵理子様、推しかい？」

「な、なにを言うんだ」

次郎の言葉に太郎は動揺した。

「わかっているさ。黒木常務の行動を調べているのは絵理子様の指示だろう。そうじゃないか。絵理子様は、社長に好かれている。お優しいからね。後継者に一番近い存在だ。兄さんは、絵理子様に取り入ることで、出世をしたいんだろう？」

「そんなことは考えたこともない」

「嘘を言うなよ。俺は絵理子様の身近で働いているんだ。兄さんが何度も絵理子様のところに来て相談しているのは知っている。あれは絵理子様を社長にするための相談なのだろう。絵理子様が社長になれば、兄さんは晴れて役員様だ」

次郎は空のグラスにウイスキーを注ぎ入れると、ぐいっと飲み干した。顔がたちまち赤らんだ。

「俺と勝負しようじゃないか。俺は美波様を社長に推す。美波様は、俺のことを評価してくれているんだ。もし美波様が社長になれば、俺と兄さんとの立場は逆転する。俺が兄さんの上司になるんだ」

「なにを言っているんだ」

太郎の顔から酔いも血の気も消え、青みさえ帯び始めている。

「なんでもないさ。俺の人生なんて、兄さんに比べればクソみたいなものだ。いつも兄さんが主役。俺は脇役。その差は、どこからくるのか。わかるかい？」次郎は、おどけたように笑った。

「俺が、父さんの浮気の末の子、愛人の子っていう理由からだよ。俺は、本当の母親の顔も名前も知らないんだ。俺は、だれから生まれたんだ？」

次郎は笑う。

「よせ、よさないか。そんな話。父さんも母さんも、次郎を私と同じように、平等に、大事に育ててくれたじゃないか」

太郎が不愉快そうに顔を歪めた。

「ははは！」

次郎は、身を捩るようにして大口を開けて笑った。激しく、しかし空虚な笑い声が室内に反響した。

「なにがおかしい」

太郎が険しい表情で言った。

「なにが同じだ、なにが平等だ。ちゃんちゃらおかしい。俺から見れば、いつもいつも、俺は二の次だよ。兄さんが一番。俺は二番。そんなことにも気づかなかったのかい？　母さんは、俺のことを嫌っていた。当たり前だろう。父さんが浮気相手に産ませた子なんだから。可愛くないのは当たり前だ。だから陰では俺のことをつねっていた。俺の腕や太ももには母さんの爪痕が今でも残っているんだ。見るかい、ほら、ほら」

次郎は、腕を伸ばし、太郎の前に差し出した。そこにはなにもない。爪痕などない。

「母さんが、そんなことをするわけがない。もういい加減にしないか。俺にとってはたった一人の弟なんだぞ」

太郎は本気で怒った。

「たった一人の弟……。嬉しいね。ありがたくって涙が出るよ。俺にとっても兄さんはたった一人の兄さんだ。でもね、俺は、俺は……」

次郎が言葉を詰まらせた。太郎をじっと見つめている。その目の白目の部分が真っ赤に染まっている。酒のせいではない。涙が原因である。

「次郎、もうそれ以上、なにも言うな。今日のことは忘れよう。酒が悪かったんだ」

太郎が目を伏せた。

「帰る。父さんによろしく」次郎は、ふらふらと立ち上がった。「随分、酔っちゃったな」と呟き、太郎を見つめて「さようなら。兄さん」と言った。

「次郎……」

太郎は、部屋を出て行く次郎を黙って見送った。

五

壮一は、落ち着かない。そわそわというのではない。そこに苛立ちが含まれていた。天井の龍の絵を眺めて、自分を鼓舞し、かつ気持ちを静めようとするが上手くいかない。愛華にもらった派手な縞柄《しまがら》の毛糸の帽子を紙袋に入れて手元に持参してきている。これがあると落ち着くかもしれないと思ったからだ。

愛華が言ったことが、本当かどうかはどうでもいいが、この帽子には亡くなった妻の恵美が宿っているような気がするのだ。紙袋に入れる時、「今日、私が正しい決断をするかどうか見守ってくれ」と帽子に向かって囁きかけたのである。帽子は、なにも答えてくれなかった。当然のことである。

帽子以外、なにも残らない。愛華が言った。恵美の言葉として……。それは本当だろうか。壮一は、震えるほどの怯《おび》えを感じていた。これまで積み上げてきたなにもかもが消えてしまって、帽子だけになってしまうなど信じられない。信じたくもない。

愛華を通じて恵美が言いたかったことはわかる。社長の座に執着するなということだ。

そんなことはわかっていると大きな声で言いたい。知人の中には金や地位などに執着した結果、不幸に陥った者がいる。彼らにアドバイスを求められた場合、壮一は、執着が罪なのだと答えていた。

しかしわが身に照らして考えてみると事はそれほど簡単ではない。

彼らからみれば、壮一こそ社長という地位に執着していると見えるのではないか。

ようやく決断した。鈴本や冬柴弥吉の助言を得て、今から、三人の娘たちから、彼女らの経営に対する考えを聴くことにした。

しかし本当に社長の座を譲る決心ができるだろうか。娘のうち絵理子とは一緒に暮らしていることもあり、一番、愛おしい。他の二人、美波も冴子も、会社で会うが、私的な会話を交わすことは滅多にない。

恵美が生きていた頃は、みんな揃って年に数回は食事を楽しんでいたものだった。今、ようやく思い出した。あの頃は楽しかった。

いや、もっと楽しかったのは娘たちが幼い頃だった。どんなに辛いこと、悔しいことがあっても娘たちの笑い声を聞けば、あっというまにそうした負の気持ちは雲散霧消《うんさんむしょう》した。

なぜもっとあの笑い声に満ち溢《あふ》れた時間を大切にしなかったのか。仕事に明け暮れず、あの笑い声の中に身を置いていれば、愛華から帽子を渡されることもなかっただろう。

後悔しても、後悔しても、もう遅い。

今回、社長の座を譲れば、時間はありあまるほどできるだろう。そうなれば娘たちのところに身を寄せ、何日か滞在するのもいいのではないか。

社長をだれに譲るかはわからないが、どんな結果になろうとも、娘たちは私の面倒を見てくれるはずだ。

恵美が死んでからは、孤独に身も心も苛《さいな》まれていた。これからは違う。きっと違う。娘たちと共に自分が失ってきた家族との懐かしい、温かい時間を取り戻すのだ。

「社長、そろそろお始めになりますか？」

鈴本が言った。

「おお、そうだな。三人を中に呼んでくれ」

壮一は、答えた。そして天井の龍の図を一瞥した。

六

美波、冴子、絵理子の三人姉妹は、それぞれにいつになく緊張した表情で、姿勢を正し、壮一を見つめている。

壮一の目には、彼女たちの幼い頃の姿が、今の姿と二重写しになっていた。ころころとはしゃぎまわる子犬のように、壮一の前で元気に動き回っていたのに、今では立派な女性に成長している。

恵美が亡くなってからというもの、男親の壮一とは微妙なわだかまりがあり、自分の世話をしてくれている絵理子を除き、美波や冴子とは疎遠になっていた。

しかし、それももうすぐ終わりになる。壮一が引退し、彼女たちのだれかに経営を譲り渡せば、そのわだかまりも氷解することだろう。壮一が、ただの老いた父親に変わることで、昔のような父と娘の関係に戻ることだろう。

パァパ！　こっちこっち……。鬼さん、こっちこっち……。

幼い少女に戻った彼女たちが、笑いながら壮一を呼んでいる。

わあああ！　鬼だぞ。鬼だぞ。

壮一が鬼の面を頭に載せ、彼女たちを追いまわす。

壮一は、懐かしい記憶に思わず笑みをこぼした。

「社長、それではよろしくお願いいたします」

立会人の鈴本が言った。

「うっほん」壮一が大きく咳《せき》ばらいをした。その目は先ほどまでの懐かしい記憶に心を委ねていた時とは打って変わって、厳しく、険しくなっていた。後継者を選ぶ、冷酷な経営者の目になっていた。

「三人とも、よく集まってくれた。ありがとう。実は、私は、先ほどまでお前たちの幼い頃の記憶を探っていた。懐かしく、涙が出るほど楽しい記憶だった。私は、この宝田家具を創業して以来、この会社を成長させるために全てを犠牲にしてきたように思える。その中には、お前たちとの楽しい記憶も含まれている。この年になって後悔するのは、もっとお前たちとの楽しい記憶を増やしておくべきだったということだ。記憶を探っても、探っても、数少ない記憶しかないのだ。お前たちの本当に幼い頃の記憶なのだ。成長し、大人になっていく記憶がない。きっとその頃、私は仕事に明け暮れていたのだろう。懐かしい記憶のなさは、お前たちも同じだろう。私との関係は、慈《いつく》しみを与える父と娘というのではなく、あくまでこの会社の創業者で社長の私との関係だった。このなんとも情愛のない関係が、私とお前たちとのわだかまりの原因なのだ。今となっては、遅いのだが、反省しているところである。しかし……」

壮一は、小さく咳ばらいをした。わずかに言葉が詰まる思いがしたのだ。三人の姉妹たちは、姿勢を崩さず壮一を見つめている。

「しかし、私はようやく経営の煩わしさや責任、義務などそうした重責を、この肩から振り落とすことにした。私も老いには勝てない。そこで次の世代に経営を委ね、私は身軽になり、死が、私を亡き妻恵美のところに誘うまで残りの人生をお前たちとの記憶を作り直すことに使うことにした」

「社長、死などという縁起でもないことを口になさらないでください。悲しくなります」

美波が眉根を寄せて言った。

「いやいや、ありがとう。その気持ちは嬉しいが、八十歳を過ぎた私に、それほど多くの時間が残されているとは思っていない。それに気づくのが遅かったといえば、言えなくもないがね。さて……」

再び「こほん」と壮一は咳ばらいをした。

「今や、経営の一切をかなぐり捨て、自由になろうとしている私だが、この心境に至るまでには迷いも葛藤もあった。この宝田家具は、私の生涯かけての作品だからな。勘違いしてくれるなよ。お前たちと比較しているわけではないからな。お前たちも私にとってはなにものにも代えがたく、大切であることはよくわかって欲しい」

壮一の言葉に彼女たちが一様に頷いた。

「私は、お前たちも大事だが、この宝田家具もお前たちに負けず劣らず大切なのだ。それをわかって欲しい。それで今日、お前たちから率直な考えを聴きたい。三人の内、だれが一番、この宝田家具のことを思い、この老いた私のことを思ってくれているのか知りたいのだ。特に私は、残り少ない人生、死が私に微笑みかけ、その冷たい手で頰を優しく撫でてくれるまでの時間、穏やかに過ごしたい。三人の内でだれが、一番、私のことを思い、私に慈しみを与えてくれるか、知りたいのだ。その者に、この宝田家具の経営を委ね、私はその者を眺めながら静かに暮らしたい。お前たち、三人の内、だれが一番、宝田家具を、そして私を、情愛、仁義において最も思ってくれているか、知りたい。その者に全てを委ねたい。しかし、その時であっても、他の二人と争ったり、いがみ合ったりしてはならない。それは私の最も不幸とするところである。そのことも十分に考慮してもらいたい。経営を譲られる者がだれになるかは、まだわからない。しかし一人より、二人、二人より三人の力が合わされば、宝田家具の発展は約束されたようなものである。私も安らかに暮らせることだろう」

壮一は話を終え、じっくりと三人を見回した。

「では美波、長女のお前から、その考えを聴かせてもらおう」

七

「社長、いいえ、ここではあえてお父様と呼ばせていただくことをお許しください」

美波は、頰を紅潮させ、興奮気味に話し始めた。

「いい。社長と呼ばなくていい」

壮一は頰を緩めた。

「お父様、私がお父様をお慕《した》いする、尊敬する気持ちは海よりも深く、山よりも高く、言葉を尽くしても尽くしきれません」

美波は、練習してきた通りの滑らかな調子で話すことができるのを嬉しく思っていた。思わず笑みがこぼれそうになっている。

「幼い頃、お父様が必死で働いておられるお姿を間近で見ておりました。そのお姿は貴く、高貴であり、私を感動させました。今も深く記憶に残っております。幼い頃、私が眠っていましたら、お仕事を終えられたお父様が私の頰に接吻《せっぷん》をしてくださいました。お前が立派に成長するまで、私は命の限り頑張るからなと耳元で囁かれました。私は、眠った振りを続けておりましたが、感動でお父様に飛びついて抱きしめたいと思っていました」

「そんなことがあったかなぁ。抱きしめてくれてもよかったのに」

「お父様は、この宝田家具を業界トップにまで成長させられました。その努力、献身、経営手腕など、讃《たた》えても讃えきれるものではありません。私は、深く敬服しております。もし私がお父様の経営を引き継ぐことができましたなら、お父様の方針を遵守《じゅんしゅ》し、宝田家具を今以上に発展させることをお約束いたします」

美波は強い口調で言った。

「安売り家具を扱う方針も考えているのではないのか」

壮一の表情が険しくなった。

美波は、現在流行している使い捨て的な安売り家具を扱いたいと、取締役会でも話していたからだ。

「はい」美波は落ち着き払って答えた。「安売りという表現は適切ではありません。それぞれのお客様の生活に相応しい家具を扱います。若者から高齢者まで、それぞれの客層に合わせた家具を販売いたします」

「百年家具はどうするのだ」

壮一の視線が厳しい。壮一は、美波から百年家具に対する批判的な意見を直接聞いたことはない。いい機会である。美波の口から百年家具について聴きたい。

「百年家具は、お父様の傑作であり、お父様にとっては私たちわが子以上に愛しいものであります。そんな大切なものを、娘の私がないがしろにするわけがございません。これからも当社の最重要な存在であり続けます」

「本当だな」

壮一の顔がほころんだ。

「お約束いたします」

美波は、壮一を見つめた。

「よろしい。では次に冴子だ」

「まだまだお話をしたいことがございますのに……」

美波の表情に困惑が浮かんだ。

「また後でじっくりと聴くことにする。私は美波の話を聴き、嬉しくてたまらない。私は、お前のことを少し誤解していたようだ。お前は仕事にも、私にも厳しく、批判的であるかのように思っていたのだ」

「なにをおっしゃいます。もしそのように思われたのなら、私の不徳の致すところでございます。全てはお父様と宝田家具を愛するゆえでございます。ご容赦《ようしゃ》くださいませ」

美波は静かに頭を下げた。口元がほころんできて仕方がない。ここで笑ったように見られては、誤解を受けてしまう。表情を見られないためにも頭を下げたのである。

「今日の話でお前の本当の気持ちがよく理解できた。嬉しく思う。さあ、冴子はどんな話を聴かせてくれるかな」

壮一は喜びに頬が緩んでいる。

「はい、お父様」冴子は返事をすると、隣にいる美波に視線を送った。

美波は、小さく頷いた。約束通り自分に味方をするのだよ、との合図である。

「私も、美波お姉様に倣《なら》ってお父様とお呼びしてもよろしいでしょうか」

「おお、そうしなさい。お前たちからお父様と呼ばれるのが、これほど心地いいことだとは思わなかった。私は、社長であり、創業者だが、お前たちの父親でもあるのだと改めて感じいった次第だ」

壮一は笑みを浮かべ、いつもの取締役会で見せる険しさは感じられない。

壮一にとって彼女たち三人揃って顔を合わすのは、久しくなかったことなのだ。この試問会は後継者を決める厳格な会となるはずだったのだが、壮一の中では、彼女たちと過ごす喜びの時間に変わっていた。もし隣に恵美が座っていたなら、あなた良かったわねとでも呟いてくれるだろう。

「私の思いは美波お姉様が全て言い尽くしてくださったような気がします。私の心は、美波お姉様と同じなのです。あえて申し上げれば私が、お父様に感謝する気持ち、宝田家具を愛する気持ちは深く、深く……どこまでも深いと言っても言い過ぎではないでしょう。お父様は、私を深く愛してくださいました。幼い頃、友達に虐められ、泣きながら帰宅した際、偶然にもお父様が在宅されていたのです。私は、涙が止まるほど驚きました。いつもはお仕事で忙しく、家にはおられなかったお父様が目の前にいる。私に、驚きの後に、大きな喜びが訪れました。それは安堵の思いです。私の両目から、再び涙がとめどなく溢れてきました。私は、なにもかも打ち捨てておお父様の両腕の中に飛び込み、その厚い胸に顔をうずめました。その時、お父様の大きな愛に包まれて私の涙は哀しみや悔しさから、喜びに変わったのです」

「おお、そうだったのか。そんなことがあったのか……。すっかり忘れてしまっている。いつでもこの胸でよかったら、ここに顔をうずめて泣きなさい。それで悲しみが晴れるのなら、私も嬉しい」

「今でも、あの時のお父様の胸の温もりを思い出します。さて私は、次女であります」

冴子の表情が引き締まった。壮一も、首を傾げた。なぜ今更、次女と言うのかと疑問に思ったのだ。

「そんなことは、今更、口にしないでもわかっているぞ」

「次女は、美波お姉様と絵理子の間に挟まれた存在です。二人とも素晴らしい姉と妹です。私は、この二人のいずれかが宝田家具の経営者になればいいと思っております。私は、その二人に仕えるつもりでおります。次女というのはそういう役割であると認識しております」

「なんと……」

冴子の言葉に壮一は、一瞬、虚を衝《つ》かれたような顔になった。あまりにも思いがけない言葉だったからである。

「冴子……あなた」

美波は、冴子を睨んだ。冴子は、自分を全面的に支援するはずではなかったのか。それなのに絵理子と二股《ふたまた》をかけるなんて……。

「宝田家具は、お父様の血と汗と涙の結晶です。百年家具は、これからも永遠だと思っております。だからこそ私はあえて後継者とならず、二人のいずれかを支える立場になりたいのです。これは私が宝田家具を、そしてお父様を愛するがゆえであることだと、ご理解いただきたいと思います」

冴子は壮一に低頭した。

「お前の気持ちに私は感動している。その謙虚さはなにものにも代えがたい。私は、お前のことをわがままな娘だと思っていたが、それは誤解であった。たったいま、氷解した。誤解していたことを許してくれ」

壮一も頭を下げた。

「お父様に謝っていただくなんて、恐れ多いですわ。誤解でもなんでもございません。私はわがままに育ちました。それはお父様の愛情に守られていたからです。しかしそのわがままな私が、自分が後継者になりたいとの思いを抑えて、美波お姉様、絵理子の二人の補佐に徹することが、宝田家具を永遠に栄えさせることだと思い至りました」

冴子は、壮一を見つめた。

「おお、冴子、お前は素晴らしい。できれば宝田家具の全てをお前に譲りたい。お前の謙虚さは、この殺伐とした世の中を照らす、本物の光である。これほどの人間に成長していたとは、驚きである。私の見る目がなかった。お前は素晴らしい。美波と絵理子の間で、苦労したのであろう。その心中を慮《おもんぱか》ってやらなかったのは私の不明である。二人の補佐などと言うものではない。十分に後継者として資格がある。経営者というのは、何事においても謙虚でなくてはならないのだ。それが最高の資質である。私は、嬉しい。その資質をお前が身につけておったとは！　なにもわからず、見えず、申し訳ない。もう一度、謝らせてくれ」

　壮一は、先ほどより深く頭を下げた。

「お父様、お顔をお上げください」

　冴子は慌ててしまった。まさかこれほど自分の言葉が壮一を感動させるとは想像すらしていなかったからだ。

　冴子は、隣の美波からの鋭い視線をひりひりと感じていた。彼女よりも壮一の感動を引き出したように思っているのだろう。嫉妬、怒りの視線だ。わずかに顔を上げ、その視線の先の美波を一瞥した。美波は、冴子の視線に気づくと、ぷいっと顔を背けた。

　冴子は、不味いことにならなければいいのだが、と懸念した。

　冴子が美波と絵理子の補佐に徹すると言ったのは、それが一番、自分に相応しいと考えただけなのである。後継者になって社長として働くなんて煩わしくて嫌だという思いが強い。そんなことより二人の陰に隠れて、好きなことをしている方がいい。

　もっと本音を言えば、今すぐにでもこの場から立ち去り、若くてイケメンのレッスンプロの指導を受けながら、ゴルフコースをラウンドしたいのだ。

　冴子は、美波が後継者になるのを支持すると、舌の根が乾かぬうちに絵理子に近づき、絵理子を焚《た》きつけ、後継者へ名乗りを上げるように仕向けた。

　壮一が最も信頼を寄せているのは絵理子だと知ってのことである。絵理子は、壮一という将が騎乗する馬、即ち宝田家具を引く、馬子である。その馬子を射ることで、冴子は自分の立場を安泰にしようと思っていた。

　このままだと二兎を追う者は一兎をも得ずになってしまう。冴子は、壮一の喜ぶ顔を見ながら、浮かない思いに沈みつつあった。

「さて最後は、絵理子、お前の番だ。お前は、私の世話を厭わず、今も一緒に暮らしてくれている。私の世話をした結果、婚期を逃してしまったのではないかと申し訳なく思っている。さあ、私への思い、宝田家具への思いを、存分に語ってくれ。私は、今、嬉しさと喜びに浸っている。素晴らしい娘たちを持ったことへの感謝の気持ちでいっぱいだ。どうかこの気持ちをさらに喜びで溢れさせてくれ」

　壮一は、喜びに相好《そうごう》を崩しながら、絵理子に発言を促した。

　絵理子は、なにを言えばいいのかわからなくなってしまった。二人の姉のように言葉を巧みに操ることは得意ではない。ましてや腹にない言葉を口に出すこともできない。二人の姉の言葉が、彼女たちの腹にない言葉だとは言うまい。壮一を喜ばせていることは事実なのだから。それらの中に幾分かの真実が含まれているのだろう。

　では二人以上に、言葉を尽くして、自分の思いを壮一に伝えることはできるだろうか。絵理子は、言葉ではないと思った。今まで、特に母の恵美が亡くなってからというもの、わがままな壮一の言うことを聞き従ってきた日々の蓄積を壮一が理解し、評価してくれるはずである。

　絵理子が後継者になるべきであると、冬柴太郎や桐谷明、そして隣に座る冴子さえもがそう言った。冴子は、もし絵理子が後継者になればその補佐に回るとも言った。あれは本音なのだろうか。その言葉で、壮一の心を摑んでしまったところを見ると、冴子の選びに選んだ策なのかもしれない。

もういい、二人の姉のことなどどうでもいいではないか。私の真実は、私の壮一に対する愛情は、私の舌よりも重い。舌では言葉を操ることはできない。

「さあ、どうした？　絵理子、黙っていたら日が暮れるぞ」

壮一の表情に苛立ちが浮かんだ。

「なにも申し上げることはございません」

絵理子は静かに言った。

壮一の表情が固まった。目を瞠り、何事が起きたのか理解できないでいる表情だ。

絵理子の隣に並んで座っている美波も冴子も、啞然《あぜん》として絵理子を見つめた。

「なにもない？　どういうことだ」

壮一は怪訝そうに首を傾げた。

「なにもないのです。私が申し上げることは……」

「絵理子、よく考えて話しているのか？　美波も冴子も、私に対する素晴らしい賛辞と宝田家具の将来への期待を口にしてくれた。私は、久しぶりに心地よい時間を過ごしているんだ。それになにもないとは無である。無からはなにも生じない。無だけだ。そんなことだとお前に譲るものは全く無ということになりかねんぞ。話せ、話すんだ」

壮一は怒った。気分が害されたのである。

「お父様、私は不器用に生まれついているのでしょう。心の内を、うまく言葉に乗せることができません。私は、お父様をお慕い申し上げております。それは娘としての私の務めでありましょう。お母様がお亡くなりになってからというもの、特に務めの意味合いが強くなりました」

「務めとな？　愛情からではないのか？　失望した。それでは私の世話は仕事であると言っているみたいだぞ。言葉を選びなさい」

「申し訳ございません。私の舌はお父様に伝える心からの感謝の言葉を操るのに巧みではないようです。お父様は私を育て、慈しんでくださいました。その恩返しは、当然のことです。私は、毎日、その思いを抱いて暮らしております。そしてお父様の宝田家具への思いもよくわかっております。後継者へ名乗りを上げようとも考えておりました……」

絵理子はたどたどしく話す。

「それならどうして堂々と後継者へ名乗りを上げないのだ。私は、お前のことを、こんなことをいうと美波と冴子に誤解されそうだが、最も愛おしく思っているのだ。末娘の優しさ、初々しさを持っているからだ。さあ、遠慮せずに私と宝田家具への思いを語りなさい。まだ私は聞く耳を持っているぞ」

壮一は、苛立ちを露わにし始めた。

「では申し上げます。今、美波お姉様、冴子お姉様のお話を伺っていましたが、私はお二人のように器用ではありません。これは批判をしているのではございません。本当にそう思っているのです。お姉様方のように、宝田家具のトップになり、家庭では良き妻、良き母、そしてお父様のお世話をする良き娘……。これらの役割を全てこなすことはできません。もし私が、良き相手に恵まれて結婚できたといたしましょうか」

「具体的な相手がいるというのか」

「いるとも、いないとも、まだ申し上げられる段階ではありません」

「ああ、なんと水臭い娘だ。お前と私との関係はそんなものだったのか。まるで砂漠の河ではないか。ちょっとばかり日照りが続けば、すぐに干上がり、潤いもなくなってしまう。それで結婚したらどうなるというのだ」

「私は、その夫に、私の全てを捧げることになるでしょう。なぜお姉様方は結婚し、ご主人や子どもに愛情を注ぎながら、宝田家具にも愛情を注ぐことができるのでしょうか？　お父様が、私に世話をして欲しいと望まれるなら、私は結婚もせず、会社も辞め、お父様おひとりに全てを捧げることになるでしょう」

　絵理子は焦《こ》がれるような視線を壮一に向けた。

　壮一は、眉根を寄せて、しばらく考え込んでいた。

「それがお前の真実か」

　壮一は訊いた。

「真実の気持ちです」

　絵理子は答えた。

「私の世話をするなら、結婚も、宝田家具の経営もいらないというのか」

「はい、そうです。私は多くの務めに愛情を割くことはできません」

絵理子は言った。

「あらあら、絵理子、新手の手段を考えたわね。あなたはお父様を責めているのよ。それがわからないの。まるで自分が不幸で、自分の不幸の責任をお父様の世話があるからだと言っているのと同じよ」

美波が激しい調子で言った。

「でも……それが私の真実なのですから」

絵理子は消え入りそうに言った。

「絵理子、お前の心の内はよく聞かせてもらった。私のことが重荷になっているような言い草、その冷たさ、冷酷さに驚き、言葉を尽くすことができぬ。心が芯まで凍り付いてしまったわ。今の今まで、私は、お前を買いかぶり過ぎていたようだ。私への無尽蔵の愛情を注いでくれているものと思っていた。汲めども汲めども尽きぬ泉のように、私への愛情が湧き上がっているものと信じていた。ああ、なんと私が馬鹿だったのか。お前にとって私が重荷だったとは！　もういい。お前にはなにもやらん。どこへでも行け！　私はお前に世話をしてもらおうとは思わん！」

「そうよ、絵理子。これからはお父様は、私と冴子がお世話いたします。あなたは用済みよ」美波が言った。「いいわね、冴子」

「ええ、はい、はぁ」

冴子は美波から突然に念を押され、戸惑いつつ返事をした。

「よくわかった。絵理子、ここから出て行け。もう私の前に顔を出すな」

壮一は興奮気味に、絵理子を指さした。

絵理子は、青ざめ、悄然《しょうぜん》としていた。

「落ち着かれなさいませ。社長！　絵理子様はそんなおつもりで……」

鈴本が壮一の肩に手を当てた。

「うるさい！　鈴本。私こそ悲しく痛ましいのだ。私は絵理子に裏切られたのだ」

険しい形相《ぎょうそう》で壮一は鈴本を睨み、その手を払いのけた。

「お父様に、私の真実が伝わらないのは悲しいことです」

絵理子は、ふらふらと立ち上がった。

「お父様、ご安心なさいませ。お父様も会社も私が万事上手くやらせていただきます」

美波の弾んだ声が、取締役会議室に響いた。

第六章　孤独

一

絵理子は、悲しみに沈んだ目で壮一を見つめていた。

「私への愛情が、まるで義務であるかのような言い草。私は、これほど悲しい思いにかつて捕らわれたことはない。私は、末娘のお前を最も愛おしく思っていた。美波や冴子には悪いが、絵理子に私の全てを譲ってもいいと考えたこともあった。それが今日、たった今、消えてしまった。霧が晴れるように消えたのではない。私の心に重く、暗い霧がかかってしまい、その考えを見えなくしてしまったのだ。絵理子、見損なったぞ。私への愛情は義務だったのか。一番愛していた者から裏切られることほど、辛いことはない。絵理子、お前の顔など見たくはない。消え去れ、とっとと消え去れ！　私の前から消えるのだ」

壮一は興奮で倒れてしまうのではないかと懸念されるような状態に陥った。

試問会を開催するに当たり、壮一は当初、後継者に絵理子を考えていた。美波や冴子は、壮一に近づこうともしない。宝田家具の経営方針についても反対の姿勢を示していた。

それがこの試問会を開いてみて、壮一は美波や冴子の言葉に心を動かされた。やはり自分は彼女たちの父親であり、彼女たちは愛する娘である。改めて、その思いを強くしたのである。この思いは、壮一の心を温め、安らぎを与えた。なんと素晴らしい娘を持ったのかと感激したのだ。

そして絵理子の言葉を待った。彼女には最大の期待をしていた。壮一への最大の賛辞、愛情を示してくれるはずだからである。

ところがどうしたことだろう。絵理子は壮一への賛辞を、愛情を控えたのである。人は、期待が大きければ大きいほど、往々にして失望も大きい。

絵理子が、壮一の世話をすることに、まるで苦痛を感じているような発言ではないか。壮一はショックを受けた。最も信頼している者に裏切られたのである。壮一の曲解であったかもしれないが、曲解であると考えるだけの冷静さを見失うほど、壮一は怒りを滾らせていた。

「社長、落ち着いてください。絵理子様のご発言の意図は、そうではありません」

立会人という中立の立場を超えて鈴本が発言した。

「黙れ、黙れ、言葉というのは口から、舌から外に出れば、それは相手がどのように受け止めるかだ。それは口を、舌を動かした者に責任がある。絵理子は、私をないがしろにしたのだ。これほど薄情な娘だとは思いもしなかった。私は今、死にたいほど辛い。心臓に何本もの氷の刃が刺しこまれたようである。それはたちまち私の心臓を冷やし、血を凍らせてしまった」

壮一は険しい表情を鈴本に向けた。

「もう一度、もう一度絵理子様のお言葉をお聞きかせください。さあ、絵理子様、もう一度、社長を、お父様を礼賛《らいさん》なさいますように」

鈴本が絵理子を必死の形相で促した。

絵理子は、戸惑いの表情を浮かべている。なにかを話したがっているようだが、言葉が出てこない。

「もう、なにも言うな。絵理子は期待外れだ。私の会社は全て美波に譲る。決めたのだ。冴子は、美波の補佐に回れ。絵理子にはなにもやらん」

壮一が激しく言い放った。

美波の表情が一気に華やいだ。冴子は、やや戸惑っている。美波は、冴子を見た。その視線は厳しく、冴子の裏切りを許さないという決意がこもっていた。冴子が美波を支持すると言いながら、絵理子と二股をかけたことが、美波には許せないのだ。

冴子は、美波の強い視線を感じて、眉間に皺を寄せた。

「社長！」鈴本が強い口調で言った。「私は、私は……」鈴本は興奮のあまり言葉が続かない。大きく息を呑み込み、そして吐いた。「今まであなた様を社長と敬い、ある時は、親にも勝る気持ちでお慕い申し上げてきましたが、ただいまの振る舞いはとても私が敬い、お慕い申し上げる社長とは思われません」

「鈴本、それ以上言うな。お前は立会人である。なにも言わずに立ち会うことが役割だ。もし、それ以上言うと、お前も切って捨てねばならん！」

「いえ、いえ、なにを恐れましょう。社長の鋭い槍《やり》で胸を突かれようとも！　私は屍《しかばね》を晒《さら》しながら、それでも恐れず、痛みに耐えながら、申し上げるべきことは申し上げねばなりません。それがお仕えしてきた者の責務、ご奉公であります。社長には、冷静さを取り戻していただかねばなりません。今日は、最も重要な後継者を決める集まりであります。そんな重要な場で、社長はまるで老人特有の短気さ、焦り、苛立ちの渦に巻き込まれておられます。渦から出て、高みからじっくりと景色を眺めてください。阿諛追従《あゆついしょう》に心を奪われてはなりません。老いれば老いるほど、権力を握れば握るほど、阿諛追従の言葉は耳に心地よいのです。それはテーブルに並べられた山海の珍味のように、思わず手を出したくなり、口に運べば、馥郁《ふくいく》たる香りに、味に、身も心も奪われてしまいます。そうやって老いた権力者は身を滅ぼし、孤独のうちに地の中で白骨となっていくのです」

「お前こそ、言葉を飾って、私になにを言おうとしているのだ」

「私は、あなたの忠実な臣下として申し上げます。阿諛追従の言葉に膝《ひざ》を屈してはなりません。絵理子様の言葉に、あなた様を礼賛する言葉がなかったとしても、言葉が舌の上で重かったとしても、絵理子様が情に欠けているとか、この会社を愛していないだとかお考えになるのは、甚だしき誤解であります。軽々な結論、怒りに任せて結論をお急ぎにならぬよう！」

「黙れ、黙れ」

壮一は唾を飛ばして鈴本に怒鳴った。

「鈴本専務、聞き捨てならないじゃありませんか。私が、お父様に言った言葉は真実であり、決して阿諛追従ではありません！」

美波が険しい顔を鈴本に向けた。

「そうよ、鈴本専務、失礼だわ。ねえ、お姉様」

冴子は言い、美波に頷いた。

「私は、社長に忠義を尽くす者であります。私は、この目で、この耳で、長く宝田家具の内部を見てきております。その私には、お二人の言葉に真実が含まれているようには思えませぬ」

鈴本は表情を強張らせて言った。

「なにを根拠に言っているの。鈴本専務、あなたは首よ。私に逆らったのだから」

美波が目を吊り上げた。

「ええ、ええ、私はこの会社から退場いたしましょう。社長が、老いに負け、真実を見る目を曇らせてしまわれた現実に耐えられそうにありませんから」鈴本が立ち上がった。「社長、もう一度、最後に言わせてください。どんな困難も、その胆力と冷静な判断力、決断力で乗り越えて来られた宝田壮一にお戻りください。そして後継者をお決めください」

「鈴本、出て行け！　お前の顔など見たくはない」

壮一が鈴本を指さした。

「では、これでおいとまさせていただきます。長い間、お世話になりました。私は、宝田家具を離れますが、いつまでも見守っていきたいと思います。私が生涯かけて愛した宝田家具が、いつまでも栄えますことを祈念しております。絵理子様、あなたの思慮深さ、宝田家具、そして社長への真の愛情に私は心を揺さぶられております。どんなことがあっても会社をお離れになってはなりません。さて美波様、冴子様、お二人の言葉に真実の果実がたわわに実ることを祈念しております」

鈴本は深々と頭を下げた。

「長々と、くだらないことを口にしおって……。とっとと出て行け。もう二度と私の前に顔を出すな」

壮一は鈴本から顔を背けた。

絵理子が立ち上がって壮一を見つめた。

「お父様、私の言葉が到らなかったためにご不興《ふきょう》を買ってしまいました。私の舌は言葉を飾ることが不得手なのでありましょう。私は、言葉の前に、行いで示してきました。お父様をお世話することを義務などとは考えておりません。娘として当然の行いであると考えております。私のどの言葉が、どの行いがお父様の逆鱗《げきりん》に触れてしまったのかは、私自身じっくりと考えていきたいと思っております。しかしおわかりいただきたいのは、私はお父様にも、宝田家具にも、なにも不忠な行い、不見識な発言などを断じてしてはいないことです。私は、宝田家具の後継者になりたいとの意図を持ってお父様に接したことはありません。私は、いつも心からの愛と忠実さ、誠実さでお父様に尽くしてきたつもりであります。もし、お許しを頂けるなら、これからも宝田家具の末席を汚《けが》したいと思います。お許しください」

絵理子は立ったまま頭を下げた。

「ならぬ。絵理子、お前の言い分は十分に聞いた。しかし、宝田家具には置いておくわけにはいかん」

壮一は、絵理子を指さした。

「わかりました。それでは仕方がありません」絵理子は涙を拭《ぬぐ》った。「私は、お父様の安寧《あんねい》を第一に考えております。言葉が足らずにこのような事態を招いたことは私の最大の親不孝でございます。美波お姉様、冴子お姉様、お二人のことはだれよりもわかっているつもりですが、このようなことになった以上は、あれこれとは申し上げません。なにとぞ、お父様をいたわり、お父様の安らぎのためにお努めしてくださいませ。よろしくお願いします」

「絵理子、私たちにまで指図するなんて、余計なことを……。あなたの人事はいずれ私が発令します」

美波が冷たく言い放った。

「なにがこのような事態を招いたのか、あなたもよく考えることね。お父様のことは、私たちにお任せなさい。これからあなたが、どのような人生を歩むのか楽しみにしているわ」

冴子が言った。言いながら美波の顔色を注意して見ている。

「私は、いつまでも、どこにおりましても、お父様の娘です。そのことを心に秘めて、新しい歩みを始めます。お二人ともくれぐれもお大事に」絵理子は静かに言い、鈴本に視線を送った。鈴本は、絵理子の視線を受け止めた。「それでは失礼します。鈴本さん、行きましょうか」

「はい」

鈴本はまるで絵理子と気脈を通じていたかのように席を立った。

「あらあら、公平、公正であるべき立会人が絵理子とべったりだったなんて。笑えるわね。鈴本専務、思い通りにならなくて残念でしたね」

美波が会議室を出て行く鈴本に思いきり表情を歪めて言った。

「黙りなさい」壮一が強く言った。「鈴本は、私がまだこの世の何者でもない時からの盟友である。私を助け、励まし続けてくれた人間である。それが今、袂《たもと》を分かとうとしているのだ。私は、悲しい。無慈悲な言葉を投げかけるものではない」

「申し訳ありません。お父様、お気持ちに障りましたか」

美波が焦った。

「もういい、試問会は終わった。私は帰る。後は任せた」

壮一は机に両手を突き、さも大儀そうに身体を持ち上げた。

「お疲れを出されませんように」

美波が頭を下げ、会議室を出て行く壮一を見送った。その表情には薄く笑みが浮かんでいた。

二

絵理子は、鈴本と揃って会議室を出た。そのまま秘書室に向かい、二人で応接室に入った。テーブルを挟んでソファに座り、二人は無言のまま向き合っていた。どれだけの時間が経ったのだろうか。絵理子には、永遠のような長い時間に思えたが、実際は、さほどでもない。

「ねえ、鈴本さん、私はどこで間違ったのかしら。なぜ、お父様の不興《ふきょう》を買ってしまったのかしら」

絵理子は思いつめた表情で訊いた。

「絵理子様は、なにも間違っておられません。全ては社長の老いが原因と思われます」

「老い、ですか?」

「社長は、絵理子様を後継者にしたいと思っておられました。それは間違いありません。しかし公平性の観点から、あのような試問会を開催されたのです。絵理子様への期待は非常に大きかったと思われます」

「その期待を裏切ってしまったのですね」

絵理子は視線を落とした。

「そういうことになりますね。絵理子様は、言葉を飾らず正直に話されました。それがお二人のお姉様と違うところです。お二人は、会社経営をどうするかというお考えは全くお持ちになっておられません。ただ空しい言葉を並べられただけです。ところが幼い頃の思い出、それもきっと作り話でしょう、しかし、なつかしさ溢れるご様子で話されました。あれで社長の老いがぐっと加速されたのです。普段からお二人との関係については、社長はお悩みでした。自分が仕事ばかりにかまけていたため、お二人との距離が大きく離れてしまったからです」

「私は、少しお父様の心にゆとりが出てから生まれた子どもですし、一緒に長く暮らしていました。しかしお姉様方はそうではありませんからね」

絵理子は静かに頷いた。

「社長は、自分と離反していると思っていたお二人の自分を慕う言葉を聴き、感動されたのでしょう。それで冷静な経営者としての判断を失われたのです。経営者より、子育ての過去を反省する父親が顔を出したのです。絵理子様には、さらに父親としての社長を称賛する言葉を期待しておられたのです」

鈴本は眉根を寄せ、険しい表情になった。

「私は、その期待に応えられなかったのですね……」

絵理子は、空しく、薄く笑みを浮かべた。

「そのようですね。老いは、期待を絶望に変えるのが早いのです。若い頃なら感情に流されず、冷静に物事を判断することができますが、老いが進みますと、焦りが生まれ、感情に支配されてしまいます。それがあの場の社長なのです」

鈴本は話し終えると、再び沈黙した。

絵理子も口を閉ざした。

ドアを叩く音が、応接室に響いた。

「どなたですか？」

絵理子がドアの方に振り向いた。

「冬柴です。入ってもよろしいでしょうか？」

絵理子が、許可を与える間もなくドアが開き、冬柴太郎が入ってきた。

表情は硬く、なにかしら思いつめている様子である。

「太郎さん、どうして」

絵理子が言った。

「今、お聞きして、驚きました。いったいどういうことですか？　美波副社長が後継者に決まったとか？　あろうことか室長は社長の逆鱗に触れ、解任されたとか」

太郎は一気に話した。

「情報が早いね」

鈴本が力なく笑った。

「申し訳ございません。こうした人事情報はたちまち社内を駆け巡るものです。社員のだれもが、この話でもちきりで、美波社長になるとこの宝田家具はいったいどうなるのかと不安が渦巻いています。それにしてもどうして室長は解任などと……」

太郎は悲しそうな視線を絵理子に向けた。

「私の力がなかったということです」

「そんなことはありません。社長は大変な間違いを犯されています。この会社を、そして社長を、一番愛しておられるのは室長です。それをおわかりになっていないとは」

太郎は拳を握り締め、天を仰いだ。

「今、そのような話をしていたところだ」

鈴本が重々しく言った。

「専務が立会人だったと聞いております。それなのにいったいなぜ」

太郎は怒りを込めた目で鈴本を睨んだ。

「すまない。流れを止めることができなかった。社長は年老いて、冷静な判断力を失ってしまわれたのだ」

「老い、老い、全てを老いのせいにされるおつもりですか」

太郎の怒りは収まらない。

「全てを老いのせいにしたくはないが、それしか考えられないのだ。人は老いには勝てない。老いとは迫り来る死への恐れだ。自分という存在が、この世から消えてしまうことへの恐怖だ。その恐怖に捕らわれてしまうと、だれもが焦り、慄《おのの》き、冷静さを失ってしまうものだ。この私も同様だよ。私は、お仕えしてから初めて社長を非難する言葉を口にしてしまった。自分では冷静さに自信があったのだがね……」

鈴本は肩を落とした。

「太郎さん、期待に沿えなくて申し訳ありません」絵理子が頭を下げた。「あなたは美波副社長にお仕えしてくださいね」

絵理子の言葉に、太郎は一歩前に足を踏み出した。

「なにをおっしゃるのですか。美波副社長が社長になられれば、宝田家具の伝統を壊されるのは必定です。あの方は、百年家具に一毛《いちもう》の愛情も抱かれておられません。そのことを十分にご存じのはずです。それは冴子常務も同じです。夫の黒木常務も、ファンドと組んでなにやら不穏な動きをなさっております。私には暗い未来しか見えません」

太郎は悔しげに表情を歪めた。

「冬柴君がこれほど感情を露わに発言することはありません。絵理子様、これからどうなさるおつもりですか？」

鈴本が穏やかに訊いた。

絵理子は、鈴本を見つめた。なにかを考えるかのように目を閉じた。

「室長、あなたが立ち上がらねばこの会社に未来はありません」

太郎は強く言い放った。

「考えさせてください。お父様があれほど力を込めて私を拒絶されたことに衝撃を受けております。お姉様方が本当にお父様のお世話をされ、宝田家具を成長させられるでしょうか？　それが心配です」

絵理子は言った。表情は暗い。

「あの方々がそんなことをなさるわけがありません。社長は、最後の最後に大きな間違いをなさいました。私は残念で仕方がありません」

太郎が唇を噛み締めた。

「私も、冬柴君と同じ思いです」

鈴本が言った。

「お父様が寂しい老後を送られないか、それが心配です。しかし出て行けと言われた以上は、これから一緒に暮らせないのでしょうね。どうしたらいいんでしょう」

絵理子が、すがるような目で鈴本を見つめた。

「私が、今のご自宅の近くに部屋をお借りしますから、そこにしばらくお住まいになってはいかがでしょうか。そのうち絵理子様に社長が頭を下げて、戻ってきて欲しいということになるでしょう」

鈴本が言った。

「ではお世話になります」

「承知しました」

「宝田家具はどうなるのですか？」

太郎が不安を表に出した。

「お姉様方に任せるしかないですね。当面は……」

絵理子は言った。

「当面と言いますと」

太郎が目を輝かせた。

「私は、お父様のことが一番心配です。お父様が悲しまれることがないようにしたい。そういう意味です」

絵理子は、覚悟を決めたように強く言った。

「お気持ち、十分に理解しました。私も、当面、美波様にお仕えすることにいたします」

太郎は言った。絵理子の気持ちを汲み取ったのだろう。

「私も、絵理子様が、その気になられるまで、少し頑張りますかな」

鈴本が穏やかに言った。

「その気にならないかもしれませんよ」

絵理子が皮肉っぽい笑みを浮かべた。

「ははは、それは困りますなぁ」

鈴本が笑った。

三

次郎の表情は緩みっぱなしである。腹の底から笑いが込み上げてくるとはこういう状態を言うのだろう。

思った通りになったではないか。

次郎は、大声で叫びたくなった。今まで、絵理子の近くにいながら、美波のスパイ同様の働きをしてきた。美波が、宝田家具の後継者に決まったのだ。ついに報われる時代がきたのだ。

取締役会議室の様子をモニター室で盗聴していたのだが、壮一が絵理子の言葉にあれほど拒否反応を示すとは思わなかった。

美波や冴子が、口の中で砂糖の塊《かたまり》が溶けるようなわざとらしい、見え透いた、甘ったるい言葉を連ねるのを聴き、これでは、いくらなんでも壮一が怒り出すのではないかと心配になった。しかしそれは杞憂《きゆう》だった。壮一は、爛《ただ》れたような甘い追従の言葉を欲していたのだ。

次郎にわかったことがある。なぜ壮一は、美波や冴子の言葉に反応したのか。

壮一は老いたのだ。老いは、死の恐怖との闘いである。いつ何時、死神に襟首を摑まれ、深く、暗い死の国に連れ去られるかわからないのだ。この恐怖に捕らわれると、不安、焦り、苛立ちなど、それまで冷静沈着な人間だったとは思えない判断や行動をしてしまうことがある。

試問会の際の壮一は、それまで経験したことがないほどの死の恐怖に捕らわれている時だったのだ。まさに死神に襟首を摑まれる寸前だったのだ。その時、美波や冴子の甘い囁きを耳にし、それは命綱だと思ってしまったのだろう。

「あはは、あはは、勘違い勘違い。それは命綱ではなく、死神が投げた釣り糸だったのだ」

次郎は、秘書室に戻った。そこには水野梨乃がいた。

「おい、聞いたか」

次郎は梨乃に勢い込んで言った。今、自分の体内を駆け巡る喜びを、そのまま梨乃にぶつけたい思いだった。できればこの場で床に押し倒し、彼女の体内に自分の熱い高まりを差し込み、抑えようのないエネルギーを放出したい……。

「しっ」

梨乃は、眉根を寄せて、人差し指を真っ赤な唇に当てた。

次郎は、つんのめりそうになった身体を、目の前にあった机に両手を突くことで、なんとか支えた。

「どうしたんだ。凄い情報があるんだ」

次郎は、事態が摑めず周囲を警戒した。

「とっくに知っているわよ。美波副社長が後継者に決まったってことでしょう」

梨乃が小声で言った。

「なんだって！　もう知っているのか」

「そんな情報は、光速以上のスピードで伝わるのよ。あなたの専売特許じゃないわ。そんなことより……」

梨乃は、応接室に視線を移し、恐る恐る指さした。

「だれか来ているのか？」

「あなたのお兄さんよ。今、室長と鈴本専務とお話し中」

梨乃は次郎の耳元で囁いた。

「なに！　兄貴が」

次郎は険しい顔になった。

「なにを話しているかは聞こえないから、わからないけど、今回のことしかないわね」

「そうか……。早速、動き出したのか。これはぐずぐずしていられないな」

次郎は、小さく頷いた。

「早く、美波副社長のところに行った方がいいんじゃないの。室長の反撃が始まる前に」

「そうだな。敵が動き出す前に、こっちが動かないとな。嬉しさで浮かれている場合じゃない」

「そうよ。しっかりしてね。それから私のことも忘れないでね」

梨乃は次郎の手を握った。

「忘れるものか。出世したら、お前を強く抱きしめてやる」

次郎は、梨乃の頬に口づけすると、物音を立てないように気をつけながら、歩き出した。行き先は、美波のところだ。

秘書室を出て、美波がいる副社長室に急ぐ。

「おい、次郎、なにを急いでいるんだ」

背後から掠れた声が聞こえた。振り向くと父親の冬柴弥吉だった。

「あっ、父さん」

次郎は言った。

「今日、試問会があっただろう。社長が、後継者を決める会だ。気になってな。どんな結果になったか知っているか」

弥吉は、笑みを浮かべて近づいてきた。

「まだ、知らないのかい」

次郎は言った。

「なんだか社内が慌ただしい気がするがね。思いがけない結果なのか」

「思いがけない結果と言えば、言えるけど。そうでもないと言えばそうでもない」

「聞かせてくれ」

弥吉が言った。

次郎は、どのように弥吉に話せば一番自分にとって有利か考えていた。

四

「おい、大変なことになったな」

美波の夫である広瀬康太が言った。

「なにが大変なのよ」

美波は険しい表情を康太に向けた。

「だって、社長になるんだぞ。前からなりたいと言ってはいたが、本当にこの宝田家具を経営していく実力はあるのか？　私は、君が長女だから社長になるのが順当だとは思っていたが、君と社長との関係が今一つしっくりいっていなかったから、まさかこんな結果になるとは思わなかった……」

康太は、喜びとも困惑ともつかぬ複雑な表情をした。

「戯言《ざれごと》を言わないで」

美波は怒りのこもった調子で言った。

「戯言ではない。本当に大変だなと思っているんだ。勿論、私も協力するがね。ところで絵理子さんは、こっぴどく社長に叱られ、排除されたと聞いたが、いったいどうしたのだろうか」

「絵理子がお父様に嫌われたということ。それ以上でも以下でもない。お父様は、私のことを本当は評価されていたのでしょう。それが今回、はっきりしただけよ」

美波は胸を張り、自信ありげに言った。

「それはその通りだろう。君は副社長として宝田家具の経営を担ってきた実績があるからね。でも社長は君に個人的な生活の面倒を見てもらいたいと思っているんだろう？　絵理子さんを排除した以上は、だれかが面倒を見なくてはならない。それが後継者の条件の重要な一つだったからね。老いっていうのは身勝手なものさ。だれが、自分の世話をしてくれるのだ！　と声高に叫ぶ老人がいかに多いことか。同居してくれって言ってくるんじゃないか」

康太は美波の様子を窺うように見た。

「ふん」

美波は、さも詰まらないことを口にするという顔をして、鼻を鳴らした。

「なにか、気に入らないことを言ってしまったかな」

「気に入らないもなにもないわよ。お父様の面倒を私がどうして見なくてはならないの。ホームにでもどこにでも入れればいいじゃない。同居するなんて絶対に嫌よ」

「それは約束違反になるんじゃないのか」

康太が眉根を寄せた。

「私は、宝田家具を変えていきたいの。私が理想とする会社にね。そこには老醜をさらすお父様はいらない。そんなことはわかり切っているのに、私は同居なんてできないわよ」

「君は、試問会でお父さんとの懐かしい思い出を語って、涙したって話じゃないか。あれは偽りなのか。その場限りで言葉を飾ったのか」

康太が責めるような口調になった。

「そんなことがあったかなぁってくらいよ。私はお父様が嫌い。ええ、憎んでさえいるわ。やっと退任する気になったのだから、後は私に任せて静かにしていればいいのよ」

美波は、もはや康太の顔さえ見ない。話をするなとでも言いたげである。

「君は、なんと冷たい人間なんだ。企業の経営者となるには、それくらいの冷たさが必要なのかもしれない。しかし、私はお父さんが憐れに思えてきた。私は、君にはもっと優しさが必要だと思うよ」

康太が悲しそうに目を伏せた。

「なんとでも言ってちょうだい。もう私は走り出したのよ。あなたは、私を応援するわね。さもなければ考えがあるわよ」

美波が険しい表情で康太を見つめた。

「ああ、私は君の夫だからね。君を支えるのは当然だよ。君はその冷たさで身を滅ぼさないようにね」

康太が悲しげに言った。

「ははは」美波は声を上げて笑った。「私が、失敗するわけがないじゃないの」

五

「あなた、助けてよ」

冴子は、黒木伸郎にすがりついた。

うろたえ、怯え、視線は定まらない。

「いったいどうしたんだ。君らしくない」

伸郎が驚いた。

「らしくなくもなるわよ。どうしようかしら。私、失敗しちゃった」

いつもは強気で、何ものも恐れない風の冴子が身体を縮めている。

「失敗なんてしていないさ。今日の試問会は上出来じゃないか。美波副社長が後継者になることに決まったんだ。これでいいじゃないか。君と美波副社長は、いい関係だからね。僕も安心だよ」

「なにがいい関係よ。最悪よ」

冴子が激しい口調で言った。

「おかしいね。どうしたんだ。ちゃんと話せ」

伸郎は、顔をしかめた。

「あなたはその場にいなかったけど、私、試問会で失敗したの」

冴子が言った。

「失敗?」

伸郎が驚いた。

「私、美波お姉様の次に話したんだけど、二股かけちゃってたのよ」冴子が両手で顔を覆った。

「そんなつもりじゃなかった。私、美波お姉様から味方になるようにと言われ、ハイって答えていたのね。それなのに絵理子には社長になるようにって唆《そそのか》していたの。知っているわね」両手を顔から離し、伸郎を見つめた。その目には先ほど以上に怯えが映っていた。

「ああ、将を射るために、馬子を射るっていう作戦だったんだろう?」

伸郎が言った。冴子が力なく頷く。

「そうなのよ。私の助言で絵理子はその気になったと思ったのね。それは私の勘違いだった。私、試問会で美波お姉様が後継者になってもいいし、絵理子がなってもいい。私は、どちらかの補佐に回るって言ったの。父もそれを評価してくれたわ。謙虚だってね」

「ああ、そう聞いている。噂は社内を駆け巡っているからね。盗聴でもしていたかのように、詳しく私の耳にも聞こえてきた」

伸郎は戸惑っていた。冴子が怯える理由がわからない。彼女の意図通りになったのではないのか。

「まさか、絵理子があれほどまでお父様から拒絶されるとは想像もしていなかったから。お父様は、美波お姉様か、絵理子か、で悩み、結局、絵理子を選ぶと思っていた。ところが絵理子はなにを思ったのか、あの子、馬鹿なのよ。誠実だか、正直だか知らないけど、会社経営とお父様のお世話を両立なんかできない、娘としてお父様に仕えるのは義務である的な発言したのね」

「絵理子さんらしい正直さだね」

「でもね、その発言がお父様の怒りに火を点けた。なぜだかわからない。本当のところはね。美波お姉様や私が、まるでアイスクリームのような甘ったるい言葉を投げかけたからかしら。お父様は絵理子には、もっと甘い言葉を期待していたんでしょうね。それが塩対応だった……」

「期待外れだったんだね」

伸郎が頷いた。

「そうね。きっとそうね。その時、私、これは不味いことになったって気づいたのよ。美波お姉様が私を睨みつけていたから。私が二股かけたってことに気づいたのよ。ああ、どうしよう」

冴子は頭を抱えた。

「そんなに心配することはないさ。美波副社長は君を頼りにしているから」

伸郎は、冴子の肩に手を置き、励ました。

「あなたに話したことがあったでしょう？　美波お姉様は恐ろしい人だって」

「そんなことを言っていたね。でも本当なのか」

伸郎がわずかに笑った。

「本当よ。笑っている場合じゃないわよ。美波お姉様は、私に二股かけたわねと恨みの込もった目で睨んでいたのよ。私は潰されてしまうわ。ああ、どうしよう」

冴子が再びすがるような目で伸郎を見つめた。

「そんなことはないさ。美波副社長は君を頼りにするさ」

伸郎は笑った。

「笑わないで。絶対に私は潰される」冴子は、必死の形相で言った。そしてなにを思いついたのか、不意に表情を緩めた。「そうだ」

「なにかいいアイデアが浮かんだのか」

「ええ、浮かんだわ。あなた、ファンドと接触していたわね」

「ああ、美波副社長が社長に排斥されそうになったら、株を買い占めて、対抗しようと考えていたからね。でも美波副社長が後継者に決まった以上、不要になったかなと考えているんだ。私は美波派だからね」

「そんなことないわ。私が潰されるということはあなたも潰されるってことよ。それならファンドを利用して、宝田家具を私たちのものにできないかしら。私たちを追い出そうとしたら、逆に美波お姉様を追い出すのよ」

冴子は目を瞠って言った。

「本気なのか」

伸郎は真剣な顔で訊いた。

「本気よ。殺《や》られる前に殺れ、よ」

冴子の視線が強くなった。

六

「美波副社長が後継者に選ばれたんだ」

次郎は弥吉に話した。

弥吉は、一瞬、驚いたが、すぐに冷静になった。

「なるほどな。社長は、自分の好き嫌いを超えて、長女を選んだのだな」

弥吉は言った。

「まあ、そういうことになるけど。問題は絵理子室長さ」

次郎は思わせぶりに言った。

「絵理子様がどうかしたのか」

弥吉は心配そうに言った。

「絵理子様が一番、社長に愛されていたことは知っているよね」

「ああ、知っている。今回も社長は絵理子様に経営を譲ろうとされていた。しかし結果はそうなるにしても、ちゃんとお二人の姉の立場を尊重しなければならないと私や鈴木専務が言い、それで試問会になったというわけだ」

「それがね、試問会を開催したら、絵理子様が老兵は去るのみ的な発言をしたんだ。宝田家具の発展を阻害している原因は社長がいつまでも居座っていることだ。敬老の美徳は持っているが、それは絵理子様自身にとっても宝田家具にとっても頭痛の種であり、早期に取り除かねばならないってね。この試問会はその問題を解決する絶好の機会であると、まあ、こんな主旨かな」

次郎は、したり顔で巧みに虚偽の情報を交ぜて話し、弥吉の反応を窺った。

「まさか、まさか、あの絵理子様がそんなことを……。信じられない」

弥吉は絶句した。

「社長の面倒を見るのに飽き飽きされていたんじゃないの？」

「絵理子様は、心底お優しい方なのに、なぜそのようなことをおっしゃったのだろう？」

弥吉は怒ったような顔で首を傾げ、問いかけるように次郎を見つめた。

「それが、父さん、大変なんだよ」

次郎は、弥吉の耳元に口を近づけた。

「なにが大変なんだ。今、私が聞いた以上に大変なことがあるのか」

「絵理子様が社長の不興を買ってしまったのは、実は、兄さんのせいなんだ」

次郎は小声で言った。

「なに、なんだと！」

弥吉は、目を剝き、声を上げた。

「しっ」次郎は、慌てて弥吉の口を手で押さえた。「だめだよ。だれが聞いているかわからないじゃないか」

「わかった。わかったから手を離してくれ。息ができない」

弥吉は、次郎の手を押し戻した。

「これは本当なのさ。兄さんは絵理子様と組んで、宝田家具を我が物にしようとしていた。それで絵理子様を盛んに唆し、洗脳したのさ。宝田家具の問題は、社長が老いてなお君臨していることだと信じさせた。それで絵理子様は、試問会の席でつい本音を話してしまった。あの方は正直な方だから」

次郎は、弥吉に話しながら、我ながら上手いことを言うと自分に感心していた。試問会の席に、他人は鈴本しかいなかった。しかしこのような話はいろいろな枝葉がつけられ、周囲に拡散していくのを止めることができない。最も壮一に愛されていたはずの絵理子が、一転、壮一から拒絶されたことは事実である。これほど衝撃的な事実には、次郎がつけなくてもだれかが枝葉をつけるはずだ。

「許せない。太郎はなんて奴だ。今の今まで信頼していたのに裏切られた思いだ」

「父さんがしっかりしなくては、兄さんは絵理子様と一緒に、葬り去られてしまうよ。父さんが、宝田家具で築いてきた信用も、これでお終《しま》いになるよ」

次郎は、さも深刻そうな顔で言った。

「その通りだ。この冬柴弥吉がどれほど苦労して、この宝田家具の発展に寄与してきたか。それが今、瓦解しようとしている。次郎、なんとかしてくれ。私の立場を守ってくれるのは、今や、お前しかいない。太郎はどこだ、どこにいる。この私があの悪党、犬畜生にも劣る恩知らずに、自ら、打擲《ちょうちゃく》を加えてやる。どこにいるんだ。お前は知っているのか」

弥吉は怒りに震えている。

「知りませんよ。しかしきっと絵理子様のところでしょう。よからぬ謀《はかりごと》を練っているに違いない。このままでは絵理子様は本当に社長に排斥されてしまう。今なら、まだお許しを乞いさえすれば、お近くに置いていただくことも許されるだろう。私も兄さんを捜し出し、決して問題を起こさないように説得するから。父さんの名誉のためにも……」

次郎は、目に涙を溜め、悲しそうな顔になった。

「おお、次郎。私はお前だけが頼りだ。もはや太郎は当てにできない。お前は、宝田家具の中ではそれほど高い地位にはいない。太郎の方が上だ。それは間違っていたようだ。私は、今、目が覚めた。社長にも、後継者の美波副社長にも、お前を取り立ててくれるように強くお願いすることを約束しよう。そして獅子身中《しししんちゅう》の虫である太郎は早期に取り除かねばならん」

弥吉は興奮して言い放った。

「父さん、まあ兄さんの言い分もあるだろうが、怒りに身を任せて行動しないように注意してください。私に任せてくれ」

次郎は、弥吉を宥めるように言った。

「承知した。軽挙妄動《けいきょもうどう》してろくなことはない。お前に任せる。頼んだぞ。ああ、なんということだ。老境に入り、静かに安気に死がお迎えに来るまで過ごせると思っていたのに、なぜこのような苦悩を味わわねばならないのか。私のなにがいけなかったのか。こんなにも絶望的な気持ちになるとは……。太郎を捜せ。奴の目を覚まさせてやる」

弥吉は、言葉の激しさとは裏腹に肩を落として次郎の前から去っていった。

「これで兄さんの信用はがた落ちだ」次郎はほくそ笑んだ「おっと、こんなことはしていられない。美波様のところに駆けつけねばならない。早くしないと、有象無象《うぞうむぞう》の輩《やから》が集まって来るはずだ。そいつらに美味しいところを食べられたら大変だ」

七

壮一は、自宅に戻り、リビングに一人座っている。ウイスキーを取り出し、オンザロックで飲んでいた。

「だれもいない。この広い屋敷にだれもいない。娘たちは一人も来ない。三人もいるのに……」

壮一は愚痴っぽく呟くと、ウイスキーを口に運んだ。馥郁たる香りも、壮一の心を満たしてはくれない。

テーブルの上に、亡き妻恵美の遺影を置いている。

「なあ、恵美、なにか話しかけてくれよ。なにか慰めの言葉を言ってくれよ」

壮一は、再びグラスにウイスキーを注ぎ入れた。

写真の中の恵美はただ黙って笑っているだけだ。なにも話しかけてはくれない。

インターホンが鳴った。

壮一の顔に喜びが浮かんだ。だれでもいい。この孤独を慰めてくれるのであればとの思いが表情を緩ませたのだ。

スイッチを押して門を開き、玄関ドアの小窓から外を覗く。だれも見えない。不思議だ。あまりの孤独に空耳が聞こえたのだろうか。壮一は、恐る恐るドアを開けた。

「元気かな?」

開いたドアの陰から、飛び出してきたのは姜愛華だ。

「驚いたじゃないか。心臓が止まるかと思ったぞ」

壮一は、愛華を詰《なじ》った。

「止まればよかったじゃないの。その方が孤独を味わわなくてすむ。さあ、中に入れて。外はだんだんと暗くなってきたから。私のような美人が暗闇にいると、怪しまれるからね」

愛華は笑いながら、壮一の脇を抜け、家の中に入った。

「おいおい、だれも入っていいとは言っていないぞ」

壮一は、困惑しながら言った。

「断れるわけがないでしょう。一人で酒を飲んでいたくせに。つまみの一品でも作ってあげるから」

愛華はさっさと靴を脱ぎ、リビングへ向かった。

「しょうのない奴だな」

壮一は言葉とは裏腹に、内心では嬉しさで飛び上がりそうだった。だれかと話したいという思いが叶ったからだ。

「あらあら、奥様の写真と二人きりなのね。写真はなにも話してくれないのに」愛華はキッチンに向かうと「なにか作るわね。子どもが食べるようなメニューにしましょう。寂しい子どもが慰められるようなものをね」

「ありがたい。なんでもいい。酒しか飲んでいない。しかし、美味いものしか食べないぞ」

壮一は、うきうきとした調子で言った。

「美味いものしか食べないぞって、生意気なことを言っているわね。人生の苦みしか知らないくせに」

愛華は皮肉を言いながらもキッチンで手を休めない。

「さあ、お待たせ。召し上がれ」

愛華が壮一の待つテーブルに運んできたのは、オムライスだった。鮮やかな黄色の玉子焼きに真っ赤なトマトケチャップがかけられている。添えてあるのは緑色のパセリ。

「おいおい、この老人にオムライスか」

壮一は苦笑した。

「まあ、お食べなさい。オムレツの中は、チキンライスよ。あなたの子どもの頃の思い出が蘇るでしょう」

愛華は優しく笑った。

その通りだった。早くに亡くなった壮一の母が、臨時収入が入った時、壮一に作ってくれたのが、チキンライスのオムライスだった。壮一は、貪《むさぼ》るようにして食べた。

「どうして、私の好物がオムライスだと知っていたんだ。愛華に話したことがあったかな?」壮一は添えられたスプーンを使って、オムライスを掬《すく》い、口に運んだ。「美味い!」壮一は声を上げた。顔いっぱいに喜びが溢れている。

「あなたの好物がオムライスっていうのは恵美さんから聞いたのよ」

「恵美から? また夢に出てきたのか」

「ははは」愛華は笑った。「今のは嘘。あなたが出してくれた私の店に初めて来た時のことを覚えている? あの時、客がだれもいなくて、私がオムライスを作って一人で食べていたら、あなたがふらっと入ってきて、開口一番『そのオムライス、食べさせてくれ』って言ったのよ。私、驚いたわ。それで新しいのを作るって言ったら『いいよ。食べ残しで』って。あなた、あの時、ものすごく寂しそうだった。なにか仕事で問題があったのね。それで私の食べ残しのオムライスを差し出したら、あなた、『美味しい、美味しい』って。その時、『これがおふくろの味だ』って。私、変なことを言うなって思ったわ」

「思い出したよ。あの時は、大きな契約が反故《ほご》になってね。事業の存続が危うくなりそうだったんだ。あのオムライスのお陰でもう一度やる気になったんだ」

壮一は話しながらもスプーンにオムライスを載せ、口に運ぶのを止めない。

「あなた、あの毛糸の帽子を持っている?」

愛華が聞いた。愛華は自らのためにウイスキーのオンザロックを作り、飲んでいる。

「ああ持っているとも。なんの役にも立たないが、なぜか手離せない。ほらそこにある」

壮一がスプーンを持った手でサイドボードを指さした。緑と赤の派手な色の毛糸の帽子が、木目も鮮やかなサイドボードの上にぽつねんと置かれていた。

「私の予言通り、あなたにはあの帽子しか残っていないわね。あなたはお嬢様方二人に会社を譲り、もう一人は追い出したそうね。あなたの意図とは違うのに……」

愛華の話に、壮一はスプーンを口に運ぶのを止め「もうお前の耳に入っているのか」と驚いた。

「あなたの話は、千里も万里も一瞬に飛び越えて、私の下に聞こえて来るのよ」

「お前の言う通りだ。私は試問会を開き、長女の美波と次女の冴子に会社を譲ることにした。末娘の絵理子は、私を称賛せず、私の気持ちを逆なでしたのだ。それで追い出した。これで私は安泰だ。上の二人が私の世話もしてくれることになるだろう。絵理子には可哀想だが、だれかいい男を見つけて、幸せになってくれればいい」

壮一は再び、オムライスを口に運んだ。

「ああ、なんて愚《おろ》かなの、この男は。あなたの一番大事なものを、あなたを愛していない二人のお嬢様にあげてしまうなんて。あなたにはあの帽子しか残らない。いえ、あの帽子さえ、取り上げられてしまうでしょう」

「そんなことはない。娘たちは私を褒め讃えてくれた」

「ではどうしてここにだれもいないの。どうしてあなたは、私の作ったオムライスを一人寂しく食べているの」

「娘たちは、私を愛してくれている。それ以上言うな。せっかくのオムライスが台なしになる」

壮一は怒った。

「それそれ、老いると怒りっぽくなる。それで甘い言葉に乗せられてしまうのよ。甘い言葉の陰には、財産を譲れ、年寄りはさっさと消えてしまえという悪意が隠れているのに気づかない。あなたを唆したお嬢様たちを、私の前に連れてきて欲しい。その美しい顔の皮をベリベリと剝《は》がして、どす黒い悪意をさらけ出してやりたい。どうやってこの寂しい老人を騙《だま》したのか、どんな甘い言葉で誘惑したのか、それが知りたいものだわ」

愛華は言った。

「私の決断を馬鹿にするな」

壮一は声を荒らげるとスプーンを置き、愛華を睨んだ。

口元にはオムライスの一粒だけが、しがみつくようについていた。

第七章　社長交代

一

美波は取締役会を経て、正式に宝田家具の社長となった。

壮一の気が変わらないうちにと、美波はさっさと自ら取締役会を招集し、自ら議長を務め、議事を進めたのである。

社外取締役を含めて出席しただれからも異論は出なかった。試問会で壮一が美波を後継者に選んだことを、取締役たち全員が承知していたからだ。

取締役会に壮一は出席していたが、絵理子と鈴本の姿はなかった。出席を遠慮したのだろう。

「それでは、宝田壮一氏には取締役相談役にご就任願います」

美波は言った。

それまで眠ったように目を閉じて項垂《うなだ》れ、一切、発言しなかった壮一が顔を上げた。

「相談役？　それはいったいなんなのだ。会長ではないのか？　それも代表取締役の……」

壮一は、美波の隣に座っていたが、不服そうな表情で言った。

「あえてお父様と呼ばせていただきます。お父様、相談役として私の良き相談相手となっていただきたいのです」

美波は穏やかに言った。

「なにを言うか。良き相談相手だと！　私は、まだ経営の最前線で十分に働けるぞ」

壮一は怒りを込めて言った。

「お父様、社長を退かれたのです。お年も召されております。ゆっくりなさってください」

「なにを言うか。まだまだやれる」

「経営は私にお任せください。不満を口にされるのであれば、相談役も外してしまいます。勿論、取締役も……」

美波は眉根を寄せた。

「私は、お前に社長を譲ったが、経営の全てをお前に任せると言ったつもりはない。代表権を外すな」

壮一は声を荒らげた。

「これ以上、取締役会を混乱させるのであれば、退場を命じます」

美波は厳しい口調で言った。

「私に、退場を命ずだと……。なにを言うのだ。おい、お前たち、なにも言わないのか。私に従う者はいないのか」

壮一は、立ち上がり、取締役たちを睨みつけた。

だれもがうつむいたままだ。冴子も、康太も伸郎も、他の取締役もなにも言わない。

「私に経営の第一線から去れと、お前たちは本気で言っているのか」

壮一は、大声で叫び、取締役たちを指さした。

「お父様、私が社長になったのです。それはお父様がお決めになったことです」

美波が言った。

「確かに、試問会でそう決めた。それを変えるつもりはない。しかし私は代表権を持って経営に関与し続けるつもりだ。宝田家具は私の会社だ」

壮一は天井を見上げた。そこには、壮一を支え続けた龍の絵がある。

「あっ！」

壮一は、思わず声を上げた。見えるはずの龍が見えない。天井は無機質な灰色に塗られている。

「どこだ？　どこに行った。私の龍はどこに消えたのだ」

壮一は天井を見上げたまま叫んだ。

「消しました」

美波が感情を交えずに言った。

「なに、なんだと？　消しただと？」

壮一は、目を吊り上げて美波を睨んだ。

「ええ、消しましたとも」

「なぜだ？　なぜ消した。あの龍は私の、否《いや》、宝田家具の守護神だ」

「私が社長になった以上、この会社は変わるのです。いつまでも古臭い龍に守ってもらう必要はありません。これからは明るく軽やかなお花畑の絵でも描いてもらいます。あの龍に見つめられていると、いつもお父様に睨まれているようで、鬱陶《うっとう》しいのです」

美波は薄く笑った。

「この罰当たりめ！」

壮一は、美波に摑みかからんばかりに腕を伸ばした。

「お父様、なにをなさるのですか。もう経営にはタッチしなくて結構です。私に全てをお任せください」

「ならぬ！　私の龍を消してしまうような非情な娘だとは思わなかった。あの龍は宝田家具の歴史だ。歴史を踏みにじるお前に、経営はできぬ。呪われるぞ」

壮一はあらん限りの声で叫んだ。

「取締役会は終了いたします」

美波が宣言した。

「私は相談役などにはならんぞ」

壮一は叫んだ。

「ではお父様、失礼します」

美波が取締役会議室から出て行こうとする。

「待て、待つんだ。龍の絵を元に戻すんだ」

壮一は、美波にすがりつこうとした。美波はそれを振り切って会議室から出て行った。

取締役たちはだれも壮一に声をかけようとしない。

一方、壮一は、だれかれとなく「おい、お前たち、ちょっと待て」と声をかけるのだが、だれも答えようとしない。

冴子も、康太も、伸郎も。彼らは申し訳なさそうな表情を浮かべるものの、壮一の下から出来るだけ早く離れようとしているかのようだ。

新しい社長であり、権力者の美波に睨まれたくないからである。

壮一は、力なく立ち上がったが、その場に再び座り込んだ。そして天井を見上げた。

「おおっ！」

壮一は、両手で顔を覆い、悲痛な咆哮《ほうこう》のような声を上げた。

二

「君、やりすぎじゃないのか」

康太は美波に言った。

美波は、この間まで壮一が座っていた社長の椅子に座っている。嬉しそうに微笑んでいる。自然と笑みがこぼれてくるのだろう。

「なにがやりすぎなのよ」

美波が生意気そうに、わずかに顎を上げるようにして康太を見た。

「あの龍の天井画を灰色に塗ってしまうなんてさ。お父さんががっくりしていたじゃないか」

康太が眉を顰めた。

「あの絵は嫌いよ。社長になったら絶対に消してやろうと思っていたのよ。だって、いつもお父様から睨まれている気がするでしょう？　やりたいこともやれないじゃない」

美波は言った。

「それはそうだが、それにしても試問会でお父さんに愛情を注いでいると言っていたそうだけど、あれは全て演技だったのかい？」

「全部が演技じゃないわ。少しぐらいは本当の気持ちがある。でもあの時は、ああでも言わなくちゃお父様の心を動かせないと思ったのよ」

「お父さんはすっかり君を信用して社長の座を譲ることにしたのにね。一気に相談役にするだなんて、君は、大した女性だよ。お父さん、代表権のある会長でもよかったんじゃないのか」

「だめよ。そんなの！」美波が険しい顔つきに変わった。「いずれ取締役も降りてもらうつもりよ」

「それはあまりにもひどいなぁ。お父さんにとって、この会社は命より大事なんだから。君に社長の座を譲ったとしても、社員にも、お取引先にも、まだまだお父さんが社長なんだよ」

「あなたは甘い」美波が強い口調で言った。「そんなことを言っているから、いつまでもこの会社は変わらない、変われないのよ。このままではじり貧よ」

「君は、どのように変えるつもりなんだ？」

「全く違う会社にする。お父様の匂いがどこにも感じられないほどのね。高級家具、百年家具なんて、もうすぐだれも見向きもしなくなるわ。そんなことになる前に、この会社を大衆路線に変えるの」

「スウェーデンのアケヤや北海道のノトリみたいにするのか」

「まあ、そうね。でももっと若者向けにセンス溢れる商品を置いてね。買いやすくするわ。見ててごらんなさい」

美波は得意そうに言った。

康太は黙って首を傾げた。

「なにか言いたいことがあるなら、言いなさいよ」

美波が不服そうな表情を康太に向けた。

「そんなに急に変えたら、今までのお客様が離れてしまうだろう。それにうちの家具を専業で作ってくれている取引先も困ってしまう。少し考えた方がいいんじゃないのか」

康太はゆっくりとした口調で、美波を諭すように言った。

「うるさいわね。あなたは夫だけど、私に従うべき常務の立場なのよ。私の構想が完成するように努めるのがあなたの仕事じゃないの」

「まあ、そうきつく言うなよ」

康太は、美波のあまりの口調の強さにたじろいだ。

「私、今さらだけど気づいたの」

「なにに？」

「お父様を憎んでいるってことに」

「それは……どういうことだ」

「私は、お父様に愛されたことがない。私を大事にしてくれたお母様が亡くなったのも、お父様が苦労させせたせいよ。そう思うと、お父様への憎しみが募ってくるの。社長になって、それがさらに強くなった。とにかくこの会社からお父様に関係するものを全て消し去りたい」

「君を見ていると悲しくなる」康太の表情は沈み、暗い。「どうしてそこまでお父さんのことを憎むんだ。私は、お父さんのお陰で、ここにいる。君とも結婚できた。ただの従業員に過ぎなかった私と君との結婚を許してくださったことにも深く感謝している。こんな地位にまで引き上げてくださったことにもね。だからお父さんが不幸になると心が痛い」

「あなたは私を支えるの？　それともお父様と心中するの？　私は別れたっていいのよ」

美波が冷たく言い放った。

「なにを言うんだ。君は私の妻であり、私は君の夫だよ。君を支えるに決まっているじゃないか。君が不幸にならないように見守っていくつもりだ。とにかくあまり変化を急がないでくれ」

康太の目には悲しみの光が宿っていた。美波は康太の懇願《こんがん》を無視して、顔を背けつつ「冬柴を呼んで。弟の方」と言った。

三

「ねえ、あなた、どうなっているの」

冴子は伸郎に苛立ちをぶつけた。

「どうなっているってなんのことだ」

伸郎は、困惑した表情で冴子に訊いた。

「あなたとファンドのことよ。私を社長にするんでしょう！」

冴子の目が吊り上がる。

「まあ、まあ、そんなに興奮するな。美波さんが正式に社長になったんだ。もう少し様子を見ようじゃないか」

「なに言っているの。そんな悠長なことを言っていると、あなたも私も潰されるわ」

冴子の悲鳴のような声が常務室内に響く。

「お前の考えすぎだ。絵理子さんが去った今、頼りにする身内はお前しかいない。そんなお前を切り捨てたりするものか」

伸郎は苦笑を浮かべた。

「お姉様は、そんな甘い人じゃないって何度もいったでしょう」冴子は伸郎を睨むと「あなた、私を社長にする気がないのね。よくわかったわ」と吐き捨てた。

冴子の表情は恨みに満ちている。

「そんなことはない。もう少し様子を見た方がいいと言っているんだよ」

伸郎は言いながら、冴子は社長に向かないと思い始めていた。

冴子が、ファンドの支援を得て美波を追い出したいと言った時には、それもありだと考えた。

伸郎の計画は、壮一が後継者に選ばないと予想していた美波を社長にしたうえで、そのナンバー2として実質的に経営の実権を握ることだった。

ところがどういう風の吹き回しかわからないが、美波が社長に選ばれてしまった。これでは計画の見直しをしなくてはならない。美波が社長になってしまった以上、伸郎の応援は不要となってしまった。美波は、壮一に嫌われており、力で社長の座を奪い取らざるを得なくなるはずだったのだが、伸郎の思惑は大いに外れたのである。

そこで冴子が社長になりたいと言った際、渡りに船と思ったのだが、その思いはたちまち消えてしまった。

冴子は、気ままで、わがままで、経営者には向かない。常務という肩書を持ってはいるが、会社経営に関心はない。それよりもつかの間の火遊びの方に興味がある。

もし、ファンドを動かして冴子を社長にすることに成功したとしても、たちまち経営が傾くのは火を見るより明らかだということに気づいたのである。

伸郎としては、美波に取り入り、その下で実権を握るのがいいだろうと思い直した。

しかし、それを冴子に納得させるのはなかなか容易ではない。

「あなたはお姉様を社長にしようと画策していたから、その夢が叶ってさぞや満足でしょうね。でもお姉様は、あなたに感謝のカの字も抱いていないわ。だれの助けも借りずに社長になったのだから。私と一緒にあなたも切られるわよ。覚悟した方がいい」

冴子は憎々しげに言った。

「そんなに美波さんが怖いなら、詫《わ》びを入れたらどうだ？　これからも美波お姉様を支持しますってさ」

伸郎は無理に笑みを作った。

「そんなことできないわよ。あなた、とにかくファンドでもなんでも使って私を社長にするか、お姉様を追い落としてちょうだい」冴子は興奮気味に言った。「あなた、知らないとでも思っているの？」

冴子が伸郎を睨んだ。

伸郎の表情に緊張が表れた。

「なにを知っているんだ？」

伸郎が訊いた。

「なにをって、それを私に言わせるの？」

冴子が薄笑いを浮かべている。

「聞きたいね。私は、お前に秘密はない」

伸郎の唇が細かく震えている。

「その口で、よく平気でそんなこと言えるわね。唇が震えているじゃないの」

「いったいなんだ？　なにが言いたいんだ」

伸郎の顔が険しい。

「ほらほら、怒った。都合が悪くなると、怒り出すのは昔からよね。出会った当時は、それが可愛かったけど、今では嫌味でしかないわ」

「いい加減にしろ！」

伸郎は冴子に迫った。

「じゃあ、言ってあげましょうか。あなた、秘書室の女とできているでしょう。水野梨乃とかいう女よ。どんな女か見てやったわ。胸ばかり大きくて、肉感的で。でも脳みそが胸に集まったのか、薄っぺらな馬鹿女。あんな女が好みだったのね」

ははは、と冴子は笑った。

伸郎は、殺意を覚えてしまった。このまま両手を伸ばし、冴子の細い首を絞めれば、黙らせることができるという誘惑に負けそうになったのだ。

「出まかせだ」

伸郎は必死の形相になった。

「なにが出まかせよ。その顔がなによりの証拠じゃない。あなたなんて、私と結婚したからこの会社の常務でいられるのよ。私に捨てられたらただのみすぼらしい男に戻るだけ。ははは」

冴子は、まるで伸郎を弄《もてあそ》ぶように嗤《わら》っている。

「だから出まかせだと言っているだろう」

「出まかせでもいいじゃない。私は、私のスパイをあなたの周辺に放っていると思い知りなさい。なにか変な動きをしたら、容赦しないからね。社内不倫っていうのが大問題なのよ。たとえあなたでも首になるわよ。ましてや梨乃って女から、訴えられたら、どれだけ多くの賠償金をふんだくられるか知れたもんじゃない」

「信じてくれ。そんな女は知らない」

伸郎は、とことん白を切る決意だ。嘘も吐《つ》き続ければ真実になる。

「まあ、いいわ。そういうことにしておきましょう。もしこれを問題にして欲しくないなら、私の言うことを聞くのね。私を社長にするためにファンドを動かしてちょうだい。いいわね」

冴子は、伸郎を指さし、強い口調で言った。

「わかったよ」

伸郎は、疲れ切ったように呟いた。

「ははは」

冴子が笑った。

「なにがおかしいんだ」

伸郎は冴子を睨みつけた。

「あなたが、私の要求に屈したってことは、その女との関係を認めたってことじゃないの」

冴子が皮肉っぽく口角を引き上げた。

四

次郎は美波の前に立ち、卑屈な笑みを浮かべていた。

次郎は、美波が社長になると決まった時、だれよりも先に美波の下に駆け付けた。

以前から美波の指示で社内の動向をスパイする役割を担っていたのである。

その目的は、父の冬柴弥吉の正妻の子である太郎を追い落とし、愛人の子である自分が社内で成り上がるためだ。

次郎は美波に賭けたのである。直属の上司、絵理子が最も壮一に愛されていた。壮一の後継者として社長になるに違いないと思われていた。しかし次郎は、後継者は美波だと確信していた。

絵理子は、優しく、思いやりがあるが、美波のように強欲ではない。後継社長になるためには強欲さが必要である。そのように考えると美波が相応しいと思ったのである。

次女の冴子は論外だった。単に派手好きの見栄《みえ》っ張りで、自分のことしか考えていない下劣《げれつ》な女性であり、とても社長の器ではない。

次郎は、自分の目論見《もくろみ》通り美波が社長になったことで、出世のチャンスが到来したと胸を躍らせた。

「冬柴、ご苦労様」

美波は言った。社長室には美波と次郎以外はだれもいない。

「ところであの話は冴子に伝えましたか」

「お伝えしました」

「そう、さぞかし驚いていたでしょう」

「いえ、そんなに顔色をお変えにはなりませんでした」

次郎は、伸郎が梨乃と深い関係にあると美波に報告したのである。社内でなにか変わった動きはないかと問われたからだ。

梨乃は、次郎の恋人であるが、伸郎とも関係している。このことは次郎も承知の上のことで、嫉妬はない。

社長になった美波から社内のことを尋ねられた際、当初、伸郎と梨乃のことは黙っていようと思った。梨乃に迷惑がかかると申し訳ないからだ。

なにもないと答えたら、美波がそんなはずはないと言った。

美波は、伸郎を気にしていたらしい。伸郎は、以前から、美波を社長にするために動いていたように感じていたからだ。

しかし、美波は、伸郎を今一つ信頼していない。なにか良からぬことを企んでいる気がするからだ。そこで伸郎を揺さぶりたいと考えたのである。美波の忠実な支持者か、そうではないのか、知りたいと思ったのだ。

「愛人の話を聞かされて、動揺しないのは冴子も腹が据わっているのか、それともすっかり夫婦仲が冷え切っているのか、どちらかでしょうね」

美波は言った。

「しかし内心は穏やかではないのではありませんか」

次郎は言った。

「その通りですね。冴子は伸郎が裏切ることはないと思っていたでしょう。それなのに浮気をしていたとなると、心は穏やかでないはずです。これで二人が揉めたとなれば、家庭の揉め事を収めきれないような人物に経営を委ねるわけにはいかないという理由で、二人とも常務から引きずり下ろして、会社から追い出すことも考えていたんです」

「ちょっとその前にお耳に入れたいことがあります」

次郎は、美波ににじり寄った。

「なにかあるの？」

美波も関心を寄せた。

「実は、黒木常務はファンドと深くお付き合いされています」

「ファンド？　なにか運用でもしているんですか」

美波が首を傾げた。美波は、伸郎からなにも聞いていないようだ、と次郎は確信した。これは、いい。思わず手を叩きたくなった。この情報が美波に評価されれば、出世の道が大きく開かれるだろう。

「私が黒木常務からお聞きしたところによると、美波様を社長にするためだそうです」

「私を社長に？　私は社長になりましたよ」

「ええ、前社長がなかなか退陣されませんので株の力で、退陣を迫り、美波様を社長に据えようとされていたようです」

「ああ、そうなの」美波は、なにかを考えるような態度を見せた。「まだそのファンドとは付き合いがあるの？」

「あると思います。ブラックローズと言い、岩間勝也、神崎陽介という二人から、私も名刺をいただきました」

次郎は、名刺入れから岩間と神崎の名刺を取り出した。

「それを見せてください」

「どうぞ」

美波は次郎から二枚の名刺を受け取った。

「要するにこっそりと株を集めて、この会社を乗っ取ろうと考えていたんですね」

美波は言った。

「いえ、黒木常務は、あくまでも美波様を社長にしたいと思っておられたようですが……」

「それは表向きのことでしょう。会社を乗っ取ろうとしたに違いありません」美波は大きく頷くと「この名刺、私に預からせてください」と言った。

「お預けします」

次郎は、頭を下げた。

「あなたは役に立ちますね。ありがたいことです。もうすぐ新しい人事を発表します。私は人事を一新したいと思っています。あなたを、重要なポストに登用したいと思いますが、よろしいですか」

美波は、次郎を見つめた。

「よろしくお願いします」

次郎はさらに深く頭を下げた。

「あなたのお兄さんの太郎さんは、どうも絵理子に近いようですね」

美波は眉根を寄せた。

「ええ、そのようです。詳しいことは存じません」

次郎は言った。太郎が、絵理子を社長にしたいと動いていたことは黙っていた。身内を告げ口するような人間は信用されないからである。

「太郎さんの処遇は、考えないといけませんね」

美波が呟くように言った。

次郎は、その言葉を聞き逃さなかった。無意識に微笑がこぼれた。

五

「私はなにを間違ったのだ」

壮一はだれもいない屋敷のリビングで一人、ウイスキーを飲んでいた。

ウイスキーが喉を焼く。その度に顔をしかめる。

「だれも、だれも、ここにはいないのか。この部屋にも、私の心の中にも強い風が吹き荒れている。嵐だ。風は雨をたっぷりと含み、冷たく、凍《こご》えてしまいそうだ。いったいなぜこんな冷たい風が吹き荒れるのか」

壮一は天井の龍の絵を見上げた。天に昇っていく龍図である。

「お前と、対になっていた宝田家具の取締役会議室に描かれた龍は、無残にも灰色のペンキで消されてしまった。お前はなにも言わないのか。怒らないのか。嘆かないのか。あの龍図が、宝田家具の守護神であったのはお前も知っているだろう。それをあのように灰色で隠してしまうとは！　もはや守護神は守護神としての役割を果たせない。ならば宝田家具の運命はどうなってしまうのか、知れたことよ」

壮一は、喚《わめ》くような声で独り言を言いながら、ウイスキーを飲み続ける。

「はや、夜になったのか。一日、一日が無駄に過ぎていく。なにもなすことのないままに……。私はどこで間違ったのだ」壮一は急に大きく目を見開いた。「そうだ。今から美波の家に行こう。そして龍図を灰色に塗ったことを謝罪させ、元通りにさせるのだ。電話、電話はどこだ」

壮一は、立ち上がった。酔いが全身に回り、足元がおぼつかない。それでもサイドボードの上に置かれた卓上電話の受話器を取り上げ、登録された美波の自宅の電話番号を押した。

なにかあった時にすぐにかけられるように、恵美が美波と冴子の自宅の番号を登録しておいてくれた。しかし長い間、電話などしたことがない。間違いはないだろうかと、いささかの不安を覚えながら、壮一は受話器を耳に当てた。呼び出し音が壮一の耳に聞こえる。

「なにをしているんだ。早く出ろ。早く電話に出るんだ」

カチリという音がした。相手方が受話器を取ったのだ。

「お父様、どうされたのですか。もう夜も更けていますのに」

美波の声が聞こえてきた。

「おお、私だ。まぎれもなく私だ。私が電話をしているのだ」

壮一は、姿が見えない美波に向かって胸を張り、尊大な素振りをした。

「わかっていますよ。お父様の声は覚えていますから。こんな時間になんのご用ですか」

「なんのご用だと？　わからんのか」

「わかりません」

「お前は、宝田家具の守護神の龍図を灰色に塗ってしまった。あれを元に戻せ。さもないと大変なことになるぞ」

壮一は、目の前に美波がいるかのように強く言った。

「ははははは……」

美波が笑う。

「なにがおかしいのだ」

「あの龍の絵は守護神でもなんでもありませんわ。あれは私を押さえつけるものでしかありません。あの龍に睨まれていると、自由に経営ができないのです。私の思い通りにならないのです」

「龍が自由を縛っているというのか」

　壮一は声を荒らげた。

「その通りですわ。お父様にはおわかりにならないのでしょうが、あれは守護神などではなく、お父様そのものなのです」

「私だと？　私がなんだと言うのだ？」

「言い換えるならば、宝田家具の古い体質そのものです。時代に合わなくなった体質を壊し、変化させていかなければ新たな発展はありません。私は、全てを変える考えです」

「おおなんということだ。全てを変えるだと」壮一の声が震える。「あの龍が古い体質の象徴だというのか。お前は大きな間違いを犯そうとしていることに気づかないのか。古い体質などというものはない。それは歴史そのものだ。取締役会でも話したが、歴史をないがしろにする者は滅びてしまうぞ。歴史から攻撃されるのだ。私たちは、だれも歴史から逃れることはできない。それは国家も企業も、人も、全てだ。全ての人の営みは歴史となって何層にも積み重なっている。私たちは単に過去を忘れ去っているだけだ。全ては繰り返される。世の中に目新しいことはなにもない。昔あったことが、また繰り返される。だから絶えず歴史を意識しなければならないのだ」

「ああ、また始まったわ。お父様の口癖が……電話を切りますよ」

　美波の大儀そうな声が壮一を苛立たせる。

「切るな。まだ言うことがある。今からお前の家に行く。車を呼べば、すぐだからな」

壮一は叫んだ。

「止めてください。もう夜は遅いのです。こんな時間に人を訪ねるなんて常識外れです」

美波の口調が激しい。

「お前は、私を愛してくれているのではないのか。試問会で私にたっぷりと愛情深い言葉をかけてくれたではないか。あれは本心ではなかったのか。なぜ、舌の根も乾かぬうちにあの言葉と裏腹なことばかりするのだ。私を、その口先で騙したのか?」

「騙したなんて人聞きが悪いことを言わないでください」

「お前は会社のこともそうだが、私の面倒も見ると約束したではないか。それなのに一度も訪ねてこない。だから私が行くのだ」

壮一は断固とした口調で言った。

「ご遠慮ください。お父様はお疲れです。十分に働いてこられたのです。私に経営を譲った以上は、私にお任せください。私は宝田家具を今の二倍にも三倍にも成長させてご覧にいれます」

美波は強く言い切った。

「私には見える。歴史に復讐《ふくしゅう》され、のたうち回るお前が……。可哀想な娘よ。私は、お前の運命に憐れみを捧げよう。もし、お前が苦しみ、絶望の淵に沈むとするならば、その前にもう一度、私の前で膝を屈しろ。そうすればお前の罪は、全て許してやってもいい」

壮一は静かに言った。今から、美波の家を訪ねるのは思い留《とど》まった。これほどまでに歓迎されていないとは思わなかった。

「私は間違ったのだろうか……」

壮一は、自らに呟いた。

「お父様は間違えておられません。私を後継者に選んだことをお喜びになると思います」

美波の声が消えた。無機質な電子音だけが聞こえてくる。

壮一も、受話器を置いた。

「ふふふ……」

壮一の口から笑いがこぼれた。「宝田家具を二倍にも三倍にも成長させるか……。随分、立派なことを口にするものだ。それができれば苦労はない。私は、見守るしかないのか。それとも滅びを喜ぶべきなのか。所詮、企業というものは一代限りだ。生んだのは私だが、もはや私のものではないのだろう」

壮一は再び受話器を取った。今度は冴子に電話をかけようと思ったのだ。

どうせ美波と同じように私を拒絶するに違いないが、それでも自分への思いを確認したいと考えたのだ。愚かなことなのは承知していると思いつつ、登録されている番号を押した。

呼び出し音が聞こえる。

「もしもし、お父様ですか、こんな時間になにかありましたか？」

冴子が言った。

「今からそちらへ行きたいのだ。一人で酒を飲むのは、どうにもやりきれない」

壮一は、同情を誘うように寂しさを強調した。

「あらあら、お可哀想ですこと。どうぞいらしてください。もしなんでしたら車をそちらへやりましょうか」

壮一は、冴子の言葉を聞いて、まず耳を疑った。どうせ冴子も壮一を拒否するに違いないと思っていたからだ。

「行ってもいいのか？　本当にいいのか？」

「勿論です。なにをおっしゃるのですか。私はあなたの娘ですよ。いつでも遠慮なくおいでください。伸郎も喜ぶと思います」

冴子は言った。

「嬉しいことを言ってくれるじゃないか」

「絵理子はいるんでしょう？　絵理子に送ってもらったらいいではないですか」

「絵理子はいない」

「えっ、どうして？」

「試問会で、私が絵理子の顔も見たくないと言ったからだろう。いったいどこに行ったのか、連絡もない」

壮一は哀しみのこもった声で言った。

「そうでしたか？　それでも絵理子はお父様のお傍にいなくてはいけません。あの時のお言葉は、本当のお気持ちではなかったかもしれないですからね」

冴子の声が優しく壮一の耳の奥に響く。

「お前の言う通りだ。あれはどうかしていた。私は、なにか悪いものに取り憑かれていたのだろう。お前も私を拒否するものと思っていたが……」

「私が？　なぜ私がお父様を拒否するのですか？　愛する、この世で最も大事なお方をないがしろにするのですか？」

「お前は、本気で、言っているのか？」

「なぜそれほどまでにお疑いを持たれるのですか？」

「今しがた美波と電話で話したからだ。私のことを完膚なきまで拒否した。あの試問会で美波を選んだことを後悔している」

壮一は沈んだ声で言った。

「そうでしたか？　お姉様は、社長になるためならなんでもされますから。その願いが叶ったのでお父様が邪魔になったのでしょう？」

「その通りだ。私の全てを否定しようとしている。そこから新しい時代が始まると信じているのだろう。そんなことはない。歴史を否定して、新しい時代を始めることはできないと警告したのだが……。試問会で、冴子、お前には美波の補佐になれと言ったが、お前の考えはどうなのだ」

「私は、美波お姉様と違います。試問会で申し上げた通り、お父様をお守りし、宝田家具の路線を踏襲して参ります」

冴子の淡々とした口調が、さも真実めいている。

「おお、お前は最高の娘だ。私は間違っていた。お前を後継者にするべきだった」壮一は、泣きたいほどの気持ちになった。「私は、お前を信じている。なんとか美波が宝田家具を、私の会社を好き勝手にするのを阻止して欲しい」

「わかりました。ご期待に添いたいと思います。ところでこちらには参られますか?」

冴子は言った。

「いや、止めておこう。夜も遅い。おや、だれかが来たようだ。電話を切る。ありがとう、冴子。お陰でゆっくり眠れそうだ」

壮一は受話器を置いた。そしてインターホンのモニターを覗いた。そこには鈴本が立っていた。

六

「お前の口の上手さには驚かされるな」

伸郎は呆れながら言った。

「なにを言うのよ。お父様を味方にしなくてはならないでしょう?」

冴子は薄く笑った。

「お前本気なのか?」

「当たり前よ。お父様を味方にすれば、お姉様を追い出すことだってできるのよ。強いのはなんていっても株だから」

「俺も本気になるか」

伸郎が言った。

「しっかりしてよ。間違ってもお姉様の味方をしないでね」

冴子がきつく言った。

「わかっている……。お前、ひょっとしたら相当のワルかもな」

伸郎は少し警戒するような目つきで冴子を見た。

七

「なにしに来たのだ」

壮一は、玄関に立った鈴本に言った。

「上がらせていただいてよろしいでしょうか？」

鈴本は穏やかな口調である。

「ああ、いいだろう。丁度、飲んでいたところだ。一緒に飲むか」

壮一は、鈴本をリビングに案内した。

鈴本は黙って壮一に従う。リビングに入ると、壮一が自らグラスを取り出して、鈴本の前に置いた。

「氷もないから、生《き》だがいいか」

「結構です」

鈴本の表情は硬い。

壮一が、鈴本のグラスにたっぷりとウイスキーを注いだ。

「乾杯だ」壮一がグラスを掲げた。「なにに乾杯していいかわからないがな」壮一が、苦笑した。

「いただきます」

鈴本はグラスを掲げ、ウイスキーを一気に飲み干した。

「私も飲むとするか」壮一はグラスを半分ほど空けた。「ところで、なにか大事な話でもあるのか。こんな夜中に訪ねてくるなんて……」

「特に用などございません」

鈴本は、空のグラスをテーブルに置くと、壮一を見つめた。

「おかしなことを言う奴だな。なんの用事もない者が、こんな夜遅くに訪ねてくるものか。私とお前とは、長年、苦労を共にした仲だ。なにを言ってもいいぞ」

「ありがとうございます。しかし先日の試問会では言いたいことを口にしましたら、出て行けと言われてしまいました」

鈴本の表情は硬いままだ。

「あれは言い過ぎた。感情に走り過ぎていた。謝らねばなるまい。お前には引き続き、専務に留まって経営を見てもらいたい」

「社長、ここでは以前のまま社長と申し上げます。今ではその座を失われましたが、私にとって社長というのはあなたしかおられませんから」

「そういってくれると嬉しいが、今日は悲しいことと嬉しいことがあったのだ」

壮一は、残ったウイスキーを飲み干し、またグラスをウイスキーで満たした。

「どんなことでしょうか？」

「悲しいことは、美波が私を拒否したことだ。私がやってきたことを全て変えると言っている。許せんことだ。嬉しいことは冴子がそれと反対に、私を守ると約束してくれたことだ」

「社長は、どうしようもない老いに襲われておられます。冷静な判断力を失われておられます。その結果、なにもかも失われてしまいました。美波様も、冴子様も、社長のことなど露ほども思っておられません」

鈴本は、内容の激しさにもかかわらず、口調は冷静である。

「なにを言うか。こんな夜中に私を怒らせにわざわざ来たのか」

壮一は険しい表情に変わった。

「そうではありません。社長は、現実を直視できなくなっておられることを、長くお傍でお仕えした者として黙っているわけにはいかないと思ったのであります。さきほど私に専務に留まれとおっしゃっていただきましたが、私は美波新社長から専務の肩書を剝奪《はくだつ》され、次の株主総会では取締役として再任しないと宣告されてしまうでしょう。私は、それについてとやかく言うつもりはありませんが、社長も同じように取締役の座から追い落とされてしまうでしょう」

「なにを言うか。私は相談役になってしまったが、取締役の座は絶対に降りない。私を取締役の座から追い落とすことなどできるはずがない。私は創業者だぞ」

「今回、試問会を行ったのが失敗でした。社長は、もっと冷静な判断をされると思っておりましたのに、美波様や冴子様の甘い言葉に乗せられておしまいになった……。非常に残念です」

鈴本は、悲しげに視線を落とした。

「私は、なにも失っていない。宝田家具は永遠に私のものだ。美波の好きにはさせない。もしそんなことがあっても、冴子が私を守ると約束をしてくれた……」

壮一は、再びウイスキーをグラスに満たした。

「失礼な言い方ですが、冴子様も同じ穴のムジナです。甘い言葉に騙されてはなりません。美波様と冴子様は、もうすぐ険悪な仲になられるでしょう。それは美波様が冴子様を信用されていないからです。冴子様も同じです」

「しかし、冴子は試問会で美波を補佐すると言ったぞ」

壮一は怪訝そうな顔をした。

「あれはその場でとっさに吐いた嘘でしょう。私は、長く会社にお世話になりました。会社の中の人間模様を、失礼ですが、社長よりよくわかっているつもりです。美波様と冴子様の関係は決してよくはありません。そのことはよくご理解されないと、ますますお辛い目におあいになると思います」

「お前は、いつからそんなに疑い深くなったのだ」

「私の心が歪んでいるのではありません。私は、社長の安寧のみを考えております」鈴本が立ちあがってサイドボードに置かれた派手な色合いの毛糸の帽子を取り上げた。「愛華さんの言う通りですね」

「それが愛華がくれたものだということを知っているのか」

「存じ上げております。私も、愛華さんと同じ、社長の行く末を心配している一人ですので。社長にはこの帽子しか残らないという愛華さんの予言は当たりますね」

「なにを言うのか。そんなことはない。私には三人もの娘がいる。皆、私のことを愛してくれている」

壮一は悲痛な声を上げた。

「いつまで思い出に浸っているのですか。どうしてあの試問会の時、真実に目を開かれなかったのですか。社長のことを本当に思っているのは絵理子様しかいらっしゃいません」

鈴本は、毛糸の帽子を壮一に投げた。帽子は壮一の前に落ちた。

「そんなことはない。美波も冴子も、私を愛してくれている。間違ったことをするかもしれないが、まだまだ彼女たちの心変わりもあるだろう。お前が思うほど悪くはない。幼い頃は素直な子どもたちだった」

「過去の思い出に囚《とら》われてはいけません。過去は過去です。美波様も冴子様も、懐かしい思い出の中に生きておられるわけではありません。お互いを追い落とそうと必死になられているのです。社長には、その毛糸の帽子しか残らないでしょう」

「ああ、なんということだ。私はやはり間違ったのか」

壮一は、両手で顔を覆った。

「絵理子様を頼りにしてください。私が、絵理子様を支えて、社長の復活を画策いたします」

鈴本が言った。

「しかし、絵理子は私のことを恨んでいるだろう。あんな仕打ちをしたのだから」

壮一は、鈴本にすがるような視線を向けた。

「お気持ちをしっかりお持ちください。宝田家具の未来は社長の手にかかっています。まだまだ老いに滅ぼされることがあってはなりません」

鈴本は、力強く言い、壮一の手を握った。

八

絵理子は、鈴本が用意してくれたマンションにいた。壮一から手ひどく拒否されたため、壮一の住む屋敷に帰ることができなくなっていたのである。

これからどうすればいいのかと考え込むばかりだった。宝田家具に戻っていいのか。それとも、このまま静かに身を隠すべきか。壮一が、顔も見たくないと言ったのは、本当の気持ちなのだろうか。美波や冴子が、壮一の面倒を見るとは思えない。それがわかっているだけに余計に辛い。このまま身を隠すべきなのか、それともなんらかの手段を講じてでも、壮一の近くにいるべきなのか……。

携帯電話が激しく鳴り出した。だれだろうと画面を見ると、桐谷だ。

「もしもし、桐谷さん、なにか？」

絵理子は言った。

「なにかじゃありません。聞きましたよ。大変な事態ではありませんか」

桐谷は電話口で興奮している。

「大変だなんて……」

「絵理子さん、あなたはいつもそうだ。事態をいい方に捉えようとする。それは非常に良いご性格ですが、今回ばかりは本当に大変ですよ。あなたが会社から追い出されたと聞きました」

「情報が早いですね」

絵理子がわずかに笑みをこぼした。

「絵理子さん、今こそ立ち上がるべきです」

絵理子の耳に桐谷の強い言葉が聞こえたのである。

第八章 暗闘

一

美波は会社の大会議室に幹部たちを集めた。新社長として経営方針を伝達し、周知させるためである。

会議室には、本部の役員や幹部のみならず支店長たちも集められていた。五十名ほどの人間が、用意された椅子に座っている。男性が多いが、女性も数人参加している。

だれもがしわぶき一つしない。緊張し、シンと静まり返っている。深い深い海の底に沈んでいる貝のような状態だ。

最前列に並ぶ役員たちも金縛りにあったような状態で、身体も表情も強張らせていた。

というのは新社長の美波が役員も含めた人事構想を発表するという噂が流れていたからだ。

どこからそのような噂が流れたのかはわからない。しかし創業者の壮一でさえ経営に関わらない相談役に据え、排除する意欲を見せている美波のことである。なにをするかわからないとの戦々恐々の面持ちで、だれもが美波が登場するのを待っていた。

「あなた、なにがあってもじたばたしないでね」

冴子が隣に座る伸郎に小声で囁く。

「ああ」

頼りなげに伸郎が頷く。

噂では、美波は身内の役員たちを切るというのだ。裏切りは身内からとでも考えているのだろうか。自分の経営に、一番反対しそうなのは身内であると思っているのだろうか。

その噂を耳にしている冴子と伸郎は、他の出席者にも増して緊張していた。

絵理子はどこにいるのだろうか。冴子は、首を回して周囲を眺めた。

絵理子は取締役である。それならば最前列にいるべきなのに、いないのだ。

出席していないのか。そう思ったが、会場の一番隅にひっそりと座っているのが視線に捉えられた。

絵理子、憐れね。

項垂れている絵理子の姿に心を動かされそうになった。しかし冴子は頑なに同情心を消し去ろうとした。

今まで壮一の愛情を一身に受けていたのは絵理子である。その分、冴子が割を食ったと言えなくもない。それが壮一の失脚と同時に絵理子は惨めな立場に追いやられてしまったのだ。

栄耀栄華《えいようえいが》は長続きしないのよ。

絵理子に皮肉の一言も投げてやりたくなった。いい気味……。

その時、冴子ははたと気づいた。もしかしたら美波の考え次第では、明日は我が身であるということを。

絶対に私は負けない。

冴子は、強く心に誓った。

なにをぐずぐずしているの。早く出てきなさいよ。

冴子は、美波が現れるであろう会議室の入口を見つめた。

伸郎は憂鬱な表情で冴子を見た。冴子は、ひどく興奮しているようだ。緊張で表情は硬いが、興奮した熱気は傍にいるだけでも焼かれるほどの熱を持って伝わってくる。

二日前、伸郎は美波に呼ばれた。冬柴次郎が、こそこそとまるで鼠《ねずみ》のように常務室に現れて、

「美波社長が来て欲しいとおっしゃっています」と伝えてきた。

なんの用だろうと訊いても、次郎は首を横に振るだけだ。

次郎は、社内の情報に精通している。そのため伸郎も重宝《ちょうほう》しているのだが、今一つ、信用しきれないところがある気がしてならない。この男が、いったいなにを考えているのかわからないからだ。

伸郎は、不安な気持ちを押し隠して、次郎の後から、重い足取りで社長室に入った。

「黒木常務、お呼び立てして申し訳ありません」

美波は快活な様子だ。伸郎は安堵した。なにも問題はない……。

私は失礼しますと、次郎は社長室から出て行った。

伸郎は部屋に取り残されたような気持ちになった。美波の表情は明るいが、まだなぜ呼ばれたのかがはっきりしないからだ。

「まあ、そこに座ってください」

美波に勧められるまま、伸郎はソファに腰かけた。目の前には美波が座っている。すらりと伸びた足を大胆に組んだ。年齢の割にははち切れそうな太ももが伸郎の目に飛び込んできた。

「黒木常務、単刀直入にお訊きしますが、なにか問題を抱えておられませんか？」

「はあ？」

「問題です。お心当たりはありませんか？」

伸郎は突然のことに、驚き、どのように対処したらいいか考えが及ばす混乱した。

美波が言う問題とはなんだ？

伸郎の頭はフル回転を始めたが、それは空回りのようにも思えた。

「問題って、なんのことでしょうか？　私にはさっぱり」

苦笑するしかない。

「では申し上げましょうか」美波の視線が厳しい。「社内不倫、いわばセクハラです」

「うっ」

伸郎は絶句した。

「今のお顔を拝見しますと、心当たりがあるのですね」

「あのぉ……」

梨乃のことに違いない。冴子から責められ、今度は美波からだ。いったいどういうことだ。梨乃とは確かに関係している。しかしセクハラと言われるような不始末ではない。ちゃんと合意の上の関係である。

「身に覚えがあるのですね」

「ありません。セクハラなどというのはとんでもないです」

「ふふふ」美波は笑った。「否定されるのですね。あなたの相手もわかっているのですよ」

「な、なんと言われようとそんな不始末はしておりません」

伸郎は必死で否定した。

「あなたは甘いですね。女にちゃんと手当を渡しているから、大丈夫だとでも思っておられるのですか？　女はそんなものではありません。もしどうしても否定されるなら社内の規定違反でもありますので、常務から降格してもらわねばなりません。このことは遠からず冴子の耳にも入るでしょう。もう、耳に入っているかもしれませんね」

美波は薄笑いを浮かべ冷徹に言い放った。美波の想像通り、冴子は既に梨乃とのことを知っている。いったいだれが自分を陥れようとしているのか。伸郎は怒りと共に空恐ろしくもあった。壮一という大きな権力が消えてしまったことでいろいろな思惑が動き始めた。その渦に翻弄《ほんろう》されようとしているのか。ここはなんとか踏みとどまらなければならない。

「身に覚えがないと言い張っても無駄なようですね。正直に申し上げます。確かに秘書室の女性と関係しておりますが、あくまで合意の上だと……」

「黙りなさい」美波が激しく言った。「あなたの地位は常務です。圧倒的に上位にあるのです。その立場を利用して、女性を弄んだと言われれば、それまでです。言い訳など通用しません。現に彼女はセクハラを訴えてきております」

「ええ、梨乃が！」

「はい、その通りです。名前まで口に出しましたね。私は社長である前に、冴子の姉としてあなたの不倫を許しがたいと思っております」

「申し訳ありません」

伸郎はソファから飛びおりると、床に跪《ひざまず》いて土下座した。

「よしなさい。みっともない」

美波は顔を歪めた。

「きっぱりと関係を断ちます。お許しください」

伸郎は、床に頭を擦り付けた。この方法しか思いつかない。

「わかりました。この問題は私に預からせてください。いいですか」

「結構です。どんな処置がなされようと社長を恨んだりしません」

伸郎は泣きたいような気持ちになった。

美波は怖い、と冴子が言っていたが、本当のことだった。彼女を社長にして、その下でうまい汁を吸うことを考えていたが、如何《いか》に甘い目論見だったのか思い知った。

　伸郎の力で社長にしておけばこんなことにならなかったのに、と思うと、壮一が試問会で美波を社長にしたことを恨まずにいられなかった。

「黒木常務、もう土下座は結構です。ソファにちゃんと座って私の言うことをお聞きください。それ次第で、あなたの処遇が決まります」

　美波は一語一語、言葉を確認するように言った。伸郎の心臓に、その言葉がぐさりぐさりと突き刺さる。美波は、いったいなにを要求しようというのか。

「私が絶対的な力を得ることに協力してください。そうすればあなたを不問に付します」

　美波は薄く笑うと、テーブルの上に二枚の名刺を置いた。ブラックローズの岩間と神崎の名刺だった。その名刺を見た瞬間に、美波の考えが全て理解できた。

「承知しました」

　伸郎は逡巡《しゅんじゅん》せずに答えた。


　冴子を裏切ることになるのか……。それも止むを得ないかもしれない。しかし、冴子も本気になっている。憂鬱なことになってしまった。

　伸郎は、改めて隣に座る冴子を見つめ、小さくため息をついた。

「現れたわよ」

　冴子が大会議室の入口に視線を向け、小声で言った。

入口に立ち、睥睨《へいげい》するように会議室内の面々を見つめる美波の姿が、伸郎の視界にも入ってきた。

二

「皆さん、急遽《きゆうきよ》、お集まりいただき感謝します」

美波は集まった役員や幹部社員たちに向かって話し始めた。

「私、広瀬美波が宝田家具の社長に就任しました」

興奮しているのか、声が高い。

「私は、あらゆるものを改革します。今までの宝田家具はお終いにします。新しい宝田家具をスタートさせます。皆さん、一緒に力を合わせましょう」

美波は、新しい宝田家具は若者、特に若い夫婦をターゲットにすると言い、安価で品質の高い家具を中心に販売すると言った。

それらは百年家具ではない。百年は持たない。代々受け継がれる家具ではない。デザインに優れ、明るく、軽やか、ファッショナブルな家具だ。

若者が多く集まる渋谷《しぶや》、新宿《しんじゆく》、表参道《おもてさんどう》などに新たに出店し、ＣＭなどでも若年層向けの家具であることを強くアピールするなどのいくつかの施策を発表した。

幹部や社員たちは、真剣な表情で美波の話に聞き入っている。その様子を満足そうに見つめていた美波は、「さて」と話題を切り替えた。

「現在、各店舗にある百年家具の在庫価格を三〇%から五〇%値引きし、売り尽くしセールを行います」

美波は言い、反応を確かめるかのように口を閉ざした。

幹部や社員たちは、なにも発言しない。しかし、その表情には明らかに驚きが見て取れた。

百年家具は、宝田家具のまさに宝とでも評すべき、重要商品である。それらはあまり値引きしないことで価値を保っていた。多くの客は、それでも不満を抱かずに購入した。価格が高ければ、なんでもいい物であるとは言わないまでも、価格の高さ、値引きをしないという品質への信頼度の高さが、購入への満足度を高めていたのである。それを大幅値引きして販売するとは……。

「おお……」とだれかが呻くような声を漏らした。それを合図に会議室の空気が一変し、あちこちから「本当?」「ええっ」などという声が聞こえてきた。

美波は、それらの声を黙って聞いていたが、「皆さん」と幹部や社員に呼び掛けた。途端に全員が口を閉ざし、美波に視線を集めた。

「百年家具と決別する。これほど宝田家具の変化を象徴する施策はありません! 宝田家具は変わるのです。次の時代を見据えて、変わらねばならないのです。いずれ社名も変えたいと思っています」

美波は強い口調で言った。社員や幹部の表情は、驚きから、戸惑い、不安に変わっていく。あまりにも衝撃的な変化だからだ。

それぞれの客に寄り添い、客と一緒に彼らの居宅に合わせた家具をじっくりと選び「この家具は、お嬢様、そしてお孫様へとお引き継ぎください。いつでも宝田家具が修理もいたします。どうしても引き継げないような事態になりましたら、下取りもいたします」と販売していた。そうした販売方法を完全に止めてしまうのか。

「皆さん、一緒に、新しい宝田家具へ前進しましょう！」

美波がさらに声を強めた。

「そこで新しい宝田家具には新しい人事で取り組むようにいたします」

美波は、全員を強く睨むように見つめた。社長の力は人事にある。人事こそ権力の源泉である。そのことをここに集まっている全員に思い知らせねばならない。

社員や幹部たちの顔に緊張が浮かんだ。やはり人事を発表するという噂は本当だったのだ。いったいどういう人事を行うのか。自分は出世するのか。それとも排除されるのか……。不安と期待が交錯《こうさく》し、どの表情も硬い。

「副社長、広瀬康太さん。専務、黒木伸郎さん……」

次々と新しい人事が発表されていく。その都度、彼らの中から歓声ともため息ともつかぬ声が発せられた。

「鈴本雄一郎さんには専務の座を降りていただきます。無任所の取締役として今後とも経営にアドバイスをお願いします。そして宝田絵理子取締役も当面、無任所といたします。新しい秘書室長は、冬柴次郎さんにお願いします」

彼らの中で、この人事の発表に一番大きな驚きの声が上がった。

功労のあった鈴本、そして壮一に一番愛されていたと思われ、社長候補であった絵理子が共に無任所になり、絵理子の部下で、単なる使い走り程度だと思われていた次郎が、秘書室長になったのである。何階級特進であろうか。

「これは報復人事ではありませんか」

彼らの中で、後方から一人の男が立ち上がった。冬柴太郎である。

社員たちが一斉に振り向いた。

太郎は、興奮した様子で声が震えている。彼は、人事ではなにも変化はなかった。営業部長のままである。

「冬柴営業部長、なにかご意見がおありですか？　私はなにも意見を求めていません」

美波は冷たく言った。

「鈴本専務たちを無任所にするのは報復人事ではないですか？　先だって行われた試問会で鈴本専務のように新社長を支持しなかった人を露骨に排除するのは、全員で力を合わせようという新社長のスローガンに反します。そしてなによりも百年家具の値引きセールは絶対に反対です。今まで購入していただいたお客様に失礼です。撤回してください」

太郎は座ろうともせず、美波を睨んでいた。

社員も幹部のだれも、太郎に続いて発言しようという者はいない。会議室は、重苦しい沈黙で満たされていた。

「黙りなさい。たった今、あなたを営業部長職から外すことにします。私の方針に従えないのなら仕方がありませんね。今回の発言は、許しません。皆さん、いいですか。宝田家具は大きく変化する時にきているのです。それがわからない方々はここから出て行きなさい。社長は、私です。私に逆らうことは許しません」

美波も興奮した様子で太郎を睨んだ。太郎は、悔しそうに唇を硬く閉じて腰を下ろした。

「それではこれで会議を終わります。皆さん、一緒に頑張りましょう」

美波は、頭も下げず、くるりと踵を返すと、会議室を後にした。

その後を小走りに次郎がついていく。秘書室長というより、ペットの犬のような態度だ。次郎は、会議室を出ていく時に、不意に立ち止まると、太郎が座っていた席の方向を見て、にたりと笑った。

会議室にいた社員や幹部たちが、次々と外に出ていく。

唇を噛み締め、美波が出て行った辺りを睨みつけながら立ち尽くす太郎に、声をかける者はいない。

だれもが遠巻きに太郎に視線を送る。関わっていいものか、それとも関わらない方がいいのか、逡巡が見て取れる。

美波の態度は、決して好ましくはない。鈴本や絵理子に対する人事は、報復人事であることは明白で、だれもがわかっている。

しかし逆らえない。今まで美波は副社長だったが、今は社長である。その権力には、雲泥の差がある。社長は絶対的な権力者なのである。それに逆らえば、失職してしまう。あるいはポストを失う。このことがわかっているだけに社員も幹部も、なにも言えない。

「太郎さん……」

人気《ひとけ》のなくなった会議室に残っていた絵理子が太郎に声をかけた。その傍には鈴本もいた。

「室長……それに専務も……」

太郎は、二人を振り向いた。その表情には深い憂いが浮かんでいた。

「ありがとう。君だけだね。私たちに味方をしてくれたのは」

鈴本が微笑んだ。

「でもそのお陰で、営業部長を外されてしまいましたね。申し訳ありません」

絵理子が頭を下げた。

「いいんです。私は……。首にならなかっただけでも儲けものです。なにせ社長にたて突いたのですから。でも早晩、会社にはいられなくなるでしょうね」

「まさか、太郎さんはこの会社に絶対に必要な人です」

「ははは、そんなことはありません」太郎は、空しく笑った。「新社長にとっては邪魔者です。それに私は、百年家具のバーゲンセールなんか絶対にやりたくありません」

「美波様はこの会社をどこに導かれるおつもりなのでしょうか？　今更、本当にアケヤなどと戦えるとは思えません。それぞれの会社が個性を発揮すべき時代なのではないでしょうか」

鈴本が憂鬱な表情で言った。

「美波お姉様には、お姉様のお考えがあるとは思いますが、それにしても急進的と言いますか……。お父様がどれだけお嘆きになることかと心配いたします」

絵理子が言った。うつむき気味で、顔色がくすむほど憂鬱な表情である。

「絵理子様、これでいいのですか？　このままでは宝田家具は終わります」

太郎は悲痛な顔で言った。

「おい、太郎！」

突然、会議室のドアが開き、冬柴太郎の父、顧問の弥吉が現れた。

「どうしたの？　お父さん」

太郎が驚いて聞いた。

「顧問、ご無沙汰しております」

鈴本が頭を下げた。

「弥吉さん、ご無沙汰です。どうかされましたか？」

絵理子が言った。

絵理子は、幼い頃から太郎たちの父である弥吉とも親しくしているため、肩書より名前で呼んでしまうのだ。

「これはこれは絵理子様、この度は大変でしたね。これも太郎の不始末からだとは、申し訳ありません」

弥吉は眉根を寄せ、太郎を睨んだ。

「なに？　お父さん、私がどんな不始末をしたと言うのですか」

「この馬鹿息子め。しらばっくれるのか」

弥吉は本気で怒り、太郎に詰め寄った。

「まあ、まあ、顧問。なぜお怒りになっておられるのかわかりませんが、太郎君は、しっかりやっていますよ」

鈴本が弥吉を宥める。

「誤解があるようですね。弥吉さん、説明してくださいますか？」

絵理子が丁寧な口調で言う。

「絵理子様、私めが誤解をしているとおっしゃるのですか？　私ほど、この宝田家具を愛し、宝田社長を尊敬している者はございません。私は、宝田社長と寝食、苦楽を共にして参りました。宝田社長が死ねとおっしゃれば、いつでも死ぬ覚悟であります……」

弥吉は饒舌《じようぜつ》に話す。太郎が顔をしかめた。

「お父さん、それは十分にわかっているから、私の不始末がなんであるのか教えてください」

「おお、まだわからぬか。お前のことは、できた息子だと思っていたのだが、どうも考え違いだったようだな。お前が、宝田社長をその座から追い落としたそうじゃないか。絵理子様を唆して。会社を乗っ取ろうとして失敗したのだろう。どうしてそんな大それたことを考えたのだ」

弥吉の話に、あっけにとられたのか、太郎は驚いて言葉を失っている。

「なんの話をしているの？　お父さん？」

「なんの話だと？　お前が、絵理子様を焚きつけて試問会で宝田社長の経営を古い、交代するべきだと言わしめたそうではないか。私は、絵理子様に本当に申し訳ないと思っている」弥吉は絵理子に頭を下げた。「こんな失礼な息子に育てたつもりはございませんでした」

「あのう、弥吉さん、なにか誤解されています」

絵理子の戸惑った表情に弥吉は彼女以上に戸惑っている。

「はあ？」

「はあ、じゃないよ。お父さん、僕は絵理子様を焚きつけて宝田社長を古いなんて言わせたりしないよ。絵理子様もそんなこと言うはずない」

「顧問、誤解です。確かに太郎さんは、絵理子様を後継者にしようと努力されていました。しかし、顧問がおっしゃるような話ではありません。美波様と冴子様の甘言に社長が乗せられまして、痛恨の間違った判断をなされたのです。美波様こそ、社長を相談役にし、百年家具の伝統も打ち捨てようとされているのです」

鈴本が言った。

「なんと！　それは本当ですか。私と社長が心血《しんけつ》を注いでブランドに仕上げた百年家具を打ち捨てるとは！　私は、太郎が絵理子様と組んで宝田家具を我が物にしようと、社長の退任を迫ったと聞いたものですから」

「いったいだれが、そんなことをお父さんに吹き込んだのですか？」

太郎の問いに、弥吉は、困惑に眉根を寄せた。

「言ってください」

鈴本が迫った。

弥吉は苦痛を帯びた表情で、口をつぐんだ。

「次郎ですか」

太郎が目を見開いて言った。

「うーん」

弥吉は唸った。

「次郎ですね」

太郎が畳《たた》みかける。

「ま、待ってくれ。私が誤解していたことは理解した。それで社長はどこにおられるんだね」

弥吉が動揺した口調で言った。

「自宅におられると思います。すっかり力を落とされています」

鈴本が言った。

「わかった。私を誤解させた人間のことについては口を閉ざさせてください。私は、私で落とし前をつける」

弥吉は逃げるように会議室から出て行った。

「お父さん……」

太郎が悲しげに呟いた。

絵理子と鈴本は、弥吉の背中を見つめていた。

三

「あなた、取り込まれたわね」

常務室で冴子は、伸郎に言った。穏やかな口調だが、目つきは険しい。

「なに？　なにに取り込まれたって？」

伸郎は冴子に視線を合わせない。

「専務になったじゃない。私は常務のままだけどね。専務様、部屋は変わるのかしらね。専務個室にね。そうしたら私の目を盗んで浮気のし放題じゃない？」

「馬鹿な、なにを言うんだ。専務なんて僕は望んではいない」

伸郎は、執務机に向かった。まだ視線を合わせない。

「嘘、おっしゃい！」冴子は怒った。「あなた、美波お姉様の毒まんじゅうを食べたのね」冴子は、伸郎の執務机にドンと手を突いた。

「おい、おい」伸郎は、身体をのけぞらせた。「毒まんじゅうって、なんだよ」

「あなたは美波お姉様の体制を支える一人になったわけね。私を社長にする計画はどうなっているの」

「やっているよ」

「嘘、嘘、嘘つき」

「おいおい、興奮するな。僕が専務になっただけじゃないか」

「違うわ。美波お姉様は、私を排除するわよ。見たでしょう？　絵理子も鈴本専務も排除されたわ。営業部長の冬柴も部長職を剝奪された。美波お姉様は自分に逆らう人をみんな排除するつもりなのよ」

「そんな人じゃないよ」

伸郎は、顔をしかめた。

「ほらほら、弁護し始めたわ」冴子が皮肉っぽく笑った。「私より美波お姉様が好きなのね」

「いい加減にしろ！」

伸郎は怒鳴った。

「馬鹿にしないで。あんたなんか私と結婚しなければ、その辺のチンピラだったんだから。私に感謝しなさい。感謝してもし過ぎることはないわ。わかっているの？　あなた、私が離婚するっていったら、専務もなにもないのよ。この会社を辞めるしかない」

冴子は、目を吊り上げ言い募った。

「お前……」伸郎は顔を赤く染めている。怒りで血が上ったのだ。冴子を睨み、執務机の上に置いた両手の拳を固く握りしめた。「言っていいことと悪いことがあるぞ。それ以上言うならばお前に協力はしない」

伸郎の言葉に、冴子の表情が弱々しくなり、泣き顔になった。

「あなた、私を裏切らないで。私は、今、本気で社長になりたいのよ。美波お姉様に排除される前に戦いたいの。頼むから、助けて」

冴子は、手を合わせた。

「わかった。僕のやることに文句を言うな。それなら協力する」

「言わない。言わない」冴子は、突然、執務机に飛び乗ると、両手を伸ばし、伸郎の首に絡めた。

「あなた、助けて。私を見捨てないで」冴子は、伸郎の唇に自分の唇を強く押しあてた。

伸郎は、冴子のねっとりとした舌の感覚を口内に感じながら、冷めた目で遠くを見つめ、この女は許せない……と、声なき声で自分自身に囁きかけていた。

四

次郎は、秘書室長の席に腰を下ろしていた。

いい眺めだ。満足げに辺りを見回す。今まで絵理子が座っていたのだが、新しい城主は自分である。部下は何人にしようか。選り抜かれたエリートを登用しようか。絵理子の仕事は、壮一の世話だけだったと言えなくもない。だから部下は次郎と梨乃だけでよかった。

しかし、これからは違う。秘書室が、美波社長の右腕となって経営計画を練り上げ、実行していくのだ。すなわち秘書室が宝田家具の頭脳となるのだ。そのためには多くの部下が必要になるだろう。

次郎は、夢を描く。しかしあまり優秀な社員を抜擢《ばってき》すると、自分の地位を脅かしかねない。それは不味い。多少、無能でも気のいい社員がいいかもしれない。否、それなら経営計画は作成できない。美人で気立てがよく、賢い女性社員がいいのではないだろうか。女性なら、自分の地位を脅かすこともないだろう。そんなことを口にすると、女性軽視だとジェンダー問題になるかもしれない。それにあまり美人だと梨乃が怒り出す。彼女が怒ると、厄介だ。

「なにをニヤニヤしているの？」

次郎が顔を上げると、目の前に梨乃が立っていた。

「えっ、俺、ニヤニヤしていたか？」

「していたわよ。いやらしい夢でも見ているみたいだったわ」梨乃は笑みを浮かべた。「秘書室長、おめでとう」

「ああ、ありがとう。これからもよろしく頼むわ」

次郎は、頭をかきながらわずかに照れた。秘書室長と呼ばれたことで気恥ずかしさと同時に誇らしい気持ちになったのである。

「思い通りじゃないの」

「まだまだこれからだよ。ここからスタートだ」

「お兄さん、大変ね。営業部長の職を解かれてしまって……。会議であんな発言をしたら、もうだめね」

「当たり前だよ。兄貴は自滅した。会社を辞めるしかないだろうね」

「それでいいの？　兄弟でしょう？」

「いいんだよ。兄弟もいろいろあるから。俺は、兄貴を追い落とし、出し抜くことを人生の目標にしてきたから。兄貴が野垂れ死んだら、死体に花でも供えてやるさ」

「冷たいのね。でもその冷たさが好き」梨乃は言い、周囲を警戒するように視線を走らせると、次郎に近づいた。「実は、問題が起きたの」

「なに、問題って？」

「黒木常務、いや違った、今は専務か。彼から別れるって言われたわ。奥様にこっぴどく叱られたんですって。離婚するってね。それで別れるって言うのよ。私も潮時だって思う。いいでしょう？」

「いいもなにも、俺がそれに答える権利はない」

次郎の口調は冷たい。

「権利はないって言い草はないでしょう」梨乃は不満そうな顔つきになった。「これまでだって、黒木専務のスパイまでやらせたくせに……。あなたも美波社長に見いだされて出世の階段に足をかけたのだから、私との結婚を考えてくれるんでしょう？　約束だから」

「まあ、もう少し待てよ」

次郎は顔をしかめた。

「待てって？　結婚の約束は忘れていないでしょう？」

梨乃の表情が険しくなった。

「忘れていないさ。でも俺もやっと今、なんとかなったんだ。ここでひと頑張りしたいんだ」

「ははぁん……。あなたが黒木専務の家庭に波風を立てたのね。だれが、私と黒木専務の関係を知っているのかと思って、ずっと考えていたのだけど、あなたしかいないんだよね。あなたが冴子常務に告げ口しないと、バレることはない……」梨乃は小首を傾げて「あっ、そうか。あなた、美波社長に黒木専務のことを話したのね」

「馬鹿な……。それで、俺になんの得がある？」

次郎が動揺した。

「よくわからないけど……」梨乃は考えるような顔になり、「でもあなたが秘書室長になり、黒木常務が専務になったことが不思議でならないのね。それはあなたと黒木専務が美波社長に取り込まれたってことでしょう？」と言った。

「もう、そんな話は止めろ」

次郎は、梨乃から顔を背けた。

「あなたは、ずっと美波社長のスパイだったのね。私、なんのために黒木専務と寝ていたのか、やっとわかったわ。社内情報を美波社長に提供して、その論功行賞が秘書室長ってわけね。その情報というのは……」梨乃が次郎を見つめた。「そうか」梨乃が手を叩いた。「あなたが美波社長に報告したことで黒木専務は、私との不倫を奥様に責められたのね。それでもって美波社長からも責められ、逃げ場を失って、それで軍門に降《くだ》ることで専務の地位に上ったたってわけか……。美波社長もやるわね。ただのヒステリックなおばさんだと思っていたけど、そうじゃないのね。あなたは見事にスパイの役割を果たし、出世したってわけね」

「もういい、止めろ」

「私、みんな知っているのよ。黒木専務がなにを考え、なにをやろうとしていたかってこと。フ
ァンドを使って、あわよくば宝田家具を乗っ取ろうと考えていたこともね。私をないがしろにし
たら全てばらすからね」

「止めろよ。いい加減にしないか。俺は、お前のことを大事に思っているから」

次郎は顔をしかめた。

「ここで約束して。私と年内に結婚するって。いい、年内よ」

梨乃が次郎に迫った。

「わかった。わかったよ。だからもうなにもかも忘れてくれ」

次郎は言った。

梨乃は、疑わしげに次郎を見つめた。

どうにかしないとな、と眉を顰めて次郎は梨乃から顔を背けた。

「次郎、次郎、いるか」

突然、秘書室にしゃがれた声が響いた。

次郎と梨乃が、驚いて入口方向に振り向いた。そこには弥吉が険しい顔で立っていた。

「父さん！」次郎が目を瞠った。「どうしたの、突然。びっくりするじゃない」

弥吉は、次郎の驚きを無視して、足早に近づいてきた。

「お前、お前、なんてことをしてくれたんだ」

弥吉が、次郎に息がかかるほど顔を近づけ、言い放った。

「いったいなんのことだよ」

次郎は、苦笑いを浮かべ、弥吉を押し戻した。

「わからないのか。お前は壮一様を裏切ったって言うじゃないか」

「ははは、馬鹿な。裏切ったのは兄貴だって言っただろう」

「いや、お前だ。太郎に聞いた。全て聞いた。絵理子様にも鈴本専務にも聞いた」

弥吉の怒りは収まらない。

「父さん、騙されているんだよ。絵理子様と組んで壮一社長を追い出そうとしたのは、兄貴だよ。失敗して、干されたんだ」

「お前は壮一様を裏切っていないのだな」

「俺は、裏切ってなんかいない。父さん、兄貴に騙されるな」

次郎はにやりと笑った。

「ああっ！　私はどちらを信じればいいんだ」

弥吉は両手で顔を覆った。

「父さんは俺を信じればいいんだ」

次郎は、弥吉の肩を軽く叩いた。

弥吉は、次郎から離れた。

「ちょっと冷静になってみよう。私にとってあまりにも衝撃的な事態だからな」

「父さん、何度でも言うけど、俺を信じろ」

「私は、お前を信じるべきか、太郎を信じるべきか。ああ、どうしてこんなことになったのだ。もう、なにも見たくない。壮一様が、全ての権限を剝奪されたと聞いた。もし、本当なら、壮一様は死を選ばれるかもしれない。この会社は壮一様の命なのだから。ああ、どうしてこんなことになったのか。私は、年老いてから、こんな見たくもない事態を見なくてはならないのか」

「兄貴の責任だよ」

「お前と太郎を私は分け隔てなく育てたつもりだ。しかし、お前たちはどうも仲が悪いように思える。なんとかできないものか」

弥吉は嘆いた。

次郎は言った。

「俺に任せればいいよ」

「ああ、本当になにを信じればいいのだ。この娘はいったい何者だ」

弥吉は梨乃の存在を認めて言った。

「お父様……。お父様、お可哀想に」

梨乃は悲しそうな表情で弥吉を見た。

「お父様だと？　お前は、次郎の妻なのか」

「はい、いずれ」

梨乃は、笑みを浮かべた。

「そうか。そうなのか。それはよかった。この男は、なにを考えているのかわからないところがある。しかし、私の可愛い息子であることは間違いない。よろしく頼む」

「はい、お父様」

梨乃は、軽く頭を下げた。

弥吉は、肩を落として、部屋を出て行こうとした。次郎をふり返って、「不幸な結末は見たくない。目を塞《ふさ》いでしまいたい思いだ。私は、太郎と次郎が、共に仲良くこの会社を盛り上げてくれればいいと願っている。なあ、次郎、頼むぞ。私は、壮一様に会いに行く」と言った。

「大丈夫さ。俺に任せておいてくれ」

次郎は薄く笑った。

五

伸郎は、銀座のレストランに来ていた。八丁目の交差点から奥に入った雑居ビルの中の小さな店だ。ここならだれにも知られることはない。秘密の相談をするのに最適である。

「お待たせしました」

伸郎が席に着いた。投資ファンドの岩間勝也と神崎陽介は先に来て、赤ワインを飲んでいた。

「先にいただいていますよ。昼間っから、こんないいワインだなんて、申し訳ない気持ちですよ」

岩間が、ワインを飲み干した。

カリフォルニアのナパバレーのワイナリーで製造された、カルトワインとして崇拝されているものである。価格は、一本、二十万円前後だ。

伸郎は、少し遅れるので岩間と神崎に飲んでいていいと言っておいたのだ。

「私も一杯もらいます」

伸郎は言った。

「実に美味いワインです。豊かな大地の香りがしますね」

岩間が言った。

「ところで専務昇進、おめでとうございます」

神崎がワイングラスを掲げて、言った。

「それが、それほどおめでたくないんですよ」

伸郎は、ワインを舐めるように飲んだ。

「どうしたのですか？　美波さんを社長にして、自分はその懐刀として実質的に会社を支配するという、黒木さんの計画が、思わぬ展開で実現したんじゃないんですか？」

岩間は、グラスの半分ほどまで赤ワインを注ぎ入れた。遠慮という言葉など知らないようだ。

「まあ、その通りなんだがね。冴子と美波さんとの間で板挟みになっている。私は、どっちにつけばいいのか」

「詳しく教えてください」

神崎が言った。

「実は、美波さんは社長になったが、今のままでは、いつ、壮一さんにひっくり返されるかわからない。というのは壮一さんが、株の一八％を握っているからだ。もしだれかが壮一様と組んで美波さんに対抗したら、社長の座から追い落とされる可能性がないわけではない。そこで株で宝田家具を完全支配したいと言う。自分と自分を支持してくれる株主でね」

「だったら、以前計画していたＴＯＢを使って、ＭＢＯで非上場にしてから株を全て社長に集めるかな」

岩間が、興味津々の顔で神崎を見た。

「やりましょう。もともとそういう計画だったのですから」

神崎も、勢いよくワインを飲んだ。

ＭＢＯとは「Management Buyout」の略で、経営陣が金融機関やブラックローズのようなファンドから資金を調達して自社株を買い取り、経営権を掌握することである。ＴＯＢとの違いは、株式買付の主体にある。

「ところが簡単にいかないのは、妻の冴子なんだ」

「奥様がどうされたのですか？」

神崎が訊いた。

「冴子は、美波さんの妹だが、非常に仲が悪い。冴子は自分が潰されると怯えるあまり、自分が社長になると言い出したんだ。そのため株を支配したいと、私にそれを実行しろと言ってきかないんだ。それで美波さんか、冴子か、で悩んでいる」

「奥様には経営者の資質がない、とおっしゃっていませんでしたか？」

神崎が言った。

「そう思っていたけれど、意外としたたかなんだ。私が協力しなければ、離婚すると言って脅すんだからな」

伸郎は苦笑いした。

「黒木さんを脅すなんてなかなかですね。それでどうされますか？　私たちは黒木さんにはお世話になっていますから、いかようにも動きます」

岩間が言った。

「ありがたいね。さてどうするかな。美波さんか冴子か。あちらを立てればこちらが立たずか」

伸郎は愚痴ともつかぬ言葉を呟いた。

「以前、ご提案していたことでもありますが、黒木さんをトップにすることで、その悩みを解決しませんか？」

神崎が言った。特に感情的にもならず、淡々とした口調だ。

「私が、トップになる？　美波さんに睨まれ、冴子からは離婚を申し立てられる」

伸郎は、首を振った。

「いいじゃないですか。勝負をしましょう。会社は、株主のものです。株さえ押さえれば、黒木さんの会社になります」

「その通りです。美波社長も株主には勝てません。株主が、黒木さんを社長に推せばいいんです。奥様に離婚されても、得る果実は大きいですよ」

神崎は冷静に言った。

「離婚して、新しい女性と新しい暮らしを始めるのもいいですね。羨ましい。もし、それが嫌なら、お嬢様がおられましたね」

岩間が訊いた。

「ああ、静子という娘が一人。三十歳になるけどね。今、スペインで家具デザイナーになるべく修業中だ」

伸郎が答えた。

「それはいいですね。その方を黒木さんの後継者にすればいい。それを条件に奥様を説得すれば、ご納得されるでしょう」

岩間が言った。

「いや、駄目だろう。冴子は、自分が社長になっていれば後継者が静子でもいいだろうがね。私の下で働くなんてプライドが許さないだろう。わがままなお嬢様だから」

伸郎は口を歪めた。

「黒木さん、やる時はやりましょう。今が、その時です。株は私たちが集めます。奥様との関係は険悪になるかもしれませんが、あなたが社長になって下されば嬉しい。美波社長では私たちの構想が実現しないような気がしますからね。私たちは、あなたが社長になられた後もデザインしていますから」

岩間の視線が強くなった。

「後って？」

伸郎が訊いた。

「業界の再編成です。日本は少子化の波に襲われ、家具業界も縮小の危機にあります。そこで宝田家具を軸に国内の家具・インテリア業界を再編するんです。ホームセンター業界とも親和性が高いですからね」

「まさか……」

伸郎が思わず身を乗り出した。伸郎の頭の中には、国内最大手の家具・インテリア企業の名前が浮かんだ。

岩間と神崎が、自分に近づき、親しくしてきた意味が、今、明確になった。彼らを利用しようとしていたが、実は、利用されようとしているのは伸郎自身だったのだ。

岩間は、神崎と顔を見合わせ「ええ、そのまさかです。黒木さんの想像以上の多くの会社が宝田家具さんに関心があるんですよ。ましてや創業者が引退されましたからね。黒木さんが躊躇されるなら、相手は我慢できずに敵対的買収に走るかもしれない」と言い、薄く笑った。

伸郎は、大きく頷き、ワインをごくりと喉を鳴らして飲んだ。奮慨のあまり、グラスを握る手が細かく震えている。

「具体的な計画があるのか」

伸郎は訊いた。

「今は、あるともないともと答えておきましょう」岩間が伸郎を見つめる。「ねえ、黒木さん、戦う時に戦うのが男ですよ。あなたは宝田家具に収まるような人ではない。今以上の大きな会社の経営を担うべき人だ。私たちは、あなたをそういう男だと見込んでいます。やりましょう」

岩間が手を伸ばし、伸郎の手を握った。神崎も手を重ねた。伸郎は、手の震えを止められない。

「チャンスの神は前髪しかない、というわけですね」

伸郎は呟いた。

六

「やはりここでしたか？　社長」

弥吉は、姜愛華の銀座のバーのドアを開けた。一人の老人が背中を丸めて固い丸椅子に座り、カウンターに肘を突いている。

「弥吉さん、お久しぶりね」

愛華が入口を見た。

壮一も入口を振り向いた。

「どこかで会ったことがある方かな？　声には聞き覚えがあるような」

壮一は、グラスを傾け、ウイスキーを飲んだ。

「あなたの忠実な部下、冬柴弥吉でございますよ。まさかお忘れではありますまい」

弥吉は芝居がかった口調で言い、カウンターに向かった。

「社長と、同じものを」

弥吉が愛華に言った。

愛華は、黙ってウイスキーの水割りを弥吉の前に置いた。

「私を社長と言ったな」

「社長と呼ぶ人はあなたしかいません」

弥吉はグラスを掲げて、乾杯の仕草をした。

壮一も同じようにした。

「私は、いかにも社長だ。社長以外、何者でもない。だが、いったいどの会社の社長なのか」

「宝田家具でございます。私と一緒に大きく育てました。数々の苦労を思い出すと、懐かしくて涙がでます」

「そうか。私は、あなたと一緒に会社を大きくしたのか。苦労して……」

壮一は、まるで初めて出会った人かのように弥吉を見つめた。

「あなた、なにをとぼけているのよ。弥吉さんを、よもや忘れたとは言わせない」愛華が顔をしかめた。「私も飲もうかな」自らグラスにウイスキーを注いだ。

「社長は、最近こんな風なのか？」

弥吉が心配そうな口調で言った。

「そうなの、魂を抜かれたみたいね。会議室の龍の絵を消されたことがショックだったのよ」

愛華がグラスを傾けた。

「なんだって！　あの龍の絵を消されたって⁉」

弥吉が声を上げた。

「龍が去ってしまった。私の龍が……。どんな時も、負けるなと励ましてくれた、あの龍がな」

壮一は、弥吉に振り向いた。「私はもうだめだ。あの龍がいなくなれば、私は終わりだ」

「私が予言した通りになったってわけ。早く手を打たないから、なにもかも失ってしまった。娘たちには裏切られ、こうやって呆けた振りをして酒を飲むだけよ」

愛華が言った。

「弥吉、会社はどうなるんだ。私の会社は？」

「美波様を社長にお選びになったことが間違いだったのですか」

「間違いなのか、そうでないのかわからん。答えを探しても空しいだけだ。私の宝田家具は、龍と共に消えたのだ」

壮一は、呷《あお》るようにウイスキーを飲み、グラスを空にした。

「私にとって、宝田家具の社長はあなたしかおられません。試問会に賛成したことを謝ります。私の間違い、余計なお世話でした。その結果、社長はなにもかも失われた。みんな私の責任です」

「どうするつもりだ」

壮一は訊いた。

「私はあなたをもう一度、社長に戻します」

弥吉は言った。

「そんなことができるのか？　私に従う者はいるのか。まだ残っているのか」

壮一は力なく訊いた。

「残っております」

弥吉は強い口調で答えた。

「どんな試みも空しさからは逃れられない」

愛華が言った。

「社長に返り咲くのが空しいと言うのか」

壮一は愛華を睨んだ。

「世の中の営みは繰り返し。昔あったことを忘れているだけ。同じことの繰り返し。空しさは募るだけ。だけど人は繰り返し、同じ空しさを味わい続ける」

愛華は言い、グラスにウイスキーを注いだ。

「社長、私にお任せください。たとえ空しさの繰り返しでもこのままで終われば、社長が惨めすぎます」

弥吉は言った。

「女は空しさがわかっている。でも男はそれがわからない。わかろうともしない。最後に残るのは、あの毛糸の帽子だけよ」

愛華はため息をついた。

第九章　悲劇の連鎖

一

宝田家具の銀座一丁目本店の前には、開店前だというのに行列ができていた。

三十数人が並んでいる。いったいどうしたのだと、通行人が不思議そうな顔をしている。

「いったいなにがあるのですか？」

通行人が訊いた。

「ここの百年家具が安売りされるんですよ」

「百年家具って？」

「素晴らしい家具なんですよ。高いけれど、どんな家にも不思議にマッチしましてね。安売りしないところも信頼できてよかったのですが……」

並んでいる老人が言った。

「お買いになるんですか？」

「ええ、せっかくですから娘にプレゼントしてやろうと思いましてね。ダイニングテーブルと椅子を」

老人は笑みを浮かべた。

「それはいいですね」

「あなたも見るだけでもいいですから。店にお入りになったらいい。目の保養にもなりますから」

老人に促され、通行人は思案気に首を傾げたが、「では、ちょっと見学させていただきましょうか」と言い、老人の後に並んだ。

「さあ、時間です。店がオープンしますよ」

老人が、浮き浮きした表情を浮かべた。

二

「いらっしゃいませ」

美波は、興奮した様子を隠さず店内を歩きながら客に挨拶を繰り返した。

「冬柴、見た？　見たでしょう？　このお客様の入り具合はどう？　すごいでしょう」

「はい、すごいですね。社長のアイデアがずばり的中しましたね」

次郎は、腰をかがめるようにして美波を見上げた。

その表情にはべっとりといやらしいほどの媚が張り付いていた。

「高いのよ。とにかく高いのがウリだと思っていたのよ。百年も使えるのだから高くて当然っていう殿様商売だったのね。これからは大衆の気持ちを摑まねばならないわよ。デフレの時代なんだから」

「その通りでございます。この客の入りを見ますと、皆さんが美波様の社長御就任を喜んでおられるように思えます」

「冬柴」美波は、次郎を見つめ「いいことを言うじゃないの」と満足そうに口角を引き上げた。

「社長、そろそろ約束のお時間です」

「そうね。行きましょうか」

美波は、エレベーターに向かって歩き出した。その後ろをまるで忠実な番犬のように次郎がいそいそとついて歩いていく。

三

「次郎の奴……」

売り場に立つ太郎が次郎の後ろ姿を見つめて、悲しげに呟いた。

「部長、これを見てください」

太郎の下に男性社員が駆け寄った。

「もう、僕は部長じゃないよ」

太郎が悲しげな笑みを浮かべた。

「いえ、そんなことはありません。私にとって部長は冬柴部長しかおられません。それにまだ新しい部長は任命されておりませんから」

太郎は、会議で、美波に逆らったため部長職を解任されたのだが、後任はまだ決まっていない。太郎に遠慮して、だれも名乗りを上げないことも、新部長が決まらない理由のようである。

太郎は、彼が差し出したスマートフォンの画面を見た。ネットニュースの画面である。

「宝田家具に不穏な動き……。嫌なタイトルだね」

「中身は、宝田家具が百年家具の看板を下ろし、安売りを始めた。今後は高級家具路線を転換し、大衆向けの家具に力を入れるようだが、先行するアケヤやノトリなどと対抗できるのだろうか。創業者の宝田壮一氏は第一線を退き、長女で副社長だった美波氏が社長になったものの、壮一氏との軋轢《あつれき》があり、内紛が勃発するのではないかとの噂が流れている。最近の業績も振るわず、一層の業績不振が警戒されている云々《うんぬん》。こういう内容です」

彼の表情が曇っている。

「まずいね。新社長の祝賀ムードは全くない」

太郎の表情も曇った。

「部長、これでいいんでしょうか？」

彼の表情が深刻だ。

「これでいいとは？」

「百年家具の安売りです。まるで在庫処分じゃないですか。これでは家具が泣いています。私は、入社して十年になりますが、家具がますます好きになっていました。お客様、お一人お一人と丁寧に向き合い、その方が家具にどのような思いを込めておられるかを理解し、販売する。私は、いつの間にか家具を売っているのではないと思うようになりました。私は、お客様の人生を一緒に歩んでいるんだという喜びを感じるようになったのです。家具をできるだけ高く売って利益を得る。そんなことに意味はない。確かに経営としては重要でしょう。しかしそれよりもお客様と喜びを共有することの方が大事ではないでしょうか。利益は後からいくらでもついてきます。大量生産ではない、ある意味、一点物の百年家具の販売には、そんな誇りと喜びがありました。でも、今後は大量生産品を売るわけですね。私にはできないかもしれません……」

　彼は、一気に話すと「申し訳ありません」と頭を下げた。

「謝ることはないよ。君の言う通りだ。このままではこの記事に書かれているようにわが社は一層の業績不振に陥るだろうね。なんせ創業以来、培《つちか》ってきたブランドを無残に捨ててしまい、ありきたりのどこにでもある家具会社になろうとしているのだから」

「なんとかしてください。お願いします。私以外の社員も、同じような思いなのです。家具を売っているんじゃない。お客様と喜びを共有するために働いているんです」

「君の言いたいことはわかった。なんとかしたい。しなければならない。でも、私の力では、なんとも……」

太郎は、重苦しい気持ちを抱えながら彼を見つめた。

四

投資ファンド、ブラックローズの岩間勝也と神崎陽介は、神妙な顔で美波の前に座っていた。美波は、笑みを浮かべているもののそれは喜びを表してはいない。冷ややかで悪意さえ感じられる笑みだった。

美波の背後には、まるで警護兵のように次郎が立っていた。彼の視線も二人を捉えている。

「あなた方の企《たくら》みはわかっているのよ。黒木常務、いや、今は専務ね。彼を焚きつけて私を追い出して実権を握ろうというのでしょう? それを防ぐために黒木を専務に昇格させたのだけど、どうも心配になったの」

「そんなことは……」

岩間が、神崎に同意を求めるように振り向いた。

「そんなことはないって言うの?」美波は、声を出して笑った。「嘘、おっしゃいな。言っておきますが、黒木と組んでも無駄よ。彼には、あなた方が期待するほどの力も能力もないわ」

岩間も神崎も無言で、美波の話を聞いている。

「ははん」美波は、なにかに気づいたかのような表情を浮かべた。「黒木が無能な方がいいのね。あなた方にとっては……。黒木を祭り上げて、この会社をどこかに買収でもさせるつもりなのでしょう」

岩間と神崎の表情が一瞬、強張った。

「図星ね」

美波は口角を引き上げ、薄く笑った。

「なにもおっしゃらないけど、黒木は、妹の冴子と結婚したおかげで専務にまでなっただけの男。無能で、家庭も治められない。ただ欲だけは人一倍かな。そんな男と組むなんて、あなた方も人を見る目がないわね」

美波は、身内である黒木をののしった。

「黒木さんは、あなたを社長にしたいとのお考えをお持ちでした」

ようやく岩間が口を開いた。

美波が驚いたように目を瞠り、「私を社長に！　笑止千万《しょうしせんばん》、黒木の力を借りなくても社長になれたわ。私を社長にして、その下で、好き放題にやろうっていうのね」と声を荒らげた。そして次郎に振り向くと「秘書室長、ここへ黒木専務を呼びなさい」と言った。

「ちょっと待ってください」

岩間と神崎が慌てた。

「なに？　呼んではまずいの？」

「そうではないですが。社長は、私たちになにを望んでおられるのですか？　それがはっきりしないので」

岩間が言った。

「なにを望んでいるか」美波は不敵な笑いを浮かべ、「そうね。なにを望んだらいいかしら」と訊いた。

「私たちは投資をビジネスにしています。ビジネスの話なら幾らでもお聞きします」

「私ね」美波は身を乗り出すようにして「あなた方に私の味方になってもらいたいの」と穏やかな口調で言った。

「味方？」

岩間が、神崎と顔を見合わせた。

「そう、味方ね」美波はさらに身を乗り出した。「あなた方は黒木と組んでいた。でも今から私と組んで欲しい。黒木を捨ててね。私は、この会社は自分の思い通りに作り替えたいと思っている。そのためには株式を私に集めたいの。私は二％しか株を持っていない。恵美企画の分を合わせても一二％しかない、これでは自由にならない。できればＭＢＯを実施して、非上場にしてしまいたい」

「マネジメント・バイアウトですか……」

岩間が言った。

「私が全てを支配して、企業価値を向上させて再上場させるのよ。今のままだと、私が絶対的な支配権を持てないから」

美波は言った。

「非常に興味深い話です」

「そう思うでしょう」

「ええ」

「黒木なんかと組んではだめよ」

「ＭＢＯもいいですが、別のインテリアかホームセンターの企業と組みませんか？　合併です」

岩間がしたり顔で言った。

「なるほどね」

美波は、なにかを納得したように頷いた。

「御社のことに、強く関心を持っている会社があります」

岩間が続ける。

「冬柴」美波は背後にいる次郎を振り向き「すぐに黒木専務をここに呼んできて」と強い口調で言った。怒りがこもっている。

岩間と神崎の表情に戸惑いが浮かんだ。

なにかまずいことを言ってしまったのだろうかと不安になったのだ。

次郎が急いで社長室を飛び出した。

美波が無言で岩間を見つめている。

「なにか、ご機嫌を損ねましたか？」

岩間が怯えた様子で訊いた。

「黒木専務を首にしたくなったのよ」

美波は冷たく言い放った。

「えっ」

岩間が声を詰まらせ、神崎と顔を見合わせた。

五

「絵理子さん、反撃しましょう。このままではあなたやお父さんが育ててきた会社が破滅してしまいます」

桐谷が強い口調で迫った。

絵理子は、黙ってうつむいたままである。

そばには鈴本と太郎が控えていた。二人は、緊張した表情で、絵理子の返事を待っている。

彼らは、桐谷が勤務するミズナミ銀行京橋《きょうばし》本店近くのビルの一室にいた。

ここは桐谷が極秘の取引を行う際に使用している。

室内は、いくつかの個室に仕切られ、そこには執務机や応接セット、コンピューター設備、スタッフが協議する会議室などがあった。仮眠室まで用意してある周到なものだった。

絵理子は、桐谷から声を掛けられ、鈴本と太郎と一緒にここに来ていた。

「私になにができますか?」

絵理子はようやく顔を上げた。

「なにができるか？　それはあなた次第です。あなたの強い意志次第です」

「私の意志？」

絵理子は、桐谷を見つめた。

「経営は意志で決まります。その意志も、単に利益を上げたいとか、規模を大きくしたいなどの自己の欲望を満たすだけのものであってはならないと思います。私の言う意図はご理解いただけますか？」

桐谷の真剣さに圧されるように、絵理子が頷く。

「その意志とは、利益や規模の追求ではなく、社会に対してなにを為《な》したいのかということですね。お父様が宝田家具を創業したのは、良質な家具が、人々に幸せな笑顔をもたらすからです。お父様は、お客様の笑顔を見たい、ずっと見ていたい。家具屋ではあるけれど、家具を売っているのではない。お客様の笑顔を見たい、それだけだと……」

絵理子は涙ぐんだ。

「そうです。絵理子様。壮一様は、お客様に笑顔を売るんだと常々おっしゃっていました。ご苦労された幼い頃、素晴らしい家具に強い憧れを抱かれたからでしょう。今、美波様は、壮一様の夢を引き継ぐおつもりはあるでしょうか？　私はないと思います。このままでは宝田家具は、滅びてしまいます。芯のない会社になるのですから」

鈴本が、まるで諭すかのように言った。

絵理子が真剣な表情で聞き入っている。

「私たちでなんとかしましょう」

太郎の表情が厳しい。

「絵理子さん、立ち上がりましょう。私たちミズナミ銀行が協力します。私が得ている情報では、投資ファンドのブラックローズが暗躍しているようです。今度専務になられた黒木さんが後ろにいるようです。彼らの意図は、今一つ、わかりませんが、どうも他社との合併、または他社による買収までも視野に入れているようです」

桐谷が言った。

「黒木さんのことは、太郎さんから聞いています」

絵理子が太郎を見た。

「黒木専務は、会社の経費を湯水のように使い、ブラックローズの岩間、神崎と名乗る二人と盛んに会っていました。美波様を社長にして、その下で力を持とうと考えていたようですが、美波様が社長になられましたので、今は、方向性を見失っているのではないでしょうか」

太郎が言った。

「合併、買収とは？」

鈴本が表情を曇らせた。

「宝田家具は、インテリア業界やホームセンター業界から注目されているのです。実は、内紛があるのではないかということからです。盤石と思われた経営が揺らいだことが、他社の欲望を刺激しているのです」

桐谷が答えた。

「なんということ……。もう、わが社の混乱が外部に伝わっているわけですな」

鈴本が言った。

「その通りです」

桐谷は答えた。

「桐谷さん、お父様をもう一度、復権させるのはどうでしょうか？」

絵理子が言った。

「壮一さんを復権させるのですか？」

桐谷の表情が曇った。

「だめでしょうか？」

「失礼ですがお年がお年ですし、一度、退く決断をされたのですから」

「それはわかっています。しかし今のような権限のない相談役に据えられたような立場だと可哀想でたまりません」

「それは、理解しますが……。鈴本さん、いかがですか」

桐谷は鈴本に訊いた。

「絵理子様のお気持ちはわかります。壮一様に確かめられたらいかがでしょうか。私の考えでは、壮一様は絵理子様が社長になられ、その背後で代表権のない会長という立ち位置で、経営を見守る、社員の精神的支柱になることを望まれると思いますが、いかがでしょうか」

「私もそれがいいと思います。美波様を社長にしたことを壮一様は後悔されていると思います。ご自宅に参りましょう」

太郎が言った。

「もし、皆様が了承されるなら、ミズナミ銀行は総力を挙げて、絵理子さんが経営権を握れるように努めます」

「具体的にはどうなさるのですか？」

「臨時株主総会を開催し、美波さんの社長解任を要求しましょう。できるだけ多くの株を集めるのです」

桐谷はそう提案した。

「でも美波社長は、ＭＢＯなどで対抗してくるのではないでしょうか？」

太郎が疑問を呈した。

「そうなさる可能性が高いでしょうね。その際も、株主総会でＭＢＯに反対します。また友好的な会社にＴＯＢをかけてもらいましょう。株主が、どちらを選ぶかです」

「ＴＯＢですか？　宝田家具をどこかの会社に買収させるのですか？」

絵理子が表情を曇らせた。

「宝田家具の企業としての在り方を評価してくれる会社を選びます。あくまで経営権は絵理子さんが握るようにします」

桐谷は言った。

「桐谷さん、そんなことは無理だと思います。宝田家具は、唯一無二の会社です。私たちの経営方針に賛同してくれる会社が見つかるとは思いません」

「ではTOBの件は、ひとまず置いておきましょう。急ぐのは絵理子さんに経営権を握ってもらうことです。それはよろしいですね」

桐谷は強く念を押した。

「私も、皆さんのご期待に添いたいと思います。覚悟を決めます。いずれにしても株主もお客様も父を愛しています。お父様を前面に出して戦うことが勝利への王道だと思います」

「絵理子様、よくおっしゃいました。その通りでございます。壮一様に会いにまいりましょう。さあ」

鈴本が笑みを浮かべ勢い込んだ。

六

「黒木専務、あなたは会社を乗っ取ろうと考えていますね」

美波が、目の前に座る伸郎に厳しい口調で迫った。

伸郎は、突然、社長室に呼ばれ、美波の叱責を浴びている。社長室には岩間と神崎がいた。二人とも暗い表情である。

「いったいなにを根拠にそんなことをおっしゃるのですか？　私が会社の乗っ取りを企てているなどありえません」

伸郎は、動揺を隠せない。いったいなにが起きているのかわからない。岩間と神崎が、なぜここにいるのか。彼らとＴＯＢなどの相談をしたのは事実だが、まだなにも動かしたわけではない。これからのことだった。それが発覚したのだろうか。

「あなたは取締役の身でありながら、会社に敵対することを画策していたのね。背任行為だわ。ここにおられる岩間さんと神崎さんから全て聞きました」

美波が岩間を一瞥した。

「社長、そんなこと……」

岩間が大きくかぶりを振った。必死で否定している。

「そんなことを言っていないとでもおっしゃりたいのですか？　私は全てを察知したのです。あなた方は、この会社をどこかの会社に買収させようとお考えなのね。黒木専務を前面に押し立てて、どこかに売却して、利益を懐に入れようとされているに違いありません。私の想像が、思い違いとでもおっしゃるの？　それなら黒木専務、反論しなさい」

伸郎はなにも答えない。

「だんまりを決め込むつもりなのね。黒木専務、あなたを解任します。専務にしたのが間違いだったわ。あなたに関してはいろいろな悪い情報が入っています。経費をいいように使い、銀座などの高級クラブに出入りしている」美波は岩間と神崎に視線を合わせた。二人は目を伏せた。

「また愛人を囲い、遊興三昧《ゆうきょうざんまい》にふけっている。これだけでも背任です。その上、乗っ取りを企てるなどという不届きな人を身近に置いておけません」

「そ、そんな……」

伸郎の声が震えている。

「解任されたくないようね。うふふ」

美波はにやりとした。

「も、もちろんです」

「それなら私に絶対的な忠誠を誓いなさい。それが約束できるなら許してあげるわ」

「尽くします。絶対的に尽くします」伸郎は言った。頭を深く下げた。「岩間さん、神崎さん、なんとか言ってくれよ。私がいつ社長に敵対したというんだね。君たちは、いったいなにを社長に吹き込んだのだ」

「私たちはなにも申し上げておりません」

岩間が情けない表情で言った。

「そんなわけがないだろう。なぜならば、私は美波様を社長にしたいと考えていたんだ。頼む。なにか、言ってくれ。そうでないとどうしても社長の怒りを収めきれない」

伸郎は、美波に矛先を向けられないために岩間に食って掛かった。

「仲間割れするんじゃないわ、黒木専務。あなたの素行を不問に付す代わりに、私の味方になるというなら、冴子をなんとかして」

美波は伸郎に言った。

「どういうことですか?」

伸郎が訊いた。

「冴子の動きが気になるのよ。あの子を常務にしているけど、なにか仕事をしているわけじゃない。お父様の要望で、今の立場を与えているだけ。それなのにどうも最近、私に対抗しようと考えているみたい。そんな気がするの。よくない動きが情報として入ってくる。まさか、あなたが背後にいるんじゃないでしょうね」

「まさか」

「あの子、私とは幼い頃から気が合わないのよ。お父様と同じように冴子にも会社から退いてもらうつもりでいるの。冴子に退任を納得させてちょうだい。あなたにとってもいいでしょう?冴子が家庭に戻る方が」

美波は伸郎をじっと見つめた。

「冴子に関する不穏な情報?」伸郎は次郎を一瞥した。次郎は、表情を変えない。「冴子を辞めさせようというのですか」

「そうよ。やってくれるわね」

美波は薄笑いを浮かべた。

「どうしても?」

「ええ、どうしても。私が考える会社に冴子はいらないわ」

「冴子は納得しないでしょう。私には自信がない」

「でもやってくれなければあなたの忠誠心を疑うことになるわよ。それでもいいの？　あなたは冴子の夫だからこの会社で出世したわけよね。だから今まで勝手をしても見逃してもらえた。でもこれからは違うわ。私に忠誠を誓わなければ、この会社で生きていくことはできない。冴子か私か、あなた次第ね」

　美波は冷たく言い放った。

「黒木さん……」

　岩間が眉根を寄せた。岩間は、伸郎が冴子に社長にしろと迫られていることを知っている。伸郎の苦悩が手に取るようにわかるのだ。

「岩間さん、どうしましょうか？」

「美波さんが一枚も二枚も上手ですね。我々は、ここで結論を出しましょう」

　岩間の意見に、伸郎は力なく肩を落とした。

「ははは」美波が声に出して笑った。「冴子が怖いのね」

七

　絵理子たちは壮一がいる自宅に集まった。

　壮一は、姜愛華とワインを飲んでいた。

「どうしたんだね。たいそうなことだね。皆さん、お集まりになってどうされたのでしょうか？　この役立たずの老人になにか御用なのかね」

壮一は、ワイングラスを高く掲げて言った。

「あなたに唯一残った帽子さえも取り上げようと集まったんじゃないの」

愛華が笑いながら言った。

「お前は絵理子か。私には娘が三人もいたが、私の全てを奪ったのは上の二人の娘だった。絵理子だけは私からなにも奪いもせず、逆に私に奪われてしまった。なにもかもな。そんな私を詰問《きつもん》しにきたのか。私には、なにも残っていない。今や、もぬけの殻だ」

「毛糸の帽子が残っていますよ」

「そんなものを被ってどこに出かけようというのだ。愚かな娘たちの甘言に乗せられて、なにもかも失った憐れな老人であると、世間にお披露目して歩いているようなものではないか」

「お披露目すればいいのよ。老人はやがて若い者に、その地位も財産も全て奪われる。そうやって代替わりしていく。それが進歩だか、退歩だか、わからないけど、それが人生。永遠に意味なく繰り返される人生というもの」

「社長、なにもかも失われたわけではございません。私どもがお迎えに参りました」

鈴本が壮一に近づいた。

「おお、お前はだれだ？　私を迎えに来ただと？　地獄の使いか？」

「鈴本でございます。長年、社長にお仕えしてきました。お忘れでございますか？」

「忘れてはおらぬぞ。もはや私は社長でもない。何者でもない。権力の高みにあった者が、なにもかも失うと、これほどまでに身も心も弱まってしまうとは、経験するまでは気づかなかった。自分自身では老いが自分を追い越すほどの速さで近づいていることに気づかないのだ。こうやってなにもかも奪われ、失い、立ち止まって、ついに老いが自分を追い越して初めて老いたことに気づくのだ。憐れなものだ、人というのはな。自分のこと、自分の愚かさがわからないとは。お前は、私のことを社長と呼ぶが、お前も愚かさに気づかないのか。私はただの腑抜《ふぬ》けな老人であるぞ」

「お戯《たわむ》れはよしてください。私たちにとって社長はあなた一人なのです」

「甘い、甘い、蜜のような言葉に、酔いしれ、騙され、二人の娘になにもかも与えてしまった。美波は私の龍を殺してしまった。冴子は、私に今も寄り添っているような心地よい言葉を投げかけてくれるが、言葉だけで実際が伴っているわけではない。この牢獄《ろうごく》のような邸宅に顔を出すこともない。一度たりともな。もしも言葉に真実がこもっているなら、私の顔くらい見に来てもいいものを」

「そんなものよ。年を取ると、経験が知性になり、知性が経験になり、人は円熟、成熟するというけれど、そんなのは昔の聖人が考えた嘘。その聖人たちも、若い者たちに地位を奪われないためにそんな嘘を考えたの。自分の地位を失わないために。老人が成熟で若い者は未熟なんて、いったいだれが言い出したのだろう。そんなの嘘っぱちの嘘っぱち。老いていくというのは死が迎えに来ているということ。夜、眠っていてご覧。身体は固まり、強張り、まるで枯れ木のようじゃない？　老いるってことは枯れ木になるってこと。身も心も、ここも」愛華は頭を指さし、「枯れてしまう。どんな意見もどんな忠告も受け入れなくなる。それが老いるってこと。頭の中も身体も枯れてしまうこと。それをわかりなさい」と言い、壮一のグラスに赤ワインを注いだ。

「社長、あなたは上の二人のお嬢様の甘言に乗せられ、社長の席を追われました。しかし、ここにおられる絵理子様はあなたを変わらず慕われておられます。それだけでも十分な慰めではありませんか。今、私どもは、あなたにもう一度力を奮《ふる》っていただきたいとお迎えに参ったのです」

鈴本が絵理子を前に押し出した。

「おお、お前には悪いことをした。お前から全てを奪った。私のことをさぞや恨んでいることだろう」

「とんでもございません。恨んでいるなどということは全くございません。むしろお父様の復権をお助けしたいと、こうやって参ったのです」

絵理子は涙ぐんでいた。壮一の無聊《ぶりよう》をかこつ様子に衝撃を受けてしまったのだ。

社長を退き、会社の業務から外されてしまうと、これほどまでに老いが進んでしまうのか。あれほど力強く、雄々しかった姿は、みるも無残に老いによって蝕まれていたのだ。

「ははは」愛華が声に出して笑った。「復権ですって。また社長に返り咲くというの？　もう死がそこまで迫っているのに、今から、またジタバタするつもりなの？」

「愛華、なにを笑うんだ。私は、この前まで社長だったのだ。今でも気持ちは衰えていない。彼らがもう一度、私を社長にしようというなら、それに応えるべきではないのか」

「絵理子さんのそばにいるのは銀行員じゃないの」

愛華が桐谷を指さした。

「なに？　見かけない男がいると思ったが、銀行員かね」

壮一が言った。

「挨拶が遅れて申し訳ありません。ミズナミ銀行の投資銀行部門で責任者を務めております桐谷と申します」

桐谷が頭を下げた。

「おおっ、私を助ける助っ人《すけっと》というわけか」

壮一が笑みを浮かべた。

「なにが助っ人なものですか。銀行というのは、雨が降ったら傘を取り上げるのが常道の、血も涙もない機関。どうせ儲け話の匂いを嗅ぎつけ、美味い肉にありつこうと寄ってきたハイエナも同然」

愛華が赤ワインを飲み干す。かなり酔っている。

「愛華、その言い方はないぞ」

「悪うござんしたわね。でも私は真実の一面を言っただけ」

「私は、金に苦労した。事業を起こすにはまず金が必要だった。その時、私を助けてくれたのは銀行だった。ミズナミ銀行の前身の銀行だがね。その時の支店長の一言が今も心に残っている。私は、あなたに貸すんだ。あなたを見込んでのことだ。彼は、私を信用してくれた。私は、他人から信頼される喜びと恐ろしさを感じたものだ。それ以来、私は、彼の信頼に応えるために努力したものだ」

「その彼は、今？」

愛華が訊いた。

「ああ、何年も前に亡くなった」

「そうでしょうね。その人の死とともに銀行も、ただの金貸しに堕《だ》してしまったのよ」

愛華が言った。

「愛華さん、あなたの誤解を解きたいわ。桐谷さんは、そういう人じゃありません。こういう事態になる前から、ずっとずっと前から私を支えてくださっているのです」

絵理子は言った。

「ということは、絵理子さんのいい方なのね」

愛華が笑みを浮かべ、壮一に振り向いた。

「そんなわけではありません」

絵理子は頬を赤らめた。

「頬を赤らめるなんて、なんて純情なの」

「愛華、からかうんじゃない。絵理子、本当か？　その方と一緒になるのか？」

壮一が訊いた。顔がほころんでいる。

「そんな……」

絵理子の頬はますます赤らんだ。

「申し遅れました。こんなところで言うべきことかどうかはわかりませんが、私は、絵理子さんに妻になっていただきたいと思っております。真剣に考えております」

桐谷は壮一に頭を下げた。

「桐谷さん……」

絵理子の顔が、驚きと喜びとで複雑に歪んだ。

「絵理子はいいのか？」

壮一が訊いた。

「……はい」

絵理子が頷いた。

「めでたいことではありませんか」

鈴本が言った。

「絵理子様が公私ともに桐谷さんとタッグを組まれれば、これほど心強いことはありません」

太郎は嬉しさと諦めの交じった複雑な表情だった。

「絵理子さん、こんな大変な時にプロポーズしてしまって、すみません」

桐谷が絵理子に言った。

「桐谷さん、これからもよろしくお願いします」

絵理子が言った。

「絵理子、私は馬鹿な父親で、馬鹿な社長だった。お前になにも残してやれない。なにもかも失ってしまった。こんなめでたいことになるなら、お前に全てを委ねるのだった。申し訳ない」

「お父様、そんなことはありません。私はお父様に深く、深く感謝しております。私を助けて、もう一度、お力を貸してください。私たちは力を合わせて、宝田家具の魂を取り戻すことにしました」

「わかった。今や、宝田家具は、ただの空虚な会社になろうとしている。私が選んだ美波が、そんな会社にしてしまうとは、想像もしていなかった。私が愚かだったのだが、そんな愚かな私に力を貸せと言うのか。私に力が残っているなら、私はお前のためにもう一度意欲を取り戻そう」

壮一は言った。

「めでたい。めでたい。皆で赤いワインで乾杯しよう。この赤い色は血の色。皆の身体に流れる赤い血。それを飲み干せば、力が滾り、皆を取り巻く魔物たちも逃げ出すだろう。まして男と女の結びつきもあったとなれば、これほどのめでたいことはない。しかし、人生は死と隣り合わせ。ここが生の世界か、死の世界かも人は知らない。生と死は、回転ドア。くるりと反転すれば、たちまち死の世界。めでたさは、たちまち凶事に変わるのが人生の常。結局、残るのは、あの毛糸の帽子だけ」愛華がテーブルに置かれた帽子を指さす。「それでも人は踊り続ける。めでたき者、それは人という生き物」

「愛華、止めんか。皆の勢いに水を差すな」

壮一が眉根を寄せた。

「勢いに水を差すのが、一番必要なこと。嵐が近づくのに嵐を恐れない、地鳴りが来るのに地鳴りを恐れない。生き残るのは恐れない人間か？　恐れる人間か？　めでたさの中に溺れるな。心して進めよ。私は、ここで赤ワインを飲んで待っている」

愛華がグラスを高く掲げた。

「ありがとう。愛華さん、最高の旅立ちの言葉を」

絵理子の表情が和らいだ。

八

伸郎は覚悟を決め、冴子に向き合っていた。

冴子は、いつものようにデリバリーで注文したステーキとサラダ、スープをテーブルに並べていた。

「最高のお肉よ。あなたが私を社長にしてくれる前祝よ」

冴子は、胸と背中が大胆に割れた白のドレスを身にまとっていた。自宅のリビングで高級レストランにいるかのようにふるまっている。

「さあ、テーブルについてね。とっておきの赤ワインがあるの。それで乾杯しましょう」

冴子が、伸郎の前にグラスを置いた。

冴子が伸郎のグラスに赤ワインを注ぐ。

「乾杯しましょう」

冴子がグラスを持ち上げた。

伸郎は、グラスに手を触れたものの、それを持ち上げることができない。

「どうしたの？　あなた？　身体の具合でも悪いの？」

冴子が訊いた。

「いや……どこも悪くない」

伸郎はうつむき気味に言った。

「でも、ずいぶん、顔色が悪いわよ」

「冴子、聞いてくれるか？」

伸郎は、顔を上げ、険しい表情で冴子を見つめた。

「なに？　その真面目な顔は？　なにかあったの？　ははん、女でしょう。浮気相手ともめたのね。そんなことといいわよ。手切れ金を渡してさっさと決着つけなさい。私、気にしてないから」

冴子は、グラスに口をつけた。

「それはない。彼女とはきっぱりと別れた」

「じゃあ、なんなのよ。はっきりしなさい」

冴子が苛ついた。

「冴子、許してくれ」

伸郎がテーブルにつくほど頭を下げた。

「なによ！　いったいなによ！　はっきり言いなさい」

冴子が激しく言い募る。

「退任してくれないか。会社を辞めて、主婦に徹してくれ」

伸郎は頭を下げたまま、大声で言った。

冴子は、驚きで身体を強張らせている。グラスを手に持ったまま、全ての動きを止めてしまっている。

伸郎が顔を上げた。

冴子がテーブルにグラスを置いた。

「なにを言っているの。私の聞き間違いなのかしら」

「聞き間違いじゃない。冴子に取締役を退任して欲しい。美波社長の要望だ。冴子を説得しろと言われたんだ」

「美波お姉様に言われた？　私に会社を辞めろって？」

「そうなんだ。そうしないと私が首になる。背任で訴えると脅された」

伸郎は必死の形相になった。

「それであなたは私に辞めろって？　美波お姉様に脅されたって言うの？」

「そうだ。すまない」

伸郎が再び頭を下げた。

「ふざけんな！」

冴子は大声で叫び、グラスを手に取ると赤ワインを伸郎に勢いよくぶちまけた。

「な、なにをするんだ」

突然のことに伸郎は動揺し、椅子から落ちそうになった。頭からワインを被り、着ていたワイシャツが赤く染まった。

「馬鹿にしてるじゃないの。こんな屈辱がある？　なぜ私が辞めなければならないのよ」

冴子は、フォークを握り、高く上げると、勢いよく振り下ろした。フォークは、厚い肉にぐさりと突き刺さった。

冴子は、それを持ち上げ、ぐいっと伸郎に向かって差し出した。

「あなた、本気で言っているの。美波お姉様の犬になったのね」

「犬になんかなっていない」

伸郎は大きくかぶりを振った。

「私との約束はどうしたの？　私を社長にするためにファンドの協力を得るんでしょう？」

冴子の表情は険しさを増している。

「それが……」

「美波お姉様が、私と同じことを考えたってわけね」

冴子が、肉を刺したフォークを、力いっぱい振り上げた。肉がフォークから離れ、飛び出し、伸郎を襲った。伸郎は、肉を避けようと身を捩ったが、無駄だった。肉は、伸郎の顔にべったりと張り付いた。

「あちちっ」

焼き立ての肉は熱を失っていなかった。伸郎は、顔に張り付いた肉を摑むと、床に投げ捨てた。

「なにをするんだ」

肉汁が顔から滴り落ちている。伸郎は、それをシャツの袖で拭った。

「こっちのセリフよ。お姉様の犬に成り下がって！　あなたそれでも私の夫なの！」

冴子は、フォークを伸郎に向けた。

「私を選ぶの、それとも美波お姉様を選ぶの？　どっちなの」

フォークが伸郎の喉元に向けられている。

「危ないじゃないか。冷静になれ」

伸郎は、後退りする。

「どっち、どっち、どっちなの」

冴子の目は吊り上がり、唇は怒りに震えている。

「そんなことを言われても……。俺が首になってもいいのか。背任で訴えられてもいいのか」

「見損なったわ。あなたは私を捨てたのね」

冴子は、伸郎をフォークで突き刺そうとした。

「危ない。止せ、止すんだ」

伸郎は、冴子の腕を摑んだ。

「ええぃ！　あんたなんか殺してやる！」

冴子は、摑まれた腕を必死で振り回す。フォークの先が、伸郎の首を傷つけた。

「痛い！」

伸郎は、冴子を強く押した。冴子がフォークを握りしめたまま、後ろに倒れた。同時にゴンと鈍い音がした。

「うっ」

冴子は、うめき、その場にあおむけに倒れた。テーブルの角で頭を打ったのだ。

伸郎は、冴子に刺された首を手で押さえた。指の間から、血が流れ出ている。伸郎の掌が血で染まっていた。

「ちきしょう。血だ。まいったな」

伸郎は、恨めしそうな顔で倒れている冴子を見た。

「おい、起きろ。いつまで寝ているんだ。お前のせいでケガをしたじゃないか」

伸郎は、冴子に言った。

冴子は、あおむけに倒れたまま、返事をしない。

「冴子、起きろ」

伸郎は冴子に近づいた。冴子は反応しない。身体を揺する。冴子の白いドレスに伸郎の血が落ち、点々と赤く染める。

「冴子、冴子」

伸郎の表情が焦りに変わってきた。冴子は無反応だ。目を固く閉じている。

「た、大変だ。救急車！」

伸郎が叫んだ。

九

「お前、本気でＭＢＯをやるのか」

康太が言った。

二人は、リビングでくつろぎながらウイスキーを飲んでいた。

「本気よ」

美波は、ウイスキーを飲み干した。顔が赤らんでいる。かなり酔っている。

「それをやってなんになるんだ」

「私が自由に経営できる。お父様の経営から脱却するの」

「お前はどんな経営を目指しているんだ。お父さんの経営を否定することだけが、目的のように思えるが……」

「そんなことはない」

美波は、グラスにウイスキーを新たに注いだ。

「飲みすぎだよ」

「ほっといて」

美波はグラスを口に運んだ。

「疲れているんじゃないか」

康太は言った。

「大丈夫。とにかく私は、宝田家具をもっと大きくしたいの」

「大きくするだけが、経営ではないと思うが……」

「あなたはこのままの古臭い宝田家具でいいと思っているの？」

「古臭いかどうかは見方次第さ。百年家具なんて販売しているのはうちの会社くらいだ。僕は誇りを持っているし、唯一無二の会社だと思っている」

康太は、美波からグラスを取り上げた。

「なにするの？」

美波が怒った。

「もうそれ以上、飲むのは止めなさい」

「あなたはお父様を社長に戻したいの？」

「お前が社長になることに反対ではない。しかし、お父さんをこのまま失意の中に置いておくわけにはいかない。創業者や創業の精神を大事にしない会社は存続が難しくなると思っている」

「あなた、本音では私の方針に反対なのね。もし、私を裏切るようなことをすれば、許さないから」

美波は、康太を睨んだ。

「お父さんは、お前のことを愛しているのに、お前はその愛に気づかないんだ。不幸だな」

突然、美波の手が伸びたかと思うと、康太の左頬を打った。

「なにをするんだ」

康太が左頬を押さえ、困惑した表情で美波を見つめた。

「あなたは、黙って私に従っていればいいの」

美波が険しい表情で康太を見つめた。

「わかったと言いたいけど、言えなくなるかもしれない」

康太は冷静な口調で言った。

「勝手にしたらいい。あなたとはおしまいね。ＭＢＯを成功させたらあなたとは別れるわ」

美波は言った。

「それもいいかもしれないね。残念だけど……」

康太は、グラスに残っていたウイスキーを飲み干した。

第十章 さらなる悲劇、そして曙光《しょこう》

一

宝田家具社内に衝撃が走った。冴子が家庭内の事故で入院したのだ。

それだけではない。伸郎が、暴行や傷害の疑いで警察に逮捕されたのである。

美波は、すぐに弁護士を派遣し、伸郎の仮釈放に動いた。マスコミにこのことが知られると、スキャンダル記事になりかねない。警察に発表をしないようにと手を回した。

弁護士から電話で報告があった。警察から事情を聴いたところによると、伸郎には、冴子を傷つける意図はなかったということだ。

口論がエスカレートして、フォークを握って冴子が伸郎を襲った。それから逃れるために、冴子を両手で押したところ、後ろ側に倒れ、テーブルの角で強く頭を打ってしまった。

命には別状はない模様だが、頭部打撲により急性硬膜《こうまく》下《か》血腫《けっしゅ》を起こしており、緊急の手術となった。回復はするだろうが、後遺症が残る可能性がある。

警察は、現場の状況からＤＶを疑い、緊急逮捕に踏み切ったが、調べによると、日常的なＤＶはなく、今回が突発的な事態だったということらしい。

「それじゃあ、釈放されるのね」

美波は、弁護士に訊いた。

「そのようです」

弁護士は冷静に答え、美波は礼を伝えて電話を切った。

「よかったわ。大事件にならなくて。私の社長就任がスキャンダルで汚されたらと思うと、ゾッとするから。冴子の見舞いに行きます。冬柴さん、準備してください」

美波は、次郎に言った。

「わかりました。でも社長、これでよかったではないですか」

次郎は意味ありげな含み笑いを浮かべた。

「それはどういう意味？」

美波が不審そうに首を傾げた。

「冴子様を排除できました。いずれこの責任をとっていただき黒木専務も排除することになるでしょう。これで残るは、絵理子様だけです。図らずも社長の一強になりつつあります」

次郎の言葉に、美波はしばらくなんの反応もしない。

「そうね。これで私に反対、ないしは敵対する者はいなくなる。私は運がいいってことね。冬柴、あなたはかなりの悪《ワル》だわね」

「それはお褒めの言葉と受け止めてよろしいのでしょうか」

「そうよ」

「ありがとうございます。私としては、非常に不謹慎ではございます。冴子様の事故を喜ぶようで……。しかし事実は事実。天は社長の味方です」

次郎は、口角を引き上げた。

「龍を消し去った私だけど、あの龍は天の守り神ではなかったってことね。私の方が強い」美波も笑みを浮かべた。「冬柴、あなたの功績は大だと認めるわ。あなたが会社の隅々にまで張り巡らせた情報網からもたらされる情報の一つ一つが私を支えてくれる。もうひと働き頼むわよ。後は、絵理子ね……」

「わかりました」次郎は、膝を折り、低頭すると「ではお車の用意ができたようでございますので、病院へ参りましょう」と美波に告げた。

「行きましょう。病院のベッドに眠る冴子に『ゆっくりお休み。常務の肩書も取ってあげるからね』と言えば、目を開けるかしらね」

美波は、さも愉快そうに笑った。

二

絵理子は、壮一と二人でリビングのテーブルで向かい合っていた。

絵理子も壮一も、宝田家具には行かなくなっていた。まだ取締役ではあるが、実際の仕事を美波によって奪われていたからである。

絵理子は、コーヒーだが、壮一は赤ワインを飲んでいた。昼間からアルコールを飲むことに絵理子は賛成していないが、壮一の無聊を慰めるためには仕方がないのかと諦めていた。しかし、飲みすぎないようにだけは注意をしていた。

「なあ、絵理子」

壮一が、酔いのためか、眠そうな目を絵理子に向けた。

「はい、お父様」

「私はどこで間違ったのか」

壮一の表情は苦痛を帯びていた。

「お父様は、間違っておられません」

「間違っていないと言うのか。この年になって娘たちに裏切られ、なにもかも失ってしまった。今や、寒空の下に裸で放り出されたような思いだ」

「私がいます。私がお父様を支えます」

絵理子はきっぱりと言った。

「そうか……。お前は、私の傍にいてくれるのだな。私に唯一残ったのは、お前だけだ……。お前は、もう一度、私を社長にすると言ってくれるが、もはや私にそのような力が残っているとは思えない。徒労に終わるのではないのか」

壮一は、苦渋の表情で赤ワインを飲み干した。再びグラスに赤ワインを注ぎ入れようとして、ワインボトルを摑んだ。

「お父様、もうお酒は止めましょう」

絵理子がワインボトルを取り上げた。

「飲まないとやり切れんのだ。ここまで生きてきて、私の心の中は空っぽになった。それを埋めるのは酒しかない。こんな空しい人生をだれが想像しただろうか。戦い、戦い、戦い抜いてきた。そしてあらゆる敵を蹴散らしてきた。ところがそんな戦いになんの意味があったのだろうかと思う結末が待っていた。人生は、空《くう》と言うが、まさにその通りだ。結局は、なにもないのだ。飲ませてくれ。あと一杯だけでも……。そうすればこの空虚な心の中を吹き荒れる嵐を鎮めることができるだろう」

壮一は、切実に言った。絵理子は、ワインボトルを抱きしめ、迷っていた。壮一にワインをもう一杯だけでも飲ませてあげたい。それしか楽しみのない人から、楽しみを取り上げる権利が自分にあるのか……。

その時、インターホンが鳴った。鈴本、桐谷、太郎が来る予定になっている。彼らが到着したのだろうか。

絵理子は、インターホンのモニターを見た。そこに映っていたのは太郎だった。その表情はかなり深刻である。

「今、開けますから」

絵理子は、ドアロックを解除した。

「だれか来たのか？」

壮一が訊いた。

「太郎さんです」

絵理子が答えた。

「冬柴の息子か。あいつはいい。いまだに私に忠誠を誓ってくれている。なにもかもなくした愚かな私に……」

「お父様にはたくさんのお味方がおられます。心を強くなさってください」

絵理子が言った。

「大変です」

ドアが開き、太郎は顔を出すや否や荒い息とともに声を上げた。

「太郎さん、どうしたのですか？　どうぞ上がってください」

絵理子は太郎を落ち着かせながらリビングに案内した。

「おお、太郎。私の忠実な部下よ。なにをそんなに慌てているのだ。滅びが近いのか」

壮一が、空のワイングラスを掲げて言った。

「社長にお聞かせしていいものかどうか」

太郎は、壮一の前に立ちすくんでいる。

「私は、社長ではないぞ。構わん。どんな話でもするがいい。今や、私はなにも恐れない。失うものなどないからだ。お前の口から放たれるのはどうせ不幸であろう。その慌てふためいた顔を見ればわかるというものだ。今の私には不幸の話の方がいい。空虚になった心にあいまいな幸福、まがい物の蜂蜜《はちみつ》のような甘い話より、不幸の話で満たされる方が、どれだけ落ち着くかわからない」

「お戯れをおっしゃらないでください。私が今から報告する不幸は、社長の心をひどく痛めるでしょう」

太郎は眉根を寄せ、苦悶《くもん》の表情となった。

「太郎さん、話してください」

絵理子が言った。

「申し上げます。冴子様がケガをなさり、緊急手術をお受けになりました。命はとりとめておられますが、予断を許さないようです」

太郎は、覚悟を決めたように確たる口調で、病院の名前なども告げた。

「なんですって！」

絵理子が目を瞠った。

「冴子が手術だと！」

壮一が声を張り上げた。

「昨夜のことで、まだこちらにご連絡が来ていないと思い、参上いたしました」

「どういうことなのか詳しく教えてください」

「はい。昨夜、黒木専務と冴子様とが口論となり、黒木専務が冴子様の身体を強く押されました。バランスを崩され、冴子様はテーブルで頭を強く打たれ、気を失われたのです。病院に運ばれ、緊急手術となりました。急性硬膜下血腫だということです。黒木専務は警察に逮捕されました」

「まあ、なんということでしょう！」

絵理子は、両手で口を覆った。

壮一が訊いた。

「口論の原因は？」

「それが……」

太郎は口ごもり、目を伏せた。

「聞かせてくれ」

壮一は険しい表情で太郎を見つめた。

三

病院の集中治療室に眠っている冴子を、壮一と絵理子は窓越しに見つめていた。

医者の説明によると、手術はうまくいったとのことで、多少、後遺症が残る可能性はあるが、日常生活に支障がない程度までは回復するだろうということだ。

壮一ががっくりと肩を落としている。絵理子がその肩を優しく抱いている。

「お父様、あちらへ行きましょう。皆さんがお待ちですから」

「そうだな。ここから見ていても悲しみが募るだけだ。冬柴の話が事実なら、美波はなんということをしたのだ。許せない。悪魔に魂を売り払ったとしか思えない」

太郎から聞いたところによると、美波が伸郎に、冴子に取締役から降りるように説得することを命じたらしい。それに冴子が激高した挙句《あげく》の事故だったようだ。

伸郎は、警察に逮捕はされたが日常的なＤＶではないことがわかり、すでに釈放されたようだ。この場に伸郎は来ていない。釈放が決定しても、まだ警察に留め置かれているのかもしれない。

絵理子は、壮一の肩を抱きながら待合室に入った。

そこには鈴本、太郎、桐谷そして弥吉がいた。

「社長……」

弥吉が壮一に両手を差し出し、抱えるようにしてソファに座らせた。

「弥吉か……。お前はまだ私のことを社長と言っているのか。もうただの男なのに……」

壮一はソファに座りながら、弱々しい笑みを浮かべた。

「私にとって社長は、壮一様だけです。この度はとんだことになりましたなぁ」

弥吉は表情を曇らせた。

「こんなことになったのは美波様が社長になったからです」

鈴本が怒りを抑えつつ、苦渋に満ちた表情で言った。

「その通りです。美波社長では宝田家具は崩壊します。なんとかしないと……」

太郎が苛立った声で言った。

「次郎に頼めば、美波様を説得して百年家具の安売りなどという愚挙を止めることができるんじゃないのかのぅ？」

弥吉は、すがるような目で太郎を見つめた。

太郎は、首を振り「そんなことをしても無駄だな。あいつは完全に美波様の言うままだ。むしろあいつが美波様を焚きつけているようだ」と吐き捨てるように言った。

「そんなことはないだろう。お前は、兄として弟をよき方向に導く気はないのか」

弥吉が叱った。

「そうしたいのはやまやまだけど、あいつは私のことを嫌っている。無理だね。お父さん」

「ああ、なんということだ。社長のお嬢様たちばかりでなく、我が家の兄弟も仲たがいとは……。いったい私や社長がなにをしたというのだ。すでに墓の中に足を半歩いれるばかりの年となり、このような悲しみに襲われるとはなぁ」

弥吉は両手で顔を覆った。

「お父様、この間のご相談ですが、よろしいですね」

絵理子が強い口調で言った。

「私が社長に返り咲くことか？」

壮一が訊いた。

「はい」

絵理子は壮一を見つめた。

壮一は、首を傾げ、眉間の皺を深くし、唇を引き締めた。

「どうされましたか？　今のままでは宝田家具は破滅します」

太郎が必死の思いで言った。

「私たちで壮一様をお支えします」

鈴本が言った。

「社長、やり直しましょう。私、冬柴弥吉は命に代えても次郎をこちらの陣営に引き込んで、美波様に心変わりしていただく試みをやってみます」

弥吉は、父としてまだ太郎と次郎の関係改善を諦めきれていないのだ。

「私は、私は、まだまだ死なんぞ」壮一は、天を仰いだ。「私は、美波を選んだ。今となっては大いなる間違いだった。あれほどの無慈悲な娘だとは思わなかった。このままだと家族も、会社も壊すだろう。私は、このまま死ぬわけにはいかん。しかし、間違ったのは私だ。その私が、社長に返り咲くのはさらなる間違いを招くもとになるのではないか。龍の守りもなくなった。私は、もはやそれほどの力が残っているとは思われない」

「お父様！　なんという弱気な」

絵理子が言った。

「絵理子、お前が社長になればいい。お前は私とともに暮らし、私の考えを一番理解してくれていた。そのことをすっかり忘れ、私は一時の甘言に心を奪われてしまった。その結果、お前には辛い思いをさせてしまった。宝田家具からの追放同然の憂き目に遭わせてしまった。悪かった。その埋め合わせをさせてくれ。私は、お前の後ろ盾になろう」

壮一は、絵理子を見つめて、しっかりした口調で言った。

「私もそれがいいと考えます」桐谷が言葉を挟んだ。「まだ壮一さんと絵理子さんは取締役です。取締役会の開催を要求して、その場で美波さんの社長解任を提案しましょう。御社の定款《ていかん》では、代表取締役でなくとも取締役会を招集可能です。取締役は、全部で九名です。壮一さん、絵理子さん、美波さん、冴子さん、広瀬副社長、黒木専務、そして社外が三名の九名ですが、そのうち五名の出席で成立します。解任決議は出席取締役の過半数です」

「賛成は得られるでしょうか？」

絵理子が訊いた。

「それはわかりません。根回しする必要があるでしょう」

桐谷が言った。

「冴子様は病床《びょうしょう》に伏されています。出席は不可能でしょう。すると全員出席したとして八名となります。美波様は、ご自分の解任議案ですから議決権はありません。そうなると七名です。四名の賛成で解任が決まります。そのうち壮一様、絵理子様は解任に賛成ですから、あと二人……」

鈴本が言った。冷静な口調だ。

「社外取締役の三人は賛成に回りませんか？　壮一様が招聘《しょうへい》された方ですね」

太郎が言った。

「わからんなぁ」壮一は渋面を作った。

「彼らは、この決議に批判的かもしれん。私が招聘したと言っても、弁護士と公認会計士、そして取引先商社の元役員。それぞれ中立を保つかもしれん。今後に禍根《かこん》を残さないために」

「それは……」

太郎が嘆いた。

「それはないと言いたいのだろうが、そんなものだ。社外取締役がしっかりしているとすれば、私が美波を選んだ時に、なにか言ってくれてもいいではないか。彼らは、決して争いごとに飛び込もうとはしない」

「では、もし棄権《きけん》されたら広瀬副社長、黒木専務の賛成を得ねばなりませんねぇ。広瀬副社長は、美波さんの夫ですし、黒木専務は、冴子さんがあんな風になられましたが、美波さんに反旗を翻《ひるがえ》されるかどうか……」

桐谷が眉根を寄せた。

「七名の議決権者の内、確実に賛成なのは二名ということですか」

絵理子が言った。

「可能性に賭けてみましょう。社外取締役の方も賛成に回ってくださるかもしれません。根回ししますから」

太郎が強い口調で言った。

「もしそれに失敗したら、次はどのような手段がありますか？」

絵理子が訊いた。

「臨時株主総会の開催を要求しましょう。三％の持ち株があれば請求可能です。絵理子さんは二％ですが、壮一様は一八％を保有されています。それだけあれば、株主総会で美波さんの社長退陣、および取締役解任を請求できます」

「私が臨時株主総会を請求するのか」

壮一が深刻な表情で言った。

「絵理子さんとお二人で」

桐谷が言った。

「お父様、私は、お父様と宝田家具を救うために決心をいたしました。どんなことがあっても大丈夫です」

「ぜひ、やりましょう」

桐谷が念を押した。

「私も賛成です。でも美波様は、それに対してどのように対応されるでしょうか？」

太郎が言った。

「当然、反対されるでしょうから、議決権行使のための委任状争奪戦、プロキシーファイトになるでしょう」

桐谷が言った。

「血で血を洗う争い。それも身内でか……」

壮一が、両手で顔を覆った。

「お父様……。お可哀想。私たちが至らぬばかりに、申し訳ありません」

絵理子が頭を下げた。

「お前が謝る必要はない。全ては私が悪いのだ。戦いが始まるが、私に気力が戻るだろうか。美波が心を変えてくれたらいいのだが」

壮一の目に光るものがあった。

四

「おやおや、たいそうな方々がお集まりですこと。いったい、なんの相談をされているのでしょう?」

美波が待合室に顔を出した。傍には次郎がいる。

突然の美波の声に、絵理子たちは凍り付いたようになった。

「お姉様……」

絵理子が思わず声を発した。

「お父様も、絵理子も……、いったいなんの相談かしら」

「冴子お姉様のお見舞いです」

絵理子が答えた。

「私も冴子を見舞ってきました。可哀想にね。あんなに化粧に気を遣っていたのにすっぴんでベッドに横たわるなんてね」

美波は、冷たい笑みを浮かべた。

「なにがおかしい。全てはお前が招いた禍《わざわい》だろう」

壮一が美波に詰め寄った。

美波は、不潔なものでも見るように目を背け、「お父様、戯れをおっしゃらないでください。私になんの責任があるというのですか？」と口を歪めた。

「お前が、冴子を取締役から外そうとしたことが事故の原因だというじゃないか。なぜ、そんなことをしたのだ」

「お父様、冴子がなにか会社の役に立ちましたか？　贅沢をし、遊んでばかりいたではないですか？　今は、厳しい時代です。宝田家具も変わらねばなりません。そんな時、役立たずの役員は不要です。いてもらっては困るのです」

「いやはや、なんという言葉だ。氷以上に冷たい。お前は、私や絵理子も不要だと言うのか」

「ほほほほ……。そんなことを申し上げたことはございません。もし、私の方針を了承していただけるなら会長に就任していただいても結構でございますが……」

「百年家具を捨てる方針に従えと言うのか」

壮一は、今にも摑みかからんばかりになった。

「冬柴、帰りますよ。このままいたらお父様の怒りが嵩《こう》じるばかりですから」

美波は冬柴に言った。

「はい」

次郎は返事をしながら鋭い視線で太郎を見つめた。

「帰れ、帰れ、帰るんだ。お前がいると気が滅入《めい》る。自分の娘に向かって疫病神《やくびょうがみ》と言わざるを得ないとは、地獄じゃ。地獄じゃ」

壮一は、両手で顔を覆い、身体を震わせた。

「冴子の入院費用は、会社で負担しますので、ご心配なく」

美波は踵を返すと、待合室から出ていった。

「私たちの相談を聞かれてしまいましたか」

桐谷が心配そうに顔を曇らせた。

「大丈夫じゃないでしょうか。でも情報は漏れるでしょうから、事を急ぎましょう」

太郎が言った。

「絵理子様、お覚悟を固めてくださいませ」

鈴本が言った。

絵理子は小さく頷いたが、表情は、決して晴れやかではない。

「絵理子、お前には苦労をかけるのぅ」

壮一がさみしげに呟いた。

五

美波を乗せた車のドアを運転手が閉めた。美波の隣には、次郎が座っている。

「冬柴」

美波が正面を向いたまま言った。

「はい」

次郎が答える。

「絵理子たちはなにを相談していたのかしらね」

「どうせひかれ者の小唄のような相談事でしょう。なにもできませんよ、彼らには」

次郎は言った。

「見知らぬ男性がいたけれど。あれはだれか知っているの？」

美波の問いに、次郎は記憶を呼び戻すように上目遣い《うわめづか》いに目を動かした。

「あぁ、あの男ですか？　イケメンの男ですね」

「そうよ」

「あれは……確か、絵理子様のお知り合いです」

「恋人なの？」

「さあ、そこまでは存じ上げませんが、秘書室に顔を出されたことがあります」

「何者なの？」

「ミズナミ銀行の投資部門の幹部とか？」

次郎は美波の顔を、反応をうかがうように見た。

「銀行員、か……」

美波は呟いた。

「気になりますか？」

「なるわ……。彼らの動きを探ってくれる？　私の方も早めに手を打たなきゃならないようね」

「わかりました。すぐに探ります」

次郎は、彼らとともに父親の弥吉がいたのを思い出した。弥吉から彼らの動きを探り出すのは容易だろう。まだ弥吉は、自分と兄の太郎との仲たがいを修復する余地があると考えているようだから……。

六

弥吉は、病院から一目散に宝田家具の本社に向かい、迷わず秘書室のドアを叩いた。次郎に会うためだ。弥吉は、心を痛めていた。なんとか次郎を説得し、美波と壮一との関係を改善させたいと願っていた。いてもたってもいられないというのが弥吉の本音である。

病院での美波様の態度はひどい。壮一様に対して残酷そのものではないか。あのような方に社員をまとめ、会社を未来に運ぶ力はない。次郎は、それがわからないのか……。

「次郎、冬柴次郎はいるか？」

息を切らせて、室内に向かって声を上げた。

「どうしたのですか？」

室内にいた女性が顔を上げた。

「おお、あなたはあの時の次郎のフィアンセの方か？」

「はい、水野梨乃と申します」

「次郎はいるかね。会いたいのだ。もう病院から戻っていると思うのだが……」

弥吉は、焦った様子で言った。

「戻ってきて、今、社長と打ち合わせをしています。もうすぐこちらに来ると思います。応接室で待たれますか？」

梨乃は言った。

「ああ、そうする。待たせてもらおうか」

弥吉は、梨乃に案内されて応接室に入った。すぐに梨乃が茶を運んできた。弥吉は、その茶を口に運んだ。

「いい茶だ。梨乃さん、あなたは茶を淹れるのが上手いね」

弥吉は、ずずずっと音を立てて茶を飲んだ。

「ありがとうございます。こんなお茶でよければ、いつでもお淹れいたします。お父様……」

梨乃は笑みを浮かべた。

「あなたは本当に次郎の嫁になってくれるのかね」

「はい、そのつもりです」

「そうか……。ありがとう。しかし、次郎は変わってしまった。兄の太郎とどうも上手く行かん。それが悩みの種なんじゃ」

弥吉は、梨乃を悲しげに見つめた。

「そのうち仲直りされますよ」

梨乃は優しく言った。

「そうであればいいのだが……。次郎は、私の不始末でできた子でなぁ。太郎と分け隔てなく育てたつもりだったのだが、僻《ひが》みっぽくなってしまった」

「次郎さんには次郎さんのお考えがあるのでしょうね」梨乃は言い、秘書室の入口ドアの方を振り向き「戻って来られたようですね」と言った。

「戻ってきたか。ここにすぐ呼んでくれ。大事な話がある」

弥吉は顔を引きつらせるように強い口調で言った。

「では、すぐに」

梨乃は応接室から出ていった。

「次郎を説得しなければならん。このままだと壮一様と美波様との間で本当の戦争になってしまう」

弥吉は、喉の渇きを覚え、残っていた茶を飲み干した。

応接室のドアが開いた。

「父さん、なに、大事な話って」

次郎が軽い口調で言い、笑みを浮かべた。

「おお、次郎、大変なことになった。ここに座れ」

弥吉は自分の前のソファを指さした。

七

「絵理子が私に歯向かうつもりなのね」

美波は、社長室を歩きながら、目を吊り上げた。

「そのようです。父から聞きました。間違いはありません」

次郎は言った。

次郎は、つい先ほど、弥吉と会い、その口から絵理子が美波を解任するために臨時取締役会の開催を要求すると聞いたのだ。

弥吉は、美波と絵理子の対立が深まれば壮一がどれだけ心を痛めることかと、美波が絵理子や壮一と和解するように説得して欲しいと必死で頼んだのだ。

次郎は、必ずなんとかすると弥吉に約束した。

弥吉は太郎との関係も改善せよと言った。次郎は美波と絵理子が和解すれば、必然的に太郎との関係も修復できるだろうという、希望的観測を伝えた。

弥吉は、まだなにか言いたげだったが、とにかく頼んだよ、これ以上悲しみを見たくない、静かに墓に入りたいと言いつつ、帰っていった。

次郎は、弥吉の背中を見て、「老いたなぁ。父さん、悪いけど、俺は、兄の太郎を叩きのめす……」と聞こえないように呟いた。

「開きましょう。すぐにね。戦うのよ」

美波は攻撃的に言った。

「広瀬副社長と黒木専務が来られました」

次郎が言った。

「どうしたんだ。なにかあったのか？」

康太が言った。

「この度は、お世話をおかけしました」

伸郎が力なく頭を下げた。

「伸郎さん、釈放されてよかったわね」

美波がさりげなく伸郎の肩に触れた。

「ご迷惑をおかけしました……」

「ご迷惑だなんて……。あなたこそ災難だったわね。冴子の手術は成功したようだから、すぐによくなって顔を見せるわ」

「そうであればいいのですが」

伸郎は、椅子に腰を落とした。

「お二人がそろったところで、始めましょうか」

美波が言った。

「いったいなにかね。急に呼び出したりして」

康太が言った。

「絵理子が私を解任しようとしているの」

美波は勢い込んだ。

「なんだって」

康太が驚きの声を上げた。伸郎は黙って顔を上げた。

「臨時取締役会を招集して、私の社長解任を提案する考えなの。もうすぐにでも開催要求が来るでしょう。私は受けて立つわよ。今、取締役は九人。私に関する議案だから、私には議決権がない。八人ね。最悪同数で決着つかずだけど、冴子は出席できないから、七人。四人が解任議案を否決してくれれば絵理子たちの企みは失敗する」

「四人か……」

康太が、自信なさそうに言う。

「あなた方お二人は、当然私の解任に反対よね」

美波が身体ごと康太と伸郎に迫った。

康太は言い、伸郎に振り向いた。

「ああ、反対だ」

「ええ」

伸郎が頷いた。

「これで二票。絵理子とお父様で、あちらも二票。あとは社外取締役の意向次第」

美波がほくそ笑んだ。

「社外の皆さんはどのような反応をするかな。お父さんが選んだ人たちだけど」

康太が眉根を寄せた。

「もう手を打ってあるわ。彼らはお飾りよ。安定した報酬さえもらえれば、なにも言わない、なにもしない。棄権に回ることになる。言い換えれば中立無責任ってとこね」

美波が言った。

「すでに話をつけたのか？」

康太が驚いた。

「ええ、お三方とも了承してくださったわ。これで提案はお流れ。出席取締役の過半数を占めなければならないから。提案が流れた以上、私は社長のまま。それで臨時取締役会の開催を決めて、ＭＢＯの提案と絵理子の取締役解任を株主総会の議案にする。新たな取締役は、ここにいる冬柴次郎よ」

　美波は次郎を指さした。

　次郎は、驚きもせず、何事もなかったかのように頭を下げた。

「こしゃくな絵理子をこれで叩き出すの。せいせいするわ。冴子もいなくなったし、これで宝田家具は私のもの。私が自由に会社を変えて見せるわ。ＭＢＯは、私のクーデターよ。絶対に成功させるから、協力してね」

　美波が笑みを浮かべて言った。

　伸郎が、息を呑み、暗い視線を美波に送った。

「君の思い通りにやったらいい」

　康太が言った。

「ＭＢＯは、岩間と神崎の提案ですね。彼らは、以前からＭＢＯをやりたがっていましたから」

　伸郎が訊いた。

「伸郎さんにいい方たちをご紹介いただいたわ。あの方たち、有能ね」

「有能ですが……しかし」

「しかし、なんなの？」

「自分たちが儲かることしか考えていません」

　伸郎は力なく言った。

「ははは」美波は笑った。「当然のことよ。だれも他人のことなんか考えていない。そんな甘いことを考えていたら寝首をかかれてしまうだけだもの」

「そうですね……」

伸郎は沈んだ声で言った。

八

美波は、会議室に並んだ取締役たちをじろりと眺めまわした。表情には、ゆとりがあり、かすかに口角を引き上げ、笑みさえ浮かべている。

「本日は宝田絵理子取締役から取締役会の招集があり、臨時で開催いたします。議題は、私の解任だと聞いております」美波は強い口調で言い、険しい視線で絵理子を見つめた。「私は、当事者でありますので議長を離れます。宝田絵理子取締役に議長を交代させていただきます」

絵理子は、美波の言葉を聞いた瞬間、信じられないという驚きの表情で美波を見つめた。

取締役会の招集はしたが、議案は秘密にしてあった。会社法上も議案の提示を必要とされていないからである。

突然の招集に、美波が身構えることは想像に難くないが、議案を正確に把握しているとは想像をしていなかった。

「では、絵理子、お願いね」

美波は余裕の笑みを浮かべると、テーブル正面の席から離れ、左脇の席に座った。

予想外の展開に、絵理子は驚きと不安で手も足も細かく震えていた。どうして情報が漏れたのか。いったいだれが美波に、社長解任案の情報を伝えたのか。絵理子は、頭が真っ白になりそうだった。

両手でテーブルを押して身体を持ち上げるように立ち上がった。身体が重い。表情の強張りが感じられる。

絵理子は、うつむき気味で一歩一歩確かめるように歩き、テーブルの中央に立った。そして顔を上げ、取締役たちを見渡すと、ゆっくりと一礼した。

「私が広瀬美波社長に代わり議長を務めさせていただきます。議案は、広瀬美波氏の社長解任です。提案理由は、第一に宝田家具の創業理念である百年家具をなくそうとされていることです。創業理念を喪失させては、我が社の存在意義はありません。第二に恣意的《しいてき》な人事により社内に混乱と動揺を引き起こしていることです。このことによりここ数か月の実績は、今までになく低迷しております。以上の理由により広瀬美波氏は社長にふさわしいとは考えられません。皆様、ご審議をお願いいします」

絵理子は、用意した議案の提案理由をゆっくりと読み上げた。

その間、美波は絵理子を威圧するかのように見つめていた。

取締役会会議室は、重苦しい沈黙が支配していた。深海の重圧に押しつぶされそうになっているかのように取締役たちは、うつむいたままだ。

「皆様、この議案についてなにか意見はございますでしょうか？」

絵理子は質問した。

沈黙が続いている。

「なにもないようですので採決をとらせていただきます。挙手でお願いします」

「挙手は無意味じゃないの」

美波が唐突に発言した。

「どうしてですか?」

絵理子が訊いた。

「だってね、私の社長解任に賛成するのは、絵理子、あなたとお父様の二人だけよ。康太も伸郎さんも反対」

「社外の方がおられます」

「あなたがどれだけ根回ししたかは知らないけど、お三方とも棄権されるわ。ねえ、皆さん?」

美波は社外取締役に呼びかけた。

「ええ、まあ。そうですな。皆さん、いかがですか?」

取引先の元役員である社外取締役が頷きながら、左右に座る弁護士と公認会計士の社外取締役に同意を求めた。

「こういう問題は判断しかねます。棄権ですね」

公認会計士の社外取締役が言った。

「私も……皆さんがそうなら」

弁護士の社外取締役が眉根を寄せ、頷いた。

「ほらね。意味ないのよ。過半数の賛成にならないから議案は否決、というよりお流れね。愚かね」美波は怒りを隠さず、立ち上がり、絵理子を指さした。「私を解任しようなんて反会社的行動よ。許せないわ」

「反会社的行動ではありません」

絵理子は強く、しかし精一杯の反論をした。美波に、こんなに強く言うのは、幼い頃から考えても初めてのことだ。

「絵理子、あなたはお父様を」美波は、じっと押し黙ったままの壮一に振り向いて「お父様をたぶらかし、きちんとした手続きを経て決まった経営体制を覆《くつがえ》そうとしている。それを反会社的と言わずして、なんと言うの」と絵理子を激しくののしった。

「なんというひどいことを！　私はお父様をたぶらかすなどということはしていません。お父様も百年家具を終了させることについては非常に心を痛めておられます」

絵理子はこの場から逃げ出したい気持ちになったが、歯を食いしばって踏みとどまった。

それにしても社外取締役たちが全員棄権とはいったいどういうことなのだろうか。

絵理子は、社外取締役に議案については話さなかったが、美波の社長としての行動、特に百年家具の終了についての意見を訊いた。彼らは、全員が口をそろえて「あれは絶対に間違いである」と断言した。それなのに……。

「いつまでも昔にしがみついていたら時代遅れになるのよ。それがどうしてわからないの。変化に対応してこそ、発展があるの」

美波は強く言った。

「ちょっと待って欲しい」

伸郎が立ち上がった。美波を睨むように見つめている。その目が赤く血走っている。だれの目にも尋常ではない様子がうかがえる。

「どうしたの？　黒木専務」

美波が怪訝そうな顔で訊いた。

「冴子が死んだ……」

伸郎が呟いた。

一瞬、会議室は、凍り付いたような沈黙となった。

「えっ、今、なんて……」

美波が目を瞠って訊き返した。

「冴子が死んだんですよ。昨晩、急に容態が悪化して、今、病院から連絡がありました」

伸郎は携帯電話を取り出した。メールが入ったのだろう。

「それは大変。ここはもういいからすぐに病院へ」

美波が深刻な顔で言った。

「あなたの思い通りじゃないですか」

伸郎は、涙だろうか、目を赤くして美波を見つめた。

「なにを言っているの。早く、病院へ」

美波がわずかに動揺した。

「あなたは冴子を追い詰めた。冴子を死に至らしめたのはあなただ。私の欲望を刺激してね。まさかこんなにまで上手くいくとは思わなかったでしょう。あなたは先日、冴子もいなくなった、絵理子さんを潰せば、会社は私のものだと言いましたね。あなたにとって冴子の事故は、僥倖《ぎょうこう》だったんですね」

「なにを馬鹿な……」

「馬鹿は私だ。冴子は、わがままで贅沢で仕事や家庭より遊び優先だった。なによりも楽しいことが好きで……。私は彼女に翻弄されつづけてきたが、それでも愛していた。一度は、本気で、彼女を社長にしてやりたいと思ったこともある。冴子はね」伸郎は美波を指さした。「あなたを恐れていた。心底ね。あなたが社長になれば潰されると言って、私も潰されると。利用されるだけ利用されて潰されると……。だから冴子は自分を社長にしろと私に頼んだんだ。あなたを恐れるあまりに」

「なにを言っているの？」

「あなたは恐ろしい人だ。私に欲望があるのを見抜き、冴子に取締役を退任するように説得させた。私がそれを口にすると、冴子は逆上したんだ。それで今回の事故になった。あなたは冴子が逆上するのを、そしてなんらかのトラブルを引き起こすことを予測していたんだ。そうに違いない。邪魔な冴子を排除するために……」

「もう黙りなさい。早く病院に行きなさい」

美波は憤りをぶつけた。

「絵理子さん、採決をとってください。この人」伸郎は美波を指さし「この人を社長にしておいては宝田家具は破滅だ。社長解任の議案の採決をとってください。私は解任に賛成する。これで壮一様と絵理子さんと私の三人だ。社外取締役の皆さん。なぜ洞ヶ峠《ほらがとうげ》を決め込んでいるのですか。美波社長になにを言われたのですか。甘い汁を吸わせるとでも、それともあなた方のスキャンダルでも握られましたか。解任に賛成する勇気はないのですか。宝田家具が、今後とも正常な会社として運営できるか否かの瀬戸際です。こんな時のために社外取締役は存在しているのではないですか」

伸郎の必死の発言に、社外取締役たちは恐る恐る顔を見合わせた。

「絵理子さん、さあ、迷わず採決を！」

伸郎が叫んだ。

「では広瀬美波氏の社長解任に賛成の方、挙手をお願いします」

絵理子は一気に言葉を発した。

壮一、絵理子、伸郎、そして社外取締役の三人が手を挙げた。

「出席取締役の過半数の賛成を得て、広瀬美波氏の社長解任が議決されました。私と宝田壮一氏が代表権を持つことにもご異議ないものといたします」

絵理子が強い口調で言った。

「こんなことがあるものですか！　覚えていなさい」

美波が、顔を引きつらせ、悲痛な声を上げた。席を立ち、会議室から逃げるようにして出て行った。ドアが閉まる激しい音が、会議室に響く。

「冴子が死んだのか」壮一が声を張り上げた。今の今まで一言も発せず、成り行きを見守っていたにもかかわらず、ついに耐えきれなくなったのだろう。「地獄じゃ、地獄。私の不幸を泣いてくれる者はいないのか。どうして私はこれほどまでの不幸に襲われねばならないのか。私がなにをしたと言うのだ。私は、このまま死にたい……。なに、まだまだ不幸が続くだと。お前はだれだ。私は、この会社の真の主人であるぞ。この会社の隅々、チリ一つまで私のものだ。なに、そんな愚かな夢をいまだに見ているのかと？　私を嗤うな。私をさらし者にするな。いったいお前はだれだ。私から逃げていった龍か？」

「お父様、お気を確かに」

絵理子が駆け寄って、壮一の身体を抱いた。

「お前、お前は、絵理子か」

「はい」

「お前は死んでいないな」

「はい、生きております」

「美波は、美波はどこだ」

壮一は美波を探して周囲を見回した。美波はいない。

「出て行かれたようです」

「どこで私は間違ったのだ。どこで美波は間違ったのだ。欲にとらわれた結果、龍の声が聞こえなくなったのか。私は死にたい。このまま平穏に死なせてくれ。頼む、死なせてくれ」

壮一は天井を仰いで、叫ぶと同時に絵理子の腕の中に崩れた。

「お父様！」

絵理子の声が会議室の空気を激しく振動させた。

九

「このままでは終わらないわよ。冬柴」

美波は社長室に戻ると次郎に言った。

「冴子様がお亡くなりになったようですが」

次郎は言った。

「わかっているわよ。あんな女、自業自得。それより黒木が裏切ったわ」

「黒木専務が、ですか？」

「あの男、冴子が死んだのは私のせいだと言ったの。許せない。すぐに岩間さんと神崎さんを呼んでちょうだい。絵理子を追い出すためなら鬼であろうが、蛇であろうが、なんにでもなるから」

美波は、目を吊り上げ、息も荒く次郎に命じた。

「では、さっそく」

次郎は、へりくだると、社長室を出て行った。

＋

絵理子は、壮一を会議室のソファに寝かせた。

鈴本や太郎が駆けつけ、すぐに医者を呼んできた。

医者は、壮一の脈を取り「大丈夫です。多少、興奮が過ぎたのでしょう。自宅で少しの間、安静にされればいいでしょう」と言った。

社外取締役たちも心配そうに壮一の周りにいたが、医者の話を聞き、帰っていった。どの顔にも、不安感以上に疲労感が漂っていた。親族間の争いに巻き込まれてしまったという後悔の念があるのだろう。

「お父様、家に帰りましょう」

絵理子が言った。

壮一は眠っているのか、返事はない。

太郎が、車椅子を持ってきて、壮一を乗せた。絵理子が車椅子を押す。

「ねえ、太郎さん」

絵理子が言った。

「なんでしょうか？」

「どうして社長解任のことが美波お姉様に漏れたのかしら」

「それは……」

太郎が口ごもった。

「知っているの？」

「推測ですが、父が漏らしたのだと思います」

「弥吉さんが」

「ええ、次郎を通じてでしょう。悪気はなかったのだと思います。父は、次郎の行動に心を痛めていました。美波様のことも、私との関係のことも、です。それでなんとか次郎を翻意《ほんい》させようと……」

太郎の表情が陰った。

「それで臨時取締役会が開催され、美波お姉様の社長解任の議案が出るが、その前に退任するなり、なんらかの妥協策を提示するように次郎さんに頼んだのね」

絵理子が言った。

「ええ、父は、私に、なんとかするから、なんとかなるから、と何度も申していましたから」

「申し訳ないわね。あなたがた親子にも心を痛めさせて……」

絵理子が目を伏せた。

「とんでもございません。悪いのは、次郎です。父の心配を利用したのです。たとえ弟でも許せません」

太郎は、なにか決意をしたかのように表情を引き締めた。

「今日は、申し訳ありませんでした」

康太が絵理子の傍に来た。

「広瀬副社長……」

絵理子は驚いて康太に振り向いた。

「美波があれほどまで社長の座に執着しているのに心底、呆れました。こんな事態になることを止められずに申し訳ありません。せめて壮一様の車椅子を押させてください」

康太が車椅子に手を出した。

「黒木専務は病院へ？」

絵理子が訊いた。

「そうだと思います。取締役会が終わって、すぐに飛び出していきましたから」

「お可哀想な冴子お姉様……」

絵理子は涙ぐみ、車椅子の手押しハンドルから手を離した。同時に康太がそれを握った。

「壮一様もお辛いことでしょうね？　私は美波の夫である立場と宝田家具の副社長の立場との間で揺れております」

康太が言った。

「皆、自分で生きるようにしか生きられませんから」

絵理子が言った。

「そうですね……」

康太は、ゆっくりと車椅子を押し始めた。

いつの間にか、太郎の姿は消えていた。

十一

太郎は秘書室に来ていた。次郎がいると思ったからだ。

「次郎、次郎」

太郎は、秘書室のドアを開けるや否や呼びかけた。

次郎は机の片付けをしていた。太郎の声に驚いて、振り向きざまに書類を落とした。

次郎の傍には梨乃がいた。梨乃は書類を抱えて、太郎を見ていた。

「どうしたの？　兄さん」

次郎が訊いた。

「なにをしているんだ」

太郎が言った。

「なにしているんだって？　ふざけるなよ。美波様は社長を解任されたんだ。俺もここにはいられないだろう」

　次郎が唇を歪めて言った。

「お前、父さんから社長解任議案の情報を入手して、美波様に伝えたんだろう。父さんを利用したな」

「なにを人聞きの悪いことを言うんだ。そんな重要な情報を知って、美波様に伝えない人間がいるか。馬鹿じゃないか、兄さんは」

　次郎はののしった。

「でも父さんは、お前を信頼していた。父さんを裏切った」

　太郎は怒りを抑えて言った。

「もういいよ。美波様は社長を解任されたんだ。まだ取締役ではあるけれど、この会社から出て行くだろう。俺も出て行く」

　次郎は、太郎を睨みつけた。

「このまま美波様についていくのか」

　太郎は問う。

「ああ、ついていく。俺にはそれしか道はない。美波様はこのままでは終わらないから」

　次郎は憎しみをこめた視線を太郎に向けた。

「私もついていっていい？」

　梨乃が次郎のスーツの袖を摑んだ。

「お前は俺にどこまでもついてこい」

次郎が梨乃を片手で抱きしめた。

「うれしいぃ」

梨乃が甘えた声を発した。

「美波様は次になにをするつもりだ」

太郎は固い表情で聞いた。

「それは言えない。しかし、このままでは終わらない」

次郎が薄く笑った。

「お前は私や父さんが壮一様や絵理子様と一緒に宝田家具を守ろうとしているのが理解できないのか」

太郎が静かな口調で言った。

「ねえ、兄さん、俺は兄さんが嫌いなんだ。いや、嫌いを通り越して憎い。兄さんを潰すことが、俺の生き甲斐なんだよ。だから美波様についていく」

次郎は激しく言い、口もとには白い泡が噴き出ていた。

太郎は眉根を寄せ、悲痛な表情で黙り込んだ。

「わかったかい。もう、消えてくれないか。今日を限りに兄さんとは決別だ。幼い頃から、この日が来るのを待ち望んでいた気がする。せいせいした。目の前に青空が広がっているほどすがすがしい気分だよ」

「俺が、なにをしたって言うんだ。なぜそんなに俺を憎む……」

太郎が訊いた。

「兄さんにはわからないだろう。ひねくれた弟を持ったと思って悲しんでくれ。さようなら。もう、帰ってくれないか。ここを片付けるから」

次郎は、太郎に背を向けた。

太郎は、しばらくその場から動けず、次郎の背中を見つめていた。

十二

絵理子は、自宅のベッドに眠る壮一を見つめていた。

壮一は、静かな寝息を立てている。穏やかな寝顔だ。

傍には、桐谷と鈴本がいた。

「これからですよ。大変なのは」

桐谷が言った。

「私が社長になるということですか？」

絵理子は壮一を見つめたままだった。

「それもありますが、美波さんがなにを仕掛けてくるか。身構える必要があるでしょう」

桐谷が言った。

「なにをしてくるでしょう」

鈴本が訊いた。

「わかりませんが、自分が社長に返り咲くためにはどんな手段でも講じるに違いありません」

桐谷が答えた。

「可哀想なお父様……」絵理子は、壮一の手を取った。「どんどんお父様の家が崩れていきますね」

「絵理子様、立て直すのは、あなたですよ」

鈴本が強く言った。

絵理子が小さく頷いた。

十三

美波は社長解任と同時に、取締役を自ら辞任し、宝田家具を去った。そして数週間が経った。

絵理子は社長として社内の体制を刷新した。太郎は執行役員となり、営業全般を統括することになった。鈴本は専務取締役として管理全般を担当する。康太も伸郎も、複雑な思いを抱きながらも取締役として残り、絵理子を支えていた。そして絵理子の婚約者である桐谷は、経営全般のアドバイザーに就任した。

壮一は元気を取り戻し、会長として会社に来るようになった。

百年家具を引き続き取り扱うことに路線を修正したため、社内はようやく落ち着き、客足も戻ってきた。やはり百年家具の人気は底堅いものがあったのだ。

壮一は、職人たちと相談し、一点物の百年家具を作ろうと意欲を燃やし始めた。百年以上、大切に扱ってもらえる家具だ、と壮一は嬉しそうに言った。

なにもかも順調に進みつつあったが、絵理子の心には絶えず不安の影が差していた。美波の動向が全く聞こえてこないからだ。

「大変です」

桐谷が社長室に駆け込んできた。太郎と鈴本も一緒である。

「何事ですか？」

絵理子が訊いた。

「これを見てください」

桐谷が、ペーパーを絵理子の前に差し出した。それは証券業界のニュース速報をプリントアウトしたものだった。

絵理子はそれに視線を落とした。

「これは……」

絵理子は絶句した。

そこには、大手家電量販店のビッグマンが宝田家具に敵対的ＴＯＢをかけると書かれていた。

敵対的ＴＯＢとは買収する側が、買収される側の同意なく買収を仕掛けることである。

「事実です。こちらにはなにも知らせてきていませんが、美波さんが背後にいます」

「と言いますと？」

「買収後の会社の社長に就任予定であるとの情報があります」

桐谷は深刻な表情で言った。

家電量販店のビッグマンは、業界最大手であり、その資本力は絶大で、創業者であるオーナーはワンマンで知られていた。

「絵理子さん、戦いましょう。我がミズナミ銀行は全面支援します。ホワイトナイトの候補者もいます」

ホワイトナイトとは、敵対的ＴＯＢに対して相手以上の株価を提示するなどして友好的なＴＯＢをかける会社のことだ。

桐谷は、美波の動向を探りつつ、ホワイトナイトの候補も探していたのだろう。

「社長、絶対に負けられません」

太郎が強い口調で言った。美波が敵対的ＴＯＢの背後にいるなら、そこには次郎がいるのは確実だからである。次郎にだけは負けたくないとの思いがあった。

「正念場です。美波様は敵対的ＴＯＢを成功させ、社長に返り咲くおつもりなのでしょう」

鈴木は無念そうに顔を歪めた。

「事態はわかりました」絵理子は冷静に言い、「会長と協議します。方針はその後で」と立ち上がった。

「会長は、仕上げ室で職人頭《がしら》である製品部長とお話し中です」

鈴本が言った。

宝田家具の本社内の地下一階には工場から運ばれてきた家具の最後の仕上げと、点検をするための仕上げ室がある。そこは職人たちのたまり場でもあった。壮一は、会長だが、そこに入り浸っていた。職人上がりの壮一にとっては一番、落ち着く場所なのである。

「私たちも参ります」

太郎が言った。

「いいでしょう。ご一緒に」

絵理子はエレベーターホールに向かった。意外なほど落ち着いている。美波の動きがわからなくとも、最後にはこうなることを予想していたからだろう。

絵理子たちを乗せたエレベーターが地下一階に到着した。絵理子は、すぐ目の前にある鉄製の重いドアを開けた。

「会長！」

絵理子は声を上げた。

「おお、どうしたのだ。なにかあったのか。お歴々が勢ぞろいとは珍しい」

壮一は、一升瓶《いっしょうびん》を目の前に置き、職人頭とコップで酒を酌《く》み交わしていた。

「お父様、これを」

絵理子がペーパーを差し出した。壮一はコップを床に置くと、ペーパーを掴んだ。

絵理子はじっと壮一を見つめている。絵理子の背後には、桐谷たちが控えていた。だれもが無言で、壮一がなにを言うか、固唾《かたず》を呑んで待っていた。

「美波か……」

壮一が呟いた。

「そのようです」

絵理子が答えた。

壮一は、そのペーパーを職人頭に渡した。

「絵理子」

「はい」

「昔なら、牙を剝き出しにした奴らに、もっと鋭い牙を突き立ててやり、奴らを血の海でのたうちまわらせることもできただろう。しかし、もう年だ。そして死を前にして、辛いことばかりが多すぎた。私は、残り少ない命を不毛な戦いに費やしたくない。私は、なんのためにこの世に生を受けたのかわからない。この派手な毛糸の帽子を見ろ」壮一は、愛華からプレゼントされた毛糸の帽子を高く掲げた。「これは亡くなった恵美からの遺言なのだ。あなたにはこれしか残らないとな。恵美が霊界から愛華を通じて、私に警告を発してくれているのだ。いつまでも現状に執着するなという警告だ」

絵理子は、壮一の言葉に黙って耳を傾けている。言わんとすることを推測し、心を落ち着かせている。

「私は、この家を去る」

壮一は力強く言った。

「会長！」

鈴本がにじり寄った。

「この家には、もはや龍はいない。私に残された日々は少ない。もうそこまで死の使いがやってきている。私は、命の最後の火が消えないうちに、新たな家を作り、新たな龍を迎え入れる。龍のいない家は、私の家ではない。こんなもの欲しい奴にくれてやる」

壮一は、床に置いたコップを取り上げると、なみなみと満たしていた酒をぐいっと飲んだ。そして大儀そうに立ち上がった。

「鈴本、新たな家についてくるか。それまで私の命が持つかどうか、わからぬが」

壮一は、跪く鈴本の肩に手を置いた。

鈴本は、顔を上げ、「もちろんでございます」と言い、涙を浮かべた。

「私もついてまいります」

太郎が言った。太郎も目頭を光らせている。

「なにを湿っぽくしていやがるんだ。新しい出発じゃないか」職人頭が涙を手で拭い、「私らもどこまでもお供いたしますよ。新しい王の家を作りましょうぜ」と言い、コップの酒を一気に飲み干した。

「絵理子さん……どういうことですか？」

桐谷だけが困惑している。

絵理子は笑みを浮かべている。

「お父様がここを出て行く決心をされたのです。新たな家を作るために」

「するとビッグマンと美波さんに宝田家具を買収させてしまうってことですか」

桐谷は驚き、信じられないとばかりに首を何度も振った。

「そのお方」壮一は、桐谷を指さし「この家が惜しくて、戦いに明け暮れているうちに、私はなにもかも失うであろう」と言い、絵理子を見つめて「絵理子、お前はどうする？」と訊いた。

「もちろん、お父様にお供いたします」

絵理子は壮一の前に跪いた。

「ああ、なんてことだ。金融マンには信じられない。戦わずして撤退するとは。絶対に勝てる自信があるんです」

桐谷は叫び、天を仰いだ。

「撤退ではない。新たな家を作るのだ。その家に龍を迎えるのだ。この命が尽きようとも次の世代のために。物作りとはそういうものだ。金のために働くのではない」壮一は言い、「見よ」と窓を指さした。

地下一階の仕上げ室には地上との境に明かり取りの窓がつけられている。そこから室内に光が差し込んでいる。

絵理子たちは、壮一の指さす方向を見た。

「龍が喜び、躍っているのが見えないか」

壮一が言った。

絵理子の目にも光が帯となって龍のように地下室から空に向かって昇って行っているように見えた。

「新たな王の家を作る……」

絵理子は不安が消え、爽快《そうかい》になり、壮一の手を強く握りしめた。

初出「小説宝石」二〇二二年六月号〜二〇二三年四月号
※この作品はフィクションであり、実在の人物・団体等とは一切関係ありません。

江上 剛（えがみ・ごう）

1954年、兵庫県生まれ。早稲田大学政治経済学部政治学科卒。第一勧業銀行（現・みずほ銀行）に入行し、人事部や広報部、各支店長を歴任する。1997年の第一勧銀総会屋事件では問題の解決に尽力し、この事件を題材にした映画『金融腐食列島 呪縛』のモデルにもなった。2002年、銀行勤務の傍ら、『非情銀行』で作家デビュー。2003年、銀行を辞め、執筆に専念。テレビのコメンテーターとしても活躍する。『蕎麦、食べていけ！』『Disruptor 金融の破壊者』『野心と軽蔑 電力王・福澤桃介』など著書多数。映像化作品も多い。

王《おう》の家《いえ》

2023年5月30日　初版1刷発行

著者　江上《えがみ》 剛《ごう》

発行者　三宅貴久

発行所　株式会社 光文社

〒112-8011 東京都文京区音羽1-16-6

電話　編集部 03-5395-8254

書籍販売部 03-5395-8116

業務部 03-5395-8125

組版　萩原印刷

印刷所　萩原印刷

製本所　ナショナル製本

落丁・乱丁本は業務部へご連絡くだされば、お取り替えいたします。

ISBN978-4-334-91531-5